NINGUÉM TRANSA
às terças-feiras

TRACY BLOOM

NINGUÉM TRANSA ÀS TERÇAS-FEIRAS

Tradução
Marsely de Marco Martins Dantas

Rio de Janeiro | 2015

Copyright © Tracy Bloom, 2011
Publicado originalmente por Connects Books, 2013

Título original: *No-one ever has sex on a Tuesday*

Imagem de capa: © iStock.com/studiocasper

Capa: Silvana Mattievich

Editoração: Futura

Texto revisado segundo o novo
Acordo Ortográfico da Língua Portuguesa

2015
Impresso no Brasil
Printed in Brazil

Cip-Brasil. Catalogação na publicação.
Sindicato Nacional dos Editores de Livros, RJ.

B616n	Bloom, Tracy
	Ninguém transa às terças-feiras / Tracy Bloom; tradução Marsely de Marco Martins Dantas. – 1. ed. – Rio de Janeiro: Bertrand Brasil, 2015.
	210 p.; 23 cm.
	Tradução de: No-one ever has sex on a Tuesday
	ISBN 978-85-286-1656-9
	1. Ficção inglesa. I. Dantas, Marsely de Marco Martins. II. Título.
14-16404	CDD: 823
	CDU: 821.111-3

Todos os direitos reservados pela:
EDITORA BERTRAND BRASIL LTDA.
Rua Argentina, 171 — 2º andar — São Cristóvão
20921-380 — Rio de Janeiro — RJ
Tel.: (0xx21) 2585-2070 — Fax: (0xx21) 2585-2087

Não é permitida a reprodução total ou parcial desta obra, por quaisquer meios, sem a prévia autorização por escrito da Editora.

Atendimento e venda direta ao leitor:
mdireto@record.com.br ou (0xx21) 2585-2002

Impresso no Brasil pelo Sistema Cameron da Divisão Gráfica da
DISTRIBUIDORA RECORD DE SERVIÇOS DE IMPRENSA S.A.

*Para Bruce, que sempre foi o maior
e melhor líder da minha torcida.
Eu não teria chegado até aqui sem você.*

Agradecimentos

Este livro foi inspirado por dois eventos. O primeiro, uma conversa de fim de noite, numa boate, sobre a experiência de um homem que saiu correndo de uma sala de parto. O segundo, a apresentação de uma grávida, em nossa primeira aula de pré-natal, de deixar qualquer um de queixo caído. Ela calmamente nos apresentou sua amiga e explicou que não eram lésbicas. A amiga estava ali para acompanhá-la, pois o marido a deixara havia cinco semanas. De forma alguma este livro reflete essas histórias, mas elas me fizeram perceber o drama (e a comédia) que envolve a espera de um bebê.

Devo mencionar também todas as pessoas que conheço cujas observações espirituosas não foram esquecidas por mim — algumas foram usadas no livro. Uma menção especial a Steve e Andrea por terem fornecido os principais momentos cômicos. Vocês sabem o que disseram. Também para Tony, que realmente acredita que NINGUÉM TRANSA ÀS TERÇAS-FEIRAS e a quem agradeço do fundo do meu coração por ter descoberto esse fato e por tê-lo compartilhado comigo.

Gostaria de agradecer à minha agente, Araminta Whitley, por acreditar em mim e por depositar confiança em minhas altas expectativas. Também gostaria de citar Joanna Swainson e Madeleine Milburn por terem sido as primeiras a perceber o potencial deste livro e por terem vendido os direitos para várias editoras internacionais. Vocês fizeram com que eu me aventurasse nessa jornada, e por isso agradeço.

Chris, Lee, Lucy e Guy, da The One Off, que fizeram o impossível para elaborar a capa original deste livro e por terem tirado uma foto minha que ficou realmente boa. Vocês fizeram um milagre! Obrigada.

Finalmente, gostaria de agradecer à minha família. Os maiores comediantes que conheço e que me ensinaram que o humor é sempre a melhor resposta. Jim, June, Andrew e Helen, vocês sempre me fazem rir.

E por último, mas não menos importante, Fanny. Espero que não se importe por ter usado seu nome em vão, *novamente*.

Capítulo 1

Existem aquelas que podem escolher um pai para o seu filho e aquelas que não podem. Aquelas que passam anos escolhendo no gigante palheiro que é a população masculina e aquelas que inesperadamente caem numa cilada.

Katy nunca pensou que um dia cairia numa cilada. Certamente, nunca imaginou que, com 36 anos de idade, estaria grávida, solteira e com um namorado oito anos mais novo que ela. Um namorado que agora estava ao seu lado no carro, vestindo um uniforme de futebol enquanto se preparavam para a primeira aula no curso de pré-natal. Sentiu-se enjoada. Associou isso à ansiedade do curso e ao fato de que Ben tinha vindo direto da escola em que trabalhava como professor de educação física, exalando aquele cheiro desagradável de tênis de ginástica, suor de adolescentes e purê de batatas. Enquanto o perscrutava com o olhar, tentou se convencer de que, pelo menos, podia contar com algumas de suas preciosas palavras de sabedoria para acalmar seus medos.

— Então, um cara no trabalho me disse que tudo que se faz nessas aulas de pré-natal é falar sobre peito e xana por duas horas. Isso não é ótimo?

Katy encarou Ben, suspirou e ligou o carro.

— Por favor, não diga isso — disse aborrecida, dando a partida.

— Dizer o quê? — perguntou Ben, enquanto brincava com todos os botões possíveis no painel do carro.

— Xana — falou Katy, batendo na mão dele.

— Não é tão ruim assim. Há muitos nomes piores. Eu poderia dizer, por exemplo...

— Não diga mais nada — interrompeu Katy. — Você sabe que minha avó não ficaria feliz, só isso.

— Por quê? Ela vem com a gente? — perguntou Ben, abrindo o porta-luvas para espiar o que havia lá dentro.

— O nome dela era Xana, eu já falei isso antes — disse Katy, começando a perder a paciência.

Ben se virou e a encarou, totalmente admirado.

— Você nunca me disse isso. Esse é exatamente o tipo de informação que faz minha vida valer a pena, então não é algo que eu esqueceria.

— É mesmo? — Katy hesitou, sem saber se realmente queria continuar aquela conversa, até que percebeu que o que ela estava prestes a dizer seria provavelmente o ponto alto do dia de Ben. — Então eu nunca lhe falei o sobrenome dela também?

Ben parou por um instante, submerso em seus pensamentos, até que exclamou com entusiasmo:

— Vagina! Só pode ser Vagina — sugeriu, saltitante. — Por favor, diga que era Vagina e eu vou morrer feliz.

— Pinto — respondeu Katy, mais do que triunfante.

Ben olhou para ela de novo de queixo caído e em estado de choque.

— Você está de brincadeira comigo — disse finalmente. — Os pais dela a batizaram de Xana Pinto? Estavam loucos?

— Não, seu bobo. Pinto era o nome de casada. Ela não nasceu Pinto.

— A Xana se casou com o sr. Pinto?

— Sim.

Ben ficou quieto por algum tempo antes de declarar solenemente:

— Sua avó era um gênio da comédia.

Ficaram em silêncio pelo resto da viagem, pois Ben estava muito ocupado enviando mensagens de texto ou ligando para os amigos para compartilhar a história do nome mais engraçado de todos os tempos. Ele ainda estava ao telefone quando ela começou a reunir esforços para sair do carro. Virou o barrigão para o lado, na esperança de que o restante do corpo o seguisse. O clássico vestido transpassado preto, o par de sandálias anabela e a adorada bolsa de grife foram selecionados a dedo para tentar garantir a aparência de uma mulher totalmente no controle da gravidez. Ela suspeitava, no entanto, que Ben, seu acessório principal, destruiria completamente o disfarce. No último minuto, apanhou o caderno de couro que usava na agência de publicidade em que trabalhava, esperando que pelo menos ele lhe desse um ar de pessoa organizada.

Olhou para o monótono edifício de tijolos do hospital e se perguntou como tais construções tediosas poderiam abrigar tanta emoção e drama. Imaginou cirurgiões bonitos correndo com as mãos ensanguentadas, familiares chorando nos cantos após terem ouvido uma notícia devastadora e outros dançando nos corredores por terem sido curados de doenças muito graves. Ou talvez ela estivesse assistindo demais às reprises de *Plantão Médico*.

Estar ali, porém, na sombra daquele hospital de verdade, trouxe à tona de repente seu próprio drama. Teve a sensação demasiadamente familiar de aperto no coração que aparecia quando sua mente não conseguia bloquear as circunstâncias que cercavam sua gravidez. Basta continuar dando um passo de cada vez, era o que dizia a si mesma em momentos como aquele. Sorriso, charme, brilho e todas as outras coisas que as mulheres grávidas têm que fazer, e tudo vai ficar bem. O bebê vai chegar e tudo vai voltar ao normal. Ela vai adorar. Ben vai adorar. Ambos perceberão quanto é gratificante ser pais e viverão felizes para sempre.

Ela olhou por cima do ombro para ver se Ben vinha logo atrás e pela primeira vez prestou atenção nos joelhos dele, decorados com lama do campo da escola.

— Esses joelhos! — exclamou, apontando-os com desgosto.

— Não vou pedir você em casamento agora — respondeu Ben, simulando estar bravo.

Ela balançou a cabeça negativamente, desistindo. Respirou fundo e partiu em direção à entrada do hospital. Pensou que sua vida tinha ido razoavelmente bem até ali. Os objetivos principais foram conquistados. Universidade, carreira, casa própria. No quesito casamento, não fizera muito progresso, ela admitia, mas havia seguido exatamente o caminho que queria. Preferia estar no controle quando se tratava de homens. Uma experiência verdadeiramente traumática com seu primeiro amor colocara em suspenso seu coração, que nunca mais recuperara sua plena capacidade emocional. O menor sinal de romance alertava-a para a inevitável aproximação do sofrimento, e ela logo fazia o corte abrupto, providenciando a separação. Ficava cada vez mais convencida de sua abordagem sempre que via as amigas sofrerem repetidas humilhações e levarem contundentes pés na bunda.

Ela perdera a conta de quantas vezes suas amigas declararam ter encontrado *o cara*. Era muito triste saber que, cerca de duas semanas mais tarde, uma delas estaria em sua porta soluçando algum conto trágico, porém previsível, sobre *o cara*, claramente pensando que não era *a escolhida*, por ele ter sido pego com *a outra*. Katy pacientemente encheria as taças de vinho enquanto a amiga despejaria suas mágoas, até que inevitavelmente a noite terminasse com duas bêbadas dançando em volta da mesa e cantando músicas melosas de alguma boy band. Chegaria então o momento de declarar que Katy era a melhor amiga do mundo. Finalmente, nas primeiras horas do dia, alguém acabaria vomitando na varanda.

Ficava impressionada com o fato de as amigas não conseguirem aprender que, se você entregar o seu coração a alguém, ele será descartado com a maior facilidade e sem o menor cuidado tão logo apareça um novo rabo de saia. No entanto, aquelas noites consolando amigas desamparadas haviam ficado no passado. Uma a uma, elas finalmente encontraram um homem que parecia querer uma relação que durasse mais do que cinco minutos, e todas tiveram o casamento de seus sonhos.

Sofreu, em sua opinião, dois anos de tortura mental, quando os convites cor de creme criaram, de forma assustadoramente rápida, uma pilha na prateleira da sala de estar. Seu coração se apertava cada vez que encontrava mais um envelope cuidadosamente selecionado, sem dúvida escolhido para combinar com o elástico da calcinha da noiva, deixando à mostra o convite feito à mão. Ela fechava os olhos em desespero quando lia as palavras *Srta. Katy Chapman e acompanhante*. Por que diabos parecia haver uma lei obrigando a pessoa a ir a casamentos acompanhada? Por que diabos ela não podia simplesmente ir por conta própria? Haveria algum medo terrível de que pessoas solteiras em casamentos fossem obrigadas a fugir com a noiva ou o noivo se tal chance houvesse? Seria este um dos votos de casamento: "Deverás sempre unir teus amigos para prevenir qualquer possibilidade de afastamento"? Aquilo a fez tomar pavor dos ditos eventos felizes, pois era forçada a procurar um cara qualquer, com quem talvez já tivesse dado uns amassos em algum momento de embriaguez e que, em troca de comida e álcool, pudesse suportar o fluxo constante de parentes bem-intencionados dizendo: "E aí, você será o próximo?"

Por fim, ela decidiu que já tinha sofrido o bastante e que era hora de tomar uma atitude por todas as mulheres fortes e independentes. Não ia mais cooperar com o estereótipo de que a felicidade de uma mulher está condicionada a um homem disposto a prendê-la com um pedaço de metal em torno do dedo. Arquitetou o plano genial de levar Daniel, um amigo do trabalho, na próxima vez que fosse convidada para um casamento. Ver a cara da tia-avó de Laura, que educadamente foi conversar com ele durante o café da manhã do casamento, foi uma alegria para os olhos. Daniel gentilmente disse-lhe que sim, que ele poderia ser o próximo, já que ele estava namorando Rob há mais de seis meses e nenhum dos dois estava fazendo sexo com mais ninguém, a não ser que considerasse aquela noite em que ele havia dormido com Stanley, seu ex. No entanto, ele não achava que aquilo contasse, porque estava muito bêbado, numa festa a fantasia, e Stanley vestia um uniforme de oficial da marinha. Afinal, quem poderia resistir a um homem de farda?

A partir daquele momento, Daniel tornou-se o melhor parceiro de festas de casamento.

Katy deu um pulo quando Ben segurou a sua mão e ela atravessou as portas do hospital.

— O que você acha, então? — perguntou Ben, cuspindo na outra mão e se inclinando para tentar limpar a lama do joelho enquanto caminhava ao lado dela.

— Desculpe, eu estava viajando. O que você disse? — perguntou Katy.

— Eu perguntei como você acha que serão as outras pessoas da classe.

— Ah, todos eles terão lido todos os livros, saberão exatamente o que estão fazendo e farão perguntas muito pertinentes — respondeu Katy, sentindo uma nova onda de pânico. Katy estava dolorosamente ciente de que até o momento tinha arquivado a gravidez na pasta "lidar com isso mais tarde", e estava bastante claro que o "mais tarde" havia chegado de vez.

— Mmmm — disse Ben, absorvendo a resposta de Katy. — Então você acha que nós seremos os alunos problemáticos do fundo da sala e não os nerds da primeira fila, ansiosos por cada palavra da professora?

— Provavelmente — suspirou Katy.

Ben olhou para ela.

— A fila de trás sempre se diverte mais — comentou ele, cutucando-a no ombro e lançando-lhe um sorriso reconfortante.

Ela se virou, encontrou seus olhos ainda sorridentes e não conseguiu deixar de sorrir de volta.

— Você está certo — respondeu, sentindo-se melhor com o mundo. Ben sabia exatamente como impedi-la de levar a vida muito a sério. Foi isso que a atraiu quando se conheceram numa das piores noites de sua vida.

Capítulo 2

É claro que Katy sabia que aquela noite no verão passado seria um desastre no instante em que se olhou no espelho do banheiro sujo do The Pink Coconut. Rodeada por corpos em idade para casar e rostos jovens do clube dos menores de 25 anos, percebeu como estava ridícula vestindo um traje de colegial.

"Como cheguei a este ponto?", pensou com raiva enquanto olhava as sardas falsas no rosto e as marias-chiquinhas de gosto duvidoso amarradas com fita fúcsia. Ela já tinha aceitado que teria de baixar o nível se quisesse uma vida social após o casamento de suas amigas, mas precisar se rebaixar àquele ponto era totalmente injusto. No início, ficava horrorizada quando, uma por uma, todas pronunciavam as palavras mais deprimentes que podem sair da boca de uma mulher ao ser convidada para uma noitada entre amigas.

— Tenho que perguntar ao David.

Ou pior ainda...

— Se o Steve não se importar.

Ou então a pior de todas...

— Só se o Edward também for.

Ela queria sacudir uma por uma com aqueles rostos pateticamente contritos. Porém, para não testemunhar a descida ao inferno doméstico de suas amigas, deixou-as em paz, encontrando-se com elas apenas em ocasiões especiais, quando tinham as conversas mais constrangedoras e tornavam-se cada vez mais distantes.

Um pouco deprimida com aquela mudança na vida social, o que lhe deu certo tempo extra, mergulhou na carreira e foi atrás de alguns caras, sem se comprometer. Finalmente, e com muito esforço, obrigou-se a apreciar a companhia de algumas "coelhinhas" de academia com quem trombou por acaso durante um evento social na Fitness Forever.

Ficou surpresa ao descobrir que conseguia tolerar os corpos perfeitos e jovens, artificialmente bronzeados, as maquiagens com o frescor de uma flor, mesmo após uma hora e meia de atividade física intensa, e até mesmo as incessantes risadinhas cada vez que um dos treinadores sarados aparecia a dez metros de distância.

Desconfiava que só a haviam aceitado porque descobriram que ela era diretora de contas em uma agência de publicidade. Ou seja, presumiam que um belo dia pudessem talvez ser convidadas a participar de um teste para um comercial de xampu. Mesmo assim, depois de algumas doses de bebida alcoólica, conseguia considerá-las razoavelmente divertidas e, sem dúvida, um nível acima da degradação completa de passar a noite de sábado em casa.

E assim ela foi levando, até que as coisas foram longe demais. As patricinhas quase encharcaram as calcinhas de emoção quando a boate que sempre frequentavam decidiu fazer uma noite temática "discoteca na escola". Katy ficou horrorizada, mas, mesmo relutante, concordou em ir, pois não seria impossível encontrar alguém interessante naquele lugar, ainda que ele se parecesse com o Quico ou o Chaves.

Na noite em questão, as "coelhinhas" chegaram ao apartamento de Katy à beira do rio, pertinho do centro de Leeds, anunciadas por nuvens de perfume de marca, uma cacofonia de riso feminino alto e dolorosamente agudo, e uma algazarra descompassada de saltos agulha de quinze centímetros. Katy fez uma careta quando entraram, sabendo muito bem que deveria ter cancelado o compromisso com uma desculpa qualquer, como a morte do gato do vizinho.

Em segundos o apartamento dela se encheu de suspensórios, meias, maquiagem, apliques, cílios postiços, alisadores, bobes, sutiãs de bojo, sutiãs com decote profundo, sutiãs com decote superprofundo, enfim, de todos os tipos, e todos espalhados pelos cômodos. Olhou para a linda mesa de centro dos anos 1920, que comprara durante um fim de semana que esteve em Brighton com um cara chamado Jonny ou algo parecido, e se perguntou se um dia aquele móvel se recuperaria da montaria de uma das garotas que lhe deu seis grandes chicotadas.

Após a obrigatória foto do grupo, que Katy insistiu em tirar para garantir que não houvesse registro de sua participação naquela sinistra farsa, partiram com ela escondida atrás, rezando para que nenhum dos vizinhos escolhesse aquele momento para sair de casa.

Obviamente, as "coelhinhas" enlouqueceram com a atenção recebida nos bares que visitaram, e pareciam não notar a qualidade particularmente baixa dos interessados. A não ser que adolescentes arrogantes cheios de acne, ou homens de meia-idade fingindo ainda ser adolescentes arrogantes, fossem o seu estilo.

Por volta das onze horas estavam na balada, no meio da densa massa de corpos na pista de dança. Quando pensava justamente que talvez estivesse ficando velha demais para aquilo, Christy, a mais atrevida e saltitante das "coelhinhas", proclamou ao ouvir a música "Going Underground", do The Jam, que aquilo era uma merda total e perguntou quem diabos era The Jam? Como Katy pôde ter saído com alguém que nunca ouvira falar em The Jam? Parou, hesitou ligeiramente e, em seguida, virou-se e correu para o bar, totalmente consternada por ter feito a proeza de viver aquela situação. Tinha idade suficiente para saber que não deveria ter topado aquilo, vestida como uma colegial estúpida, com pseudoamigas que tinham praticamente metade de sua idade e, ainda por cima, falavam mal do Paul Weller, aquele deus.

Finalmente conseguiu atravessar a multidão, xingando a si mesma. Só percebeu o cara se afastando do bar, com três cervejas em copos de plástico, muito mal-equilibrados em suas mãos, quando estava praticamente em cima dele. Agarrou-se no braço do sujeito para recuperar o equilíbrio, o que o fez perder o controle dos copos, deixando dois se espatifarem no chão, enquanto via o terceiro dar uma cambalhota e encharcar a camisa branca de Katy. Ela ficou parada por um instante, perguntando-se se sua vida poderia ficar pior à medida que o líquido gelado molhava sua camisa e seu sutiã até penetrar na pele. Não ousou olhar para o desastre, sabendo muito bem que, àquela altura do campeonato, a camisa já estava completamente transparente e exibia seus dotes para quem quisesse ver.

— Por que diabos você não olha para onde vai? — gritou Katy.

— Calma, tigresa. Poderia ter sido pior, poderia ter sido mais amargo — disse o cara.

A piadinha era a última coisa de que ela precisava naquele momento. O que ela necessitava de fato era desabafar. Então, desabafou.

— Você acabou de fechar com chave de ouro a noite mais deprimente da minha vida. Além de estar velha demais para me vestir como uma maldita colegial, estou aqui com uma multidão de Barbies tresloucadas, sem nenhuma célula cerebral para compartilhar entre elas, e que nem sequer sabem quem é The Jam, e consideram esta música, "Going Underground", uma merda.

— Minha noite está pior — disse ele calmamente.

— Como?

— Minha noite está pior — repetiu.

— Escute. Isto não é uma competição. Minha noite está uma porcaria total e ninguém vai tirar isso de mim.

— Ah, acho que eu consigo — desafiou.

— Consegue nada — retrucou Katy. — Já lhe contei que um monstro suado vindo do inferno me perguntou como gostava dos meus ovos no café da manhã?

— Que desespero.

— Puxa, obrigada, não estou tão acabada assim — disse ela desanimada.

— Não quis dizer você — corrigiu-se rapidamente. — Quis dizer que ele está no desespero para usar uma cantada dessas.

— É mesmo? — perguntou ela com sarcasmo.

— Honestamente. De qualquer forma, eu gosto de mulheres mais velhas. Pelo menos a gente consegue conversar, em vez de morrer de tédio ouvindo sobre futilidades de menininha.

— Eu não chamaria isto de conversa — disse Katy com raiva. — É apenas você derramando cerveja em mim e depois me insultando por causa da minha idade — completou, virando-se para ir embora.

— Não, por favor, não vá — pediu, segurando-a pelo braço. — Você está certa. Sinto muito. Está tudo errado. Falei sério, a minha noite está bem ruim. Sou professor. Para mim uma balada na escola é um inferno. Meus amigos que me arrastaram até aqui acham tudo isso muito sexy, mas eu penso: não, não, não, isso está errado. Não posso olhar para uma mulher com uniforme escolar e achá-la sexy.

Katy se virou para encará-lo, surpresa por se ver tentando adivinhar o que ele pensava sobre a forma como ela estava vestida.

— Além disso, eu não entendo — continuou ele. — Veja bem, quem ia querer relembrar seus dias de balada na época da escola? Música e dança ruins, sem poder beber e sem nenhuma chance real de beijar quem você queria, porque eram garotas sempre mais populares.

— Tudo bem, concordo — admitiu, mal-humorada. — Mas pelo menos você está aqui com os amigos, e não com um bando de periguetes.

— Certo. Mas tudo isso ainda não é a principal razão pela qual a minha noite está sendo pior que a sua.

— Continue então, diga algo que me anime. — Pela primeira vez, Katy percebia malícia nos olhos dele.

— Certo, então — respondeu, fazendo uma pausa e respirando fundo. — Quando fui ao banheiro, o cara perto de mim olhou para o meu, você sabe o quê, e disse: "Pelos ruivos, que vergonha."

Katy não conseguiu segurar o riso. Como uma colegial.

— Mas você certamente já sabia que tinha pelo ruivo — disse, começando a corar.

— Claro, mas uma pessoa totalmente desconhecida salientar isso para você no seu "momento sagrado" não é justo.

Ele parecia tão genuinamente chateado que fez Katy cair na gargalhada. Um sorriso triunfante e satisfeito apareceu em seus lábios, pois finalmente provara que a noite dele estava pior do que a dela.

— Eu me chamo Ben — disse, oferecendo-lhe a mão ainda pegajosa pela cerveja derramada. — E, já que agora estamos unidos na desgraça, posso lhe oferecer uma bebida ou vamos até o mercado comprar um kebab?

Antes que se desse conta, Katy estava sentada no gelado degrau de pedra, na entrada do Gonads' Kebab House, derramando molho de pimenta nos sapatos pretos de salto alto, sabendo que aquilo seria, provavelmente, o auge da sua noite.

Surpreendentemente a conversa fluiu fácil. Ficou aliviada por ele não ter dito frases embaraçosas ou falsos elogios. Não houve histórias tristes sobre a esposa que não o entendia nem sobre um divórcio complicado; assuntos que permeavam as conversas com os homens mais velhos que ela atraía recentemente. Não perguntou o que ela fazia para viver, preferindo falar apenas de trivialidades, em vez de soltar algo do tipo "sou mais bem-sucedido do que você", frase característica dos homens obcecados pela própria imagem que ela conheceu no trabalho. Na verdade, percebeu que pela primeira vez, em muito tempo, estava com um homem sem precisar se preocupar com o que dizia ou com o que vestia.

Não demorou muito e ele terminou o kebab, lambeu os dedos — um por um — e, ao amassar o papel engordurado, anunciou que era melhor ir embora.

— Tenho futebol amanhã — disse. — Tudo bem você voltar de táxi?

— Sim, tudo bem.

Ele se virou para ir embora, mas no último instante olhou para trás.

— Podemos sair uma noite dessas? — perguntou.

Ela hesitou. Divertiu-se muito com suas brincadeiras, mas não queria dar falsas esperanças ao pobre rapaz.

— Sim, mas nada além de uma bebida.
— Vamos sair numa terça-feira, então — respondeu com seriedade.
— Por que terça? — perguntou Katy.
— Porque ninguém transa às terças-feiras.

Saíram na terça, na quinta seguinte, depois na segunda e finalmente fizeram sexo no sábado.
— Perceba, terça-feira não é dia de nada. No domingo você faz sexo de fim de semana. Segunda-feira você faz sexo porque pensa: "Droga, preciso de algo para me animar porque a semana está só começando." Na quarta-feira você faz sexo porque talvez queira comemorar os nove gols que fez no futebol ou então porque a programação da TV à noite é entediante. Quinta-feira é a nova sexta para que você possa ir ao bar e depois fazer sexo do tipo: "Oh, céus, não pareço louco e selvagem bebendo assim num dia de semana?" Na sexta-feira você pensa: "Graças a Deus, sobrevivi a mais uma semana e mereço sexo." E sábado... Bem, no sábado você faz sexo porque, afinal, sábado é dia de fazer sexo mesmo.
"Mas terça-feira é diferente. Qual seria a razão para transar numa terça? Pergunte a quem quiser. Aposto que ninguém se lembra da última vez em que transou numa terça-feira."

E ali, enquanto se movia pelos corredores do hospital, seguindo sinais quase ilegíveis escritos à mão, forçou-se a pensar numa boa razão para transar em qualquer dia da semana. Na verdade, tudo o que ela pensava sobre sexo mudara naquela manhã fatídica seis meses antes, quando acordou sentindo-se um pouco nauseada pelo quinto dia consecutivo. De início, considerou que o mal-estar fosse consequência de uma péssima e prolongada reação ao animado jantar com um cliente. No entanto, acabou sendo forçada a admitir que aqueles não eram os sintomas habituais de uma ressaca. Ficou paralisada, quebrando a cabeça. Quando havia menstruado pela última vez? Teve uma vaga lembrança de ter procurado absorventes na adorável bolsa *glitter* que comprara especialmente para combinar com o vestido preto absurdamente caro que usara na festa de Natal do escritório. Correu à cozinha para verificar o calendário. Seu coração batia tão forte que poderia até acordar Ben, que passara a noite com ela. Folheando os meses, chegou a dezembro e prendeu a respiração enquanto contava as semanas. Na primeira tentativa, conseguiu sete semanas. Não, não pode ser. Conferiu de novo e de novo, mas a resposta sempre dava sete. Merda, merda, merda. Aquilo não podia estar acontecendo. Tomava pílula. Você não engravida tomando pílula. É, sem dúvida, para isso que serve a pílula. Ela não podia ter um bebê. Ela e Ben nem eram namorados. Ele era oito anos mais jovem do que ela. Nasceu na década de 1980, pelo amor de Deus — era uma criança ainda. Ele não estava pronto para ser pai.

Afundou-se no chão, no belo piso de ladrilho marroquino, no seu lindo apartamento, e enterrou a cabeça nas mãos. As implicações lhe invadiram a mente de forma incontrolável. O que aconteceria com sua carreira? E com a sua vida? O que todos diriam? O que sua mãe diria? Katy sabia que ela ficaria horrorizada. Sua mãe sempre a prevenia para não cair na mesma cilada que ela. Estava convencida de que, se não fosse pelo casamento e pelos filhos, teria sido uma estrela em Las Vegas. O fato de ser péssima cantora era irrelevante. Então, ela agora corria atrás do tempo perdido, passando a maioria das noites com amigos nos bares de caraoquê, na Espanha, onde morava.

A primeira pergunta de sua mãe provavelmente seria: "Quem é esse sujeito?" Elas deixaram de discutir relacionamentos havia muito tempo porque eles mudavam com tanta frequência que sua mãe tinha perdido o interesse. Bom, pelo menos Katy sabia que o filho só podia ser de Ben, uma vez que eles estavam "ficando", como gostavam de chamar o relacionamento entre eles, por uns bons meses. Na verdade, esse bem-estar a surpreendia. Eles nunca prometiam ligar, simplesmente ligavam. Apresentaram um ao outro seus respectivos amigos, mas negavam veementemente qualquer tipo de romance e de modo algum pediriam para conhecer os pais um do outro. Ele caçoava do pretensioso mundo publicitário de Katy, e ela zombava das milhares de semanas de férias escolares que ele tinha ao longo do ano e da capacidade de estar em casa em tempo de assistir às novelas.

— Pouco exigente, descomplicado e menor de idade. — Foi dessa forma que, rindo, descreveu seu parceiro ao confuso Daniel. — Não sei por que nunca pensei antes em sair com os novinhos — acrescentou. — Ele é jovem demais para levar a vida a sério, por isso nos divertimos tanto, e não é velho o suficiente para querer sossegar, portanto não preciso ficar o tempo todo planejando como cair fora. É perfeito.

Foi também com muito alívio que desistiu de suas noites com as "coelhinhas". Elas telefonavam, implorando, mas Katy sempre encontrava uma desculpa. Então, havia algum tempo, as noites de bebedeira eram sempre com Ben, e nem era preciso fugir de beijos na balada ou de transas de uma noite só.

— Merda! — berrou Katy de repente ao se levantar, soltando o calendário no chão. — Não, não, não, não, não, não, não — cantarolou ao agarrar o calendário. — Por favor, Deus, se existe, por favor, não faça isso comigo. — Folheou novamente as páginas até o mês de dezembro e encontrou um rabisco feito com caneta azul, duas semanas após a festa de Natal no escritório; aquelas eram as últimas palavras que queria ler naquele momento. *Encontro de Ex-alunos da Dove Valley, 20h.*

Katy estremeceu ao recordar os acontecimentos que envolveram a descoberta da gravidez e fez o melhor para interromper esses pensamentos quando finalmente chegaram à porta da sala onde as aulas do pré-natal estavam sendo realizadas. Ben segurou sua mão.

— Boa sorte, parceira — disse, dando uma piscada.

Ela sorriu para ele, agradecida. Talvez tudo ficasse bem. Respirou fundo e entrou na sala.

Assim que Ben e Katy entraram, sete rostos grávidos olharam para eles, os últimos a chegar.

— Cara, não acredito! É por isso que ele não apareceu nos últimos treinos! — exclamou Ben, olhando para um jovem largado na cadeira.

Mas Katy não ouviu, pois a presença de outra pessoa na sala a deixara paralisada e sem ar. Como ele poderia estar ali? Ele nem sequer morava em Leeds. Que diabos estava acontecendo? Agarrou-se ao encosto de uma cadeira para se firmar. De repente, sentiu-se num estranho drama de TV, no qual ninguém fica contente até que a vida de todos seja completamente destruída.

— Então, o desempenho da equipe local de sub-19 vira uma bosta apenas porque meu melhor atacante engravidou uma garota — continuou Ben, ignorando a angústia de Katy. — Que idiota. Olhe para ele; deveria estar no campo, treinando cobranças de pênalti, e não preso aqui com um bando de velhas grávidas.

Katy estava atordoada demais para perceber o sentido das palavras de Ben. Naquele momento, ela só pensava que estavam se aproximando do grupo, sem possibilidade de retorno. Queria se virar e correr, mas compreendeu que não havia nada que pudesse fazer para impedir o que estava acontecendo. Nesse instante, o último homem que queria ver na Terra ergueu os olhos e a viu. Um sorriso instantâneo veio aos lábios de Matthew quando a reconheceu, mas desapareceu na hora em que notou que ela estava grávida.

Capítulo 3

Cerca de oito meses antes

O dia começara mal. Naquela manhã, levara duas entediantes horas apenas para sair de Londres, e depois mais três para chegar a Leeds. O celular de Matthew tocava sem parar. Eram clientes exigindo sangue, suor e lágrimas, e também pequenos milagres. Ele queria gritar que ser consultor fiscal não significava ter uma varinha mágica que, com um simples toque, providenciasse um modo de não pagar mais impostos. Matthew sabia que todos os clientes tinham alguém por trás apertando o cerco para obter maiores lucros, mas não adiantava ficar no seu pé, eles tinham apenas que fazer mais dinheiro. Simples assim.

Por fim, Matthew colocou o telefone no silencioso e decidiu que o fraco sinal na conexão era uma desculpa plausível para não ficar à disposição de todos naquela manhã. Além do mais, o luxo de poder ouvir a Radio 5 Live num dia de semana e passar algum tempo especulando sobre as novas contratações do futebol, em vez de se ocupar com seus problemas pessoais, era uma oportunidade que não podia perder.

Estava justamente refletindo sobre as opções de aquisição para o Leeds United quando o nome Alison começou a piscar persistentemente na tela do celular. Percebeu, horrorizado, que estava hesitando em atender, com medo de que dissesse a coisa errada novamente. Deixara-a aos prantos naquela manhã; a angústia de passar por mais um tratamento de fertilização fazia com que ela desabasse ao menor comentário. Dava para ver que cada gotinha da energia de Alison desejava que dessa vez desse certo. Qualquer distração ou diversão que Matthew propunha para acalmá-la eram recebidas com desdém absoluto e um olhar de desprezo. Ela não entendia como ele conseguia conversar sobre outra coisa a não ser a gravidez, muito menos sugerir algo tão trivial como uma viagem a Leeds para ver o jogo no sábado.

Lembrou-se vagamente do tempo em que seu coração teria saltado ao ver o nome de Alison piscando na tela do telefone. Mas aquela Alison era uma Alison diferente. Aquela Alison o hipnotizara. Aquela Alison, descolada, tranquila e sofisticada, e ainda assim interessada nele. Aquela Alison, que o fazia se sentir o rei do mundo apenas por tocar seu braço por um tempo mais longo com aquelas mãos de unhas perfeitas. Aquela Alison, cuja determinação para chegar a algum lugar na vida tinha lentamente reeducado o jeito dele, meio caótico, de viver. Aquela Alison, que, sempre de forma gentil, o encorajava a se estabelecer numa carreira em vez de passar de uma empresa para outra, a investir numa propriedade em vez de alugar algo com amigos, a sair para jantar em vez de ir ao bar, a comprar vinho de primeira e não de segunda qualidade, a ler os jornais em vez dos tabloides, e a fazer outros tipos de coisas que adultos decentes normalmente fazem.

Quanto a esta Alison, esta Alison teve sua descolada e tranquila sofisticação impiedosamente sugada e substituída por medo, dúvida e uma sensação absolutamente paralisante de fracasso. Aquela Alison não tolerava falha. Esta Alison internalizou a convicção de que não era capaz de conceber naturalmente e, como uma esponja, absorvia cada sentimento negativo que a levasse à conclusão de que o corpo dela estava com defeito. Tornou-se nervosa, tensa e obsessiva.

A decisão de iniciar o tratamento de fertilização trouxe de volta, por um breve momento, a Alison antiga como um sinal de que ela poderia retomar o controle novamente. Enfrentou a coisa toda como faria com um trabalho em tempo integral. O alívio de finalmente poder fazer algo prático estava estampado no rosto dela. Cada vez que passava pelo processo, reassegurava-se de que ninguém poderia ter pesquisado mais sobre o assunto, ninguém poderia ter preparado melhor o corpo do que ela, ninguém poderia ter sido mais cuidadosa do que ela. No entanto, lenta, mas definitivamente, o alívio foi sendo substituído por um toque de descrença, seguido por uma persistente nuvem negra do mais puro medo quando o tempo e, mais uma vez, seu corpo se recusaram a entrar em sintonia com o que ela tanto desejava.

Por isso, antes de apertar o botão que aceitava a chamada, Matthew se preparou bem, antevendo mais uma conversa em campo minado.

— Oiê — disse, tentando soar o mais descontraído possível, esperando pelo menos iniciar a conversa com certo grau de leveza.

— Oi. Liguei para dizer que não fui trabalhar hoje — disse Alison.

— Entendo. Está se sentindo bem? — perguntou, hesitante.

— O que você acha? Estou uma pilha de nervos, Matthew. Estou sentada aqui, me perguntando se em breve estarei planejando a decoração do quarto do bebê ou se estarei absolutamente devastada por ter que enfrentar mais um fracasso. Será que você não pode mesmo voltar hoje à noite?

— Sinto muito, Alison. Eu voltaria, você sabe disso, mas neste momento sou o único da consultoria que pode ficar até amanhã, e é preciso ter alguém lá para cuidar dos clientes. Ian teve que ir embora porque a filha dele será protagonista no musical da escola. Ela era atriz substituta, mas a outra menina se envolveu num escândalo, dormindo com um dos professores, ou algo assim, e foi banida da peça. Agora, o pobre e velho Ian tem que passar duas horas de sofrimento sentado ao lado da ex-mulher, ouvindo a desafinada cantoria de crianças representando *O Mágico de Oz*, em vez de curtir as alegrias da recepção corporativa no jogo de Leeds. Ele está puto da vida, posso lhe garantir.

O silêncio se estabeleceu na outra extremidade do telefone.

— Alison, você está aí?

Uma longa pausa, até que ele ouviu uma fungada e percebeu que ela estava chorando.

— Pelo menos Ian tem uma filha a quem pode assistir numa peça da escola. Eu preferiria isso a um milhão de tardes numa estúpida recepção corporativa. Será que ele sabe o quanto é sortudo? — disse, explodindo.

— Ah, Alison, com certeza ele sabe. É a Lei de Murphy, não é? Está tudo acontecendo no mesmo dia.

— Lei de Murphy é ele ter uma filha e não querer vê-la numa peça da escola enquanto nós não temos nada.

— Ei, calma, pode ser que funcione desta vez.

— Mas e se não funcionar? Não consigo nem imaginar como vou lidar com mais esse fracasso. Acho que não vou conseguir me recuperar e seguir em frente.

— Alison, pensar assim não lhe fará nenhum bem. Vamos lidar com o que vier, porque não teremos outra escolha. Escute, por que você não chama Karen para almoçar, por que não tenta pensar em outras coisas por um tempo?

Ele esperava que isso a fizesse desligar. Sentiu-se culpado, mas tinha perdido a conta de quantas vezes eles tiveram uma conversa semelhante, e isso o deixava para baixo. Sim, ele queria um filho também, mas odiava o que aquela situação estava fazendo com eles. Antes, era Alison quem tomava as rédeas e, de alguma forma, sempre sabia o que fazer. Mas aquela Alison desaparecera havia muito tempo, e ele, apesar de estar tentando segurar as pontas pelos dois, estava falhando miseravelmente.

— Meu Deus, Matthew, você nunca está disposto a falar sobre isso, não é? Por que não pode ser maduro e conversar a respeito comigo? — perguntou, chorando.

Ele fechou os olhos por alguns instantes. Palavras como aquelas o matavam, porque traziam à tona todas as suas inseguranças. Ele não era bom o suficiente para ela. Suas tentativas desesperadas de ser o cara supostamente ideal, com carreira promissora, carro da empresa e cartão corporativo, não a impressionavam, afinal. Talvez, por dentro, ele ainda fosse aquele aproveitador do início da relação.

— Estou tentando, Alison, acredite, estou tentando. Por outro lado, você precisa se distanciar um pouco disso tudo. Veja, ninguém morreu, não é?

No momento em que pronunciou as últimas palavras, já sabia que acabara de falar a coisa mais idiota do mundo.

— Bem, isso diz tudo, não é mesmo? Você não tem a menor noção de nada.

A mensagem "chamada encerrada" piscou na tela do celular.

Tudo o que conseguia sentir naquele momento era alívio. Sabia que deveria ligar de volta, mas temia errar novamente. Onde estava o manual para lidar com uma mulher que se tornara irreconhecível assim que começou a lutar para ter um filho?

O rádio ativou novamente e Matthew ouviu os caras telefonando para opinar sobre quais jogadores deveriam ir para qual equipe. Desejou sentir-se tão livre de preocupações quanto eles, que tinham tempo para provar no rádio que eram os únicos que realmente sabiam o que fazer com as provações e adversidades do futebol britânico e que, se não fosse o trabalho regular, poderiam ter sido os melhores treinadores que o país jamais conhecera.

Estava atrasado quando finalmente chegou à reunião no escritório de Leeds. Seus colegas de trabalho não conseguiram resistir às habituais piadas reservadas para qualquer pessoa de Londres.

— Ficou perdido? Esqueceu que a Inglaterra ainda existe fora da M25?* — perguntou Ian.

— Muito engraçado — respondeu Matthew. — Você deve ter esquecido que eu nasci e cresci em Yorkshire e que você é um frouxo do sul disfarçado de valentão do norte.

— Um frouxo do sul? — exclamou Ian, levantando-se e pegando a gravata largada no cabide. — E eu aqui me preocupando em informar aos clientes que você é o grande astro vindo lá do alto escalão para lhes oferecer uma apresentação deslumbrante de PowerPoint.

— Espero que você não tenha exagerado — disse Matthew, começando a ficar nervoso.

— Nem um pouco. Só disse a eles que seus gráficos de barras provocam nos diretores financeiros a mesma veneração que um Van Gogh produz nos amantes de arte, e que suas piadinhas sobre fundos de investimento são de rolar de rir.

— Obrigado, agradeço de verdade — respondeu Matthew melancolicamente.

— Disponha. É um prazer, amigo. A nossa cervejinha está de pé? — perguntou Ian. — Preciso afogar minhas mágoas por não poder ir ao jogo com você amanhã.

— Com toda certeza. Eu também estou precisando.

Ian estava falando pelos cotovelos, mas Matthew se desligou num certo momento. A cerveja surtiu efeito pintando o mundo com cores mais claras. Sorriu ligeiramente, sentindo-se relaxado e quase despreocupado, uma sensação pouco comum ultimamente. Havia telefonado a Alison ao chegar ao quarto do hotel. A conversa fora curta e concisa. Ele prometera que voltaria logo após o jogo do dia seguinte, o que sem dúvida restringiu significativamente a quantidade de bebida que poderia consumir.

— Você está me ouvindo, companheiro? Caramba, estava com a cabeça na lua, hein? Acabei de dizer que Chris está saindo e você deveria aceitar esse trabalho. Firmar seu lugar por aqui.

---

* Autoestrada em torno de Londres. (N. da T.)

— Perdão, eu estava ouvindo, sim. Pois é, talvez. Mas acho que Alison não suportaria uma mudança agora. Além disso, é meio estranho voltar para o lugar onde cresci. Assim como é meio estranho aceitar o convite para um reencontro do colégio que acontecerá hoje à noite, cheio de babacas com quem nunca conversei e que vão ficar dizendo a todos como estão bem.

— Um reencontro? Você falou reencontro? Você quer me dizer que estou aqui, esse tempo todo, tentando arrancar um sorriso do seu patético e cabisbaixo rosto enquanto poderia estar à espreita das presas fáceis que são as mulheres de 30 e poucos anos, casadas tempo o suficiente para perceber que tudo isso não é tão bom como dizem? — Ian se recostou na cadeira, pôs as mãos atrás da cabeça e fechou os olhos. — Posso vê-las. Centenas delas ansiando por sexo. Todas esperando por um amasso daquele paquera de infância, que vai arrancá-las do inferno doméstico para uma vida de conto de fadas. Claro que ficarão devastadas porque o menino dos sonhos se transformou num obeso que agora abrirá o caminho para um pobre jovem recém-divorciado e charmoso, como eu, que irá para consolá-las.

Abriu os olhos novamente e olhou bem sério para Matthew.

— Espero que elas tenham acumulado alguns quilos a mais e estejam um pouco deprimidas com isso a ponto de apreciar qualquer atenção masculina. — Ian se levantou da cadeira. — De qualquer forma, o que estamos esperando? — perguntou a Matthew, começando a vestir o casaco.

— Você não pode ir. Você nem frequentou aquela escola — protestou.

— Foda-se. Vou fingir que entrei no quarto ano. Ninguém se lembra dos retardatários. Vamos!

— Não, de verdade, não quero ir.

— Por quê? Vai ser divertido ver você dançar com as antigas namoradas ao som da Spandau Ballet.* Ou o problema é justamente esse? Você saía com umas mocreias e agora está com vergonha de apresentá-las? Aposto que é isso, não é?

— Na verdade, só saí com uma garota na escola. Esse é o real problema; digamos que o namoro não terminou numa boa — disse Matthew, surpreso ao sentir um calor nas bochechas.

---

* Spandau Ballet é uma banda inglesa dos anos 1980. Inicialmente inspirada por uma mistura de funk e synthpop, o grupo acabou indo em direção ao pop. (N. da T.)

— Ah, que isso, quanto tempo faz? Quase vinte anos? Ela já deve estar casada, gorda, com rugas até as orelhas, mostrando fotos dos filhinhos para todo mundo. Ela não vai dar a mínima para uma antiga aventura de escola.

Ian caiu de joelhos e agarrou o braço de Matthew.

— Não me negue essa chance de arrumar uma transa, cara, ou nunca vou perdoar você — implorou.

O otimismo absoluto de Ian fez Matthew rir. Ele não era exatamente um presente de Deus, embora parecesse possuir o dom da fala. Dane-se, pensou. Quem sabe quando teria a próxima chance de sair? E Ian estava certo. Se Katy estivesse lá, tudo acontecera há tanto tempo que ela deve ter esquecido ou pelo menos ter perdoado o jeito como tudo terminou. Não que ele mesmo tivesse conseguido se perdoar. Seu estômago ainda revirava quando pensava nisso, o que acontecia com muita frequência, já que havia sempre um motivo para fazê-lo lembrar-se de Katy. Coisas bobas como o Mickey Mouse aparecendo na TV. Katy tinha um ódio irracional do Mickey Mouse. "Infeliz metido que deveria aprender a falar direito", partilhava frequentemente com quem estava ou não interessado em sua opinião sobre o pequeno camundongo.

— Certo, vamos então. Mas, se for uma porcaria, a gente vai embora. E não me deixe envergonhado — disse finalmente, levantando-se.

— Maravilha. *Move closer, move your body real close until iiiiiiiiiiit feels like we're making love... huu... uuu... uuu...** — cantarolou uma música romântica da década de 1980, fingindo amassar e apalpar uma pobre e desesperada mulher imaginária.

— Eu realmente acho que vou me arrepender disso — murmurou Matthew.

---

* "Chegue perto, mova seu corpo bem perto até parecer que estamos fazendo amor..." (N. da T.)

Capítulo 4

A escola ficava a menos de vinte minutos de táxi. O ar fresco e o jeito irregular de dirigir do motorista deixaram Matthew um pouco tonto. Fazia tempo que ele não bebia tanto. Alison praticamente eliminara a bebida de suas vidas para aumentar as chances de engravidar.

Ian cantou todas as suas músicas favoritas dos anos 1980 no caminho, tecendo comentários sobre cada uma delas. Um dos temas recorrentes parecia ser com quem ele fazia sexo naquela época e que tipo de sexo fazia.

— Então, Caroline era a minha garota do tipo *Wake me up before you go go*,* porque na cama ela era a coisa mais maçante que você pode imaginar. Agora, com a incrível Stephanie era diferente. Aposto que você consegue adivinhar a especialidade dela. Uma dica: nossa música era *Summer of 69*,** do Bryan Adams.

— Acho que todo mundo já sabe o que você e Stephanie faziam, e esse é o tipo de imagem que eu não quero deixar na minha mente por muito tempo, obrigado — respondeu Matthew.

— Ah, dias felizes, meu amigo, dias felizes — disse Ian com um sorriso satisfeito no rosto.

Felizmente, naquele momento, eles pararam nos portões da escola antes que Ian pudesse continuar com a mágica turnê sobre sua vida sexual.

Matthew viu a placa da escola tal qual há vinte anos, ao lado das grades de ferro. Agora que estava ali, sentiu-se estranho. De repente, viu-se como era antes, passeando pelos portões com uma mochila Adidas no ombro, a parte mais estreita da gravata despontando na gola da camisa, a extremidade mais larga fora de vista, metade da camisa saindo por cima das calças e os cabelos compridos. Seu braço, claro, estava enlaçado nos ombros de Katy. Pensou, com uma pontada de tristeza, que tinha uma aparência legal. Não dava para imaginar que aquele adolescente todo convencido se transformaria neste homem com trajes de meia-idade: camisa xadrez azul e calça chino.

---

* "Acorde-me antes de ir." (N. da T.)
** "Verão de 69." (N. da T.)

— Certo, vamos ver o que vou conseguir por aqui — aclamou Ian, irrompendo seu desajeitado e embriagado corpo contra a porta do salão da escola, e fazendo o banner *Sejam Bem-vindos à Escola Dove Valley* balançar violentamente.

Matthew teve que sorrir para a cena que os aguardava, pois parecia realmente que tinham voltado no tempo. A banda pop norueguesa a-ha ressoava na pista de dança ao fim do salão, enquanto luzes multicoloridas giravam completamente fora de controle.

Àquela altura da noite, a pista estava dominada pelas mulheres. Os caras agrupavam-se em torno do bar lançando olhares nervosos para elas, como se elas pudessem, a qualquer minuto, arrastar o homem mais próximo para a pista. A única coisa visivelmente diferente eram as roupas. O cenário foi inundado por vestidinhos pretos, meias finas, unhas perfeitamente pintadas e lindos penteados recém-saídos do salão de beleza. Não havia ombreiras, neon, blusa arrastão, correntes, rendas, gravatas de couro ou camisas de seda. No entanto, a julgar pela expressão da maioria dos rostos, o vestuário sofisticado não escondia uma infinidade de inseguranças juvenis que haviam voltado para assombrar os foliões em seu antigo reduto.

— Ah, meu Deus, é você mesmo? Você está maravilhosa! — Matthew de repente ouviu Ian exclamar. — Ainda mais linda do que você era na escola. Sou Ian, caso você esteja sem jeito de dizer que não se lembra. Ian Robinson. Entrei apenas no quarto ano. Fizemos matemática juntos, está lembrada? Para ser sincero, ficava um pouco de olho em você, do fundo da sala. Tivemos aquele professor muito, muito chato, qual era o nome dele?

— Sr. Hopkins — murmurou a confusa gordinha num vestido excepcionalmente decotado para o grande mentiroso que Ian demonstrava ser naquela noite.

— Ele mesmo. Cara, como ele me entediava! Ainda assim, alguma coisa deve ter entrado na minha cabeça, ou eu não teria me tornando o consultor financeiro bem-sucedido e promissor que sou hoje, teria? Então, você vai me deixar pagar uma bebida em agradecimento ao seu sorriso que iluminava minhas aulas de matemática? Deixe-me adivinhar, um Bacardi com Coca-Cola, não é? Com esse exótico olhar latino você deve gostar de rum. Siga-me, mocinha.

Ian piscou para Matthew e desapareceu na multidão em torno do bar, seguido pela mulher gordinha que parecia surpresa, mas um tanto contente.

Deixado sozinho, Matthew começou a reparar nos rostos ao redor. Reconhecera alguns deles imediatamente, mas outros, não tinha a menor ideia de quem fossem. Percebeu que não havia mantido contato com ninguém da escola. Ele e Katy foram praticamente inseparáveis durante os últimos anos do colégio, e por isso ele não havia passado muito tempo com mais ninguém.

— Minha Nossa! Não tem vergonha de aparecer por aqui? — perguntou uma voz, de repente, de algum lugar à sua esquerda.

Matthew se virou para ver o rosto carrancudo e vagamente familiar de Jules Kettering. Ela havia sido a melhor amiga de Katy na escola e o tratara com desprezo, pois acreditava que Matthew a roubara dela. Ele sempre suspeitara que ela fosse lésbica e secretamente quisesse Katy para si.

— Jules, como vai? Sorridente, como sempre — disse Matthew.

— A sua pessoa já é o suficiente para estragar o prazer de qualquer um.

— Ah, os anos parecem passar voando quando encontramos velhos amigos. — Sorriu docemente.

— Você e eu nunca fomos amigos, não depois do que você fez com Katy — desafiou Jules.

— Ah, por favor, tudo isso foi há anos — respondeu, desalentado.

— Mesmo assim, foi uma merda. Não sei como ela quis vir hoje, correndo o risco de ver você de novo.

— Você quer dizer que ela está aqui? — soltou Matthew, ofegante. Sentiu o coração fazer algo estranho: contrair-se um pouco e depois ensaiar a fuga pela garganta.

— É claro. Ela não vai deixar um porco como você estragar as lembranças da escola — disparou Jules.

— Que meigo. Então, onde ela está? — Matthew olhou freneticamente ao redor.

Ele não podia acreditar que estava prestes a vê-la. Depois de todos aqueles anos! Não tinham se falado desde a noite em que ela o surpreendera na faculdade, uma lembrança que ainda o fazia estremecer. Ele telefonara, é claro, por mais de duas semanas, mas ela se recusara a falar com ele. Então, recebeu pelo correio todas as fitas cassete, de vários artistas, que ele tinha gravado para ela, esmagadas e mutiladas. E compreendeu que tudo havia acabado. Katy amava aquelas fitas. Eles escutaram aquelas canções várias vezes no quarto dela e em vários acostamentos, enquanto namoravam no carro do pai dele. Quando os fragmentos de plástico e a fita marrom-brilhante espalharam-se por todo o chão, Matthew avistou uma etiqueta um pouco desbotada, escrita em caneta azul com sua letra enrolada, dizendo: *Isto é o que eu chamo de música de Katy e Matthew*. Naquele momento, viu que não havia como voltar atrás. Dera aquela fita para ela na noite anterior à ida dos dois para a faculdade. Ele fora para Londres, e ela, para Manchester. Tinham sentado no quarto, ouvindo a gravação, Katy chorando a maior parte do tempo, e ele tentando secar suas lágrimas. Em seguida, veio The Jam, e eles ficaram pulando ao som de "Going Underground", rindo histericamente. Por fim, tiveram um daqueles momentos que só acontecem em filmes: caídos na cama, suspiraram e se olharam nos olhos. Matthew se lembrava de ter dito que a amava e que os três anos passariam rápido, e então o mundo seria deles. Continuaram conversando até tarde da noite, conspirando e planejando o futuro. Ele ainda se lembrava de vê-la dizendo que já podia imaginar a casa dos sonhos que eles comprariam quando se formassem e encontrassem um bom emprego em Leeds. Tinha em mente um celeiro reformado, com grossas vigas de carvalho erguendo-se acima de um salão alto, uma cozinha com um fogão a lenha ao lado do qual dormiriam os cachorros, e quartos suficientes para hospedar todos os amigos, mesmo depois que tivessem filhos. Lembrou que, naquele momento, a conversa sobre filhos não o assustara, especialmente quando Katy anunciou que eles teriam dois, um menino chamado Jacob e uma menina chamada Eloise. Mas, naquela época, tudo parecia tão maravilhosamente inevitável, que não existia motivo para pânico.

Eles conseguiam se ver de quinze em quinze dias, e se alternavam na viagem de trem. Mas a cabeça de Matthew começou a mudar. Seus novos colegas organizavam programas para os fins de semana em que ele estaria com Katy, o que lhe dava a sensação de estar perdendo algo. Além disso, a semana dos calouros tinha começado com uma farra para muitos que moravam no mesmo andar que ele. Livres do controle dos pais, parecia que o sexo estava à disposição, seja com as outras estudantes ou com as garotas locais que, em seus microvestidos, ainda pensavam que transar com um universitário era o máximo. Obviamente, na manhã seguinte, eles cambaleavam até a cozinha e contavam as histórias de suas conquistas noturnas, tentando superar um ao outro e apostando quem tinha ido mais longe.

Matthew, sendo o único comprometido, era obrigado a permanecer calado enquanto as brincadeiras rolavam soltas. Também não ajudava nada o fato de ele e Katy não terem transado muitas vezes, talvez três ou quatro, e de essa não ter sido uma experiência inesquecível. Na verdade, fora absolutamente constrangedor e embaraçoso. Ele não tinha ideia do que estava fazendo de errado, mas sabia que não estava certo. Era mais provável que Katy estivesse gemendo de dor e não de êxtase. Eles não falavam sobre isso, apenas evitavam o assunto, ambos envergonhados pela falta de experiência. No fundo, ele sabia que, provavelmente, tudo o que precisavam era praticar, mas foi ficando cada vez mais frustrado, especialmente quando todos os seus novos amigos pareciam estar aproveitando a melhor época de suas vidas.

Então, o final do primeiro semestre havia chegado e, no dia seguinte, Matthew retornaria a Leeds para as férias de Natal. Houve uma festa a fantasia no bar da faculdade, e ele e um dos outros caras dividiram uma roupa de rena. Bem, na verdade era um cavalo, já que era tudo o que tinha sobrado na loja de fantasias, mas eles acrescentaram um par de chifres de rena e um nariz vermelho para complementar o visual. Matthew se deu mal e acabou ficando com a parte traseira, mas isso não importava, desde que tivesse o suficiente para beber.

Depois de uma quantidade considerável de vodca, o traseiro da fantasia improvisada de rena se foi. De repente, as pernas se recusaram a permanecer firmes, e Matthew desabou, arrastando também a parte da frente com ele. Em seguida, só conseguiu perceber que estava sendo levantado pela Virgem Maria, também conhecida como Emma, que morava no andar de baixo. Seu traje era um tanto cômico, já que ela certamente não era virgem e aproveitava ao máximo sua liberdade após estudar numa escola católica para desfrutar tão plenamente quanto possível da companhia dos homens.

— Matty, vamos, levante-se. — Ouviu as palavras de Emma ecoarem no meio do que parecia ser uma grossa névoa ao redor do corpo dele.

Depois disso, ele só sabia que Emma e outro cara do mesmo andar o tinham jogado na cama.

— Vou ficar só um pouco para garantir que ele não vomite antes de cair no sono — disse ela.

Emma começou a acariciar a cabeça de Matthew e, então, conseguiu virá-lo, ainda fantasiado, de forma que sua cabeça descansasse no peito dela. Quando ele se deu conta, ela o estava beijando e deslizando a mão por suas pernas de cavalo.

A bebida o despojara de inibições, e todos os pensamentos sobre Katy desapareceram. Deitou Emma de costas na cama e abaixou as calças de cavalo o suficiente para conseguir pôr para fora um pênis relativamente incapaz e avançar nas profundezas ocultas do tecido azul que Emma usava como fantasia, complementado por uma fenda lateral na altura da coxa.

Foi isso o que aconteceu naquele Natal, e foi essa a cena que saudou Katy quando ela abriu a porta do quarto de Matthew para fazer uma visita-surpresa. O traseiro de uma fantasia de cavalo bombeando a Virgem Maria.

A expressão no rosto de Katy naquele fatídico dia ainda estava gravada na mente de Matthew de tal forma que, ao esperar ansiosamente por ela ao lado de Jules, achava que ela ainda pudesse estar com a mesma cara. Finalmente, Katy surgiu pela porta lateral, com o semblante oposto ao da adolescente completamente destruída que fugira do seu quarto havia tantos anos. Ela mantinha uma postura que só se consegue com sucesso e maturidade. A camisa de grife mostrava claramente seu gosto refinado, e os jeans desbotados tinham sido substituídos por uma fina calça listrada, que culminava com brilhantes saltos vermelhos. Parecia completamente íntegra, o que a colocava em desacordo com o som estridente de "Like a Virgin".

De cabeça erguida, abriu passagem pela pista de dança, sorrindo e acenando para ex-colegas de classe. Consequentemente, ela não o viu até quase chegar onde havia deixado Jules.

— Olhe o que o vento trouxe — disse Jules.

Ela ergueu os olhos, que encontraram e fitaram os dele.

Como algo que você não vê há tanto tempo pode parecer tão familiar? Matthew observou o rosto dela inteirinho, cada centímetro, tentando encontrar algo que a fizesse parecer uma estranha, mas não encontrou nada. Ela ainda era Katy, sua Katy, ali, no salão da escola, como se o tempo tivesse parado.

— Oi, é muito bom ver você — conseguiu dizer finalmente.

— Ah, aposto que você não disse isso na última vez que a viu, não é? Estava ocupado demais tentando tirar a virgindade de Maria — interrompeu Jules.

— Obrigada, Jules, já chega — falou Katy finalmente.

Ele sorriu agradecido, mas percebeu que ela parecia inflexível.

— Você nunca me deu uma chance, nunca me deixou explicar, você se recusou a falar comigo, eu tentei ligar por semanas — deixou escapar. Ele não podia acreditar no que estava dizendo. Parecia um adolescente patético. O que estava fazendo? Era óbvio que não havia necessidade de pedir desculpas naquele momento por algo que tinha acontecido há tanto tempo.

— Vá em frente então, se acha que deve, se isso é um peso que carregou esse tempo todo. Vamos lá, explique — disse Katy com muita calma.

Matthew suspirou.

— Eu estava bêbado.

— Excelente! Parabéns, Matthew. Você está desde 1989 pensando numa razão plausível para o que fez comigo e agora manda essa. Você estava bêbado. Bem, isso resolve tudo, não é? — questionou Katy, agora não tão calma.

— Vejam só se esse não é o casal perfeito do sexto ano. Matthew e Katy, como nos bons e velhos tempos. Suponho que vocês tenham ficado juntos então, pela forma como está levando bronca da patroa. — Era Robert Etchings, tão diplomático quanto costumava ser na escola, sempre metendo o nariz onde não era chamado. — Bom, devo admitir que a idade fez bem a ela, Matthew. Sempre a achei um pouco à vontade demais na escola. Um pouco saidinha, se você entende o que quero dizer. Não que isso seja um problema aos 17 anos. Quanto mais saidinha, melhor. Você não acha, Matthew? — Robert parecia não prestar atenção nos três rostos boquiabertos a sua volta.

Matthew não tinha ideia do que fazer. Estava vivendo um turbilhão de emoções: primeiro por causa de uma garota a quem pedia desculpas por algo realmente estúpido que fizera sem pensar, e segundo por causa de um irresistível desejo de esmurrar um completo idiota que ele odiara tanto na escola. Era mesmo como se tivesse 17 anos novamente. Será que ele não havia crescido nem um pouco? Um passo para dentro da escola, e ele já perdeu a cabeça.

Olhou para Katy, cuja raiva ainda parecia se dirigir a ele apesar dos comentários inconvenientes de Robert. O que deveria fazer? Por fim, decidiu que não tinha escolha. Fez a única coisa que o seu estado de espírito, um tanto confuso, julgou apropriada. Esmurrou o idiota que tanto odiava.

— Pare com isso, Matthew, pare com isso agora! — Foi o que conseguiu ouvir, sem fôlego, após pregar Robert no chão com seu impressionante gancho de direita. — Que diabos pensa que está fazendo?! — gritou Katy a alguns centímetros de seu rosto. Tudo o que podia pensar, enquanto era arrancado para longe de Robert, que agora sorria, era o quanto queria beijar os lábios vermelhos e brilhantes de Katy.

— Agora chega, rapaz — disse o sr. Gelding, que tinha sido professor de Matthew em algum momento do passado. Naquela época, ele aparentava uns 50 anos, não parecia ter mais do que 50 agora. — Você não está mais na escola, sabe? — continuou ele com um brilho nos olhos e um sorriso no canto da boca. Sem dúvida, ele não gostava de Robert também. — Acho melhor levá-lo para casa, querida. Faça isso logo, antes que Robert exija que ele seja expulso. — Sorriu para Katy e se afastou.

Foi naquele momento que Matthew sentiu como se um elefante tivesse pisado na sua mão.

— Merda! — gritou ao tentar dobrá-la. — Robert deve ser um gordo com mandíbula de aço.

Katy o olhou de cima a baixo e depois balançou a cabeça, como se tivesse acabado de decidir alguma coisa. Empertigou-se e disse:

— Certo, vamos tirar você daqui e cuidar dessa mão.

Ela estendeu o braço, agarrando a mão machucada, e a apertou o mais forte que conseguiu, puxando-o pelo salão. Ele gritou em agonia absoluta por todo o caminho até a porta, mas a ex-namorada não o soltou nem pareceu notar que o estava machucando. Na verdade, quanto mais alto ele gritava, mais forte ela apertava.

Assim que chegaram a um lugar mais vazio do lado de fora, Katy soltou a mão de Matthew como se fosse uma pedra e se virou para encará-lo.

— Você sabe por que eu fiz isso? — disse, olhando para ele de uma forma que o fez pensar que um palpite aleatório não seria bem-vindo. Permaneceu em silêncio, sem se atrever a falar. — Isso foi por você ser um completo e absoluto escroto, um merda, e todo e qualquer tipo de palavrão que imaginar! — gritou na cara dele. Então, agarrou-o pelos ombros e lhe deu uma joelhada entre as pernas. — E, a partir de agora, não se fala mais nisso. Está claro? — exigiu.

— Sim — sussurrou Matthew, a dor fazendo seus olhos lacrimejarem.

— Agora me deixe dar uma olhada nessa mão — disse ela, estendendo o braço. Matthew gemeu de leve e deu um passo para trás.

— Você está louca? Depois do que acabou de fazer?

— Foi necessário, Matthew, foi necessário. Agora, vamos lá, não causarei mais nenhum dano, prometo. E eu sou a socorrista do meu andar no trabalho. Tive a melhor pontuação no teste teórico.

— Nossa, você progrediu bastante — comentou ele, aliviado ao vê-la sorrir levemente, enquanto levantava sua mão com cuidado.

— Acho que é um caso para ervilhas congeladas. Um saco grande de ervilhas para reduzir o inchaço e você vai ficar bem.

— Maravilha. Conhece alguma loja que venda ervilhas congeladas e que esteja aberta à meia-noite? — perguntou ele.

— Bem, se a sua esposa não se importar, acho que tenho no meu apartamento. De lá, você pode chamar um táxi.

— Como sabe que eu sou casado?

— A aliança na mão esquerda é um indício e tanto, Matthew.

— Ah, sim. Mas e você? — indagou Matthew, olhando para a mão esquerda dela.

— Não, não me casei. Sabe, tive uma experiência muito ruim com um homem quando era jovem e me tornei lésbica; você vai conhecer Lisa e Rachel quando chegarmos ao apartamento. Estamos atualmente vivendo um triângulo amoroso.

— Merda, não, você está brincando comigo, né? — Os olhos de Matthew estavam arregalados.

— Sim, estou brincando, quem me dera um triângulo. Por enquanto é só Lisa.

— Entendi — respondeu Matthew, incapaz de pensar numa resposta adequada.

Ela jogou a cabeça para trás e riu.

— A cara que você fez — disse ela, por fim. — Na verdade, não sou lésbica, e sei disso porque tenho um namorado chamado Ben, que é professor de educação física, com coxas deliciosas, e oito anos mais jovem do que eu — falou com um ar de triunfo, como se quisesse reduzir Matthew a um completo babaca.

— Certo, talvez seja melhor eu voltar para o meu hotel, então. Não quero levar um soco de um tarado por rúgbi.

— Não, pode ficar calmo, ele está numa despedida de solteiro. E, além disso, não se importaria mesmo, ele é muito tranquilo nesse sentido.

— Certo, srta. Chapman, então me leve para o seu esconderijo de ervilhas.

Capítulo 5

Três horas mais tarde, o saco de ervilhas estava morno, mas ainda cobria os nós dos dedos de Matthew, embora sem firmeza. Eles contaram um ao outro quase tudo que tinha acontecido em suas vidas desde a última vez em que se viram. No começo, de forma muito cuidadosa, mas, em seguida, cada vez mais abertamente, enquanto partiam para a terceira garrafa de vinho.

Katy naturalmente omitiu o estrago que a traição de Matthew lhe causara, preferindo enfatizar a leva de homens que teve desde então. Matthew, aliviado por não ter que falar sobre aquele período, contou como finalmente encontrou uma carreira e se estabeleceu após alguns anos pulando de emprego em emprego. Mencionou Alison, mas percebeu que realmente não queria falar sobre ela depois da conversa que tiveram naquele dia.

Quando ambos deixaram claro que estavam totalmente seguros de si e com a vida sob controle, e quando ficaram muito bêbados, se sentiram preparados para relembrar o passado.

Choraram de rir recordando coisas que foram capazes de fazer. Havia naquilo um certo prazer com culpa, ambos sabendo que, na verdade, não deveriam estar falando sobre aquelas intimidades.

— Você lembra aquela vez que seus pais foram passar o fim de semana fora e pensamos que tínhamos a casa só para nós? — lembrou Katy. — Estávamos lá em cima no quarto nos beijando, ouvindo música, quando, de repente, alguém chamou no primeiro andar.

— Foi minha vizinha, não foi? — disse Matthew, cobrindo os olhos de vergonha. — Estávamos praticamente nus, e então nos espremermos embaixo da cama bem antes de ela entrar no quarto e desligar a música. Aí aquela mocreia intrometida começou a inspecionar as minhas gavetas, você lembra? Estávamos quase tendo um troço. Só Deus sabe o que estava fazendo ali; ela só devia regar as plantas!

— Depois disso, você ficou achando que ela olhava para você de um jeito meio estranho, talvez por ter examinado suas cuecas de perto — recordou Katy, aos risos.

— É, presumi que ela era completamente pervertida e proibi minha mãe de pendurar minhas cuecas no varal.

— De qualquer forma, elas não eram dignas de uma exposição pública. Ainda era sua mãe que comprava suas cuecas, não era? — disse Katy com um brilho perverso nos olhos.

— Não, não era! — exclamou Matthew, ofendido, antes de perceber o sorriso maligno no rosto dela. — Pare de me provocar. — Estava envergonhado por ter sido pego tão facilmente.

— Você me conhece, eu nunca iria facilitar as coisas para você — respondeu ela, desviando o olhar rapidamente.

Sim, ele a conhecia, pensou. E aquilo era muito estranho. Parecia que nada tinha acontecido nos últimos dezoito anos. Estava falando com ela como se tivessem conversado todos aqueles dias. E começou a se dar conta de que, de fato, fazia tempo que ele não falava daquela forma com mais ninguém. Uma conversa despretensiosa, leve, para relaxar e não se preocupar com nada. Desde que decidiu se concentrar na carreira, muito do seu tempo livre foi ocupado com estudo, e ele acabou perdendo o contato com muitos colegas que ficavam aborrecidos por ele recusar convites para sair. Além disso, agora morava ao norte do rio porque Alison preferia a região, o que se tornou um transtorno para chegar à boa e velha cidade de Southwark. E, então, quando começaram a lutar para ter um filho, o sofrimento de Alison abateu os dois de vez. Até a capacidade de se divertir virou uma lembrança fraca e distante.

Estar ali com Katy, de alguma forma, o levou de volta aos dias despreocupados e despertou nele algo adormecido. E como aquilo era bom. Era como quando relançaram *Doctor Who* e ele se perguntou como tinha conseguido viver sem aquela série por tanto tempo.

E quanto a Katy, céus! Ela podia falar besteira, mas a besteira dela era um bálsamo comparada às recentes conversas com Alison, sempre tão tristes.

Ele iria ao banheiro e depois embora, decidiu de repente; pensar em Alison o fez se sentir culpado. Sabia que ela não acharia nada bom vê-lo às gargalhadas com uma antiga paixão.

— Volto em um segundo. Depois acho que já vou indo — avisou.

Cambaleou até o banheiro pela quarta vez desde que chegara. Olhou de novo a gigante banheira de Katy, ornada com uma série de perfumes, poções e velas em elaborados suportes de vidro. Não conseguia pensar em outra coisa a não ser em Katy lá, de olhos fechados e com um sorriso no rosto, totalmente relaxada e feliz, talvez com uma parte do seio despontando por cima das bolhas. Tentou apagar a imagem da mente enquanto lavava as mãos e reafirmou a sua vontade de voltar para o hotel.

Mas então, por algum golpe do destino, o iPod começou a tocar "Going Underground", a favorita do casal na antiga fita cassete *Isto é o que eu chamo de música de Katy e Matthew*. Ele presumia que o modo de reprodução aleatória, de acordo com sua experiência, possuía algum tipo de intuição que o fazia tocar a música certa na hora certa, mas dessa vez foi um pouco bizarro. Matthew chegou a suspeitar que Katy o tivesse programado enquanto ele esteve no banheiro, mas ela continuava sentada no mesmo lugar, do mesmo jeitinho de antes.

Ao som dos primeiros acordes familiares, Katy saltou no ar.

— Venha, dance essa comigo antes de ir — gritou, já pulando perigosamente perto do lustre decorado.

Ele riu e se deixou levar, tentando saborear a sensação de ser um pouco doido. Rindo histericamente, Katy segurou as mãos de Matthew, e então pularam juntos, apostando "quem consegue chegar mais alto?" Quando a música terminou, caíram pesadamente sobre o sofá, os rostos pela primeira vez a apenas alguns centímetros de distância. Ela exibia o maior sorriso do mundo, o que o fez querer possuí-la na esperança de que aquela alegria passasse um pouco para ele.

E então ele começou a devorar aquela surpreendente alegria. Sugou, na verdade. Eles se beijaram como se fossem adolescentes, as bocas bem abertas, girando uma na outra como uma máquina cheia de óleo, a língua deslizando para dentro e para fora, sobre dentes e lábios. E as mãos, incapazes de ficar paradas, passeavam pelos seus corpos, primeiro pelos cabelos, depois pelos braços e pelas costas, e então subiam e desciam pelas pernas, aventurando-se cada vez mais, provocando o outro em silêncio.

Por algum tempo aquilo foi suficiente para explorar seus corpos de forma selvagem. Até que Matthew não aguentou mais e, com impaciência, começou a abrir os botões da camisa dela até conseguir arrancá-la, revelando uma pequena tatuagem de cupido. Isso o fez sorrir e, erguendo os olhos, viu Katy sorrindo de volta. Ambos se entreolharam, ligeiramente ofegantes, a magnitude do momento percorrendo os dois como uma corrente elétrica. Em seguida, pela segunda vez naquela noite, Katy tomou a decisão de dar um rumo aos acontecimentos. Avançou, mas dessa vez as mãos mergulharam direto ao ponto.

— Katy — sussurrou ele, um pouco chocado de ver a Katy que ele conhecia fazendo uma coisa dessas.

Então Matthew fechou os olhos, banindo todos os pensamentos, até que ela parou de repente e o puxou para o chão ao lado dela, deixando claro que o prazer seria dos dois.

Assim que abriu os olhos na manhã seguinte e viu Katy com os cabelos espalhados sobre o travesseiro, Matthew não achou errado nada do que tinham feito. Mas então os últimos dezoito anos passaram de repente diante dos seus olhos, e ele se lembrou de que não tinham sido "felizes para sempre", e que a vida dele era completamente outra. Uma vida em que tinha uma esposa que não era a mulher deitada ao lado dele, completamente nua.

Ele saltou da cama e procurou enlouquecidamente as roupas, xingando baixinho. Mas que merda ele tinha feito? Aquilo era um desastre. Ele era um homem com uma carreira e uma esposa tentando engravidar, e ele se comportava assim. Que porra era aquela?

Depois de se vestir, avaliou se deveria simplesmente ir embora. Mas não podia fazer isso. Ele tinha sido um escroto por todos aqueles anos, então o mínimo que podia fazer agora era encarar os fatos.

Tocou de leve o ombro de Katy e chamou o seu nome.

Ela arregalou os olhos imediatamente.

— Desta vez você resolveu ter a decência de se despedir, então — concluiu ela, que obviamente estava acordada havia um tempo, ouvindo seus preparativos para sair.

— Olhe, Katy, não posso acreditar que eu fiz isso, eu realmente mereço queimar no inferno depois de tudo que eu fiz você passar antes, mas tenho que ir. Eu tenho uma esposa. Sinto muito. Não deveria ter voltado aqui. Eu estava bêbado, isso não deveria ter acontecido.

— Meu Deus, de novo esse papo de bêbado! Você realmente precisa pensar numa desculpa mais original para suas puladas de cerca — retrucou Katy.

— Eu sei. Só não sei o que dizer. Sinto muito. — Olhou para longe, com medo de ver o mesmo olhar no rosto da garota que ele havia traído há tantos anos.

— Olhe, Matthew, não somos mais adolescentes — disse ela, como se estivesse lendo a sua mente. — Você não merece ouvir isso, mas não se preocupe.

De verdade. Presenciar o seu arrependimento, de alguma forma, me deu a sensação de que, desta vez, tudo acabou. Então vá para casa, para sua esposa, e esqueça tudo isso. — Sorriu para ele como se realmente estivesse sendo sincera.

Ele queria lhe dizer que ainda lamentava aquele dia, que ainda pensava sobre aquilo com mais frequência do que deveria, mas percebeu que seu tempo tinha acabado.

— Bem, acho que isso é mesmo um adeus, então — conseguiu dizer finalmente.

Olhou para ela, ainda deitada na cama, e se viu tentando memorizar cada pequeno detalhe da sua aparência. Para seu desespero, o pensamento de nunca mais vê-la era aterrorizante. De alguma forma, aquilo parecia certo. Ele se sentia bem olhando para Katy, deitada na cama em que fizeram sexo na noite anterior, sem culpa. O que ele tinha feito? Precisava sair agora, enquanto podia, antes de olhar para ela mais uma vez e decidir que deveria ficar.

— Tenha uma boa vida. — Ela sorriu.

— Você também — resmungou e, em seguida, se virou e saiu. Fechou a porta atrás de si antes de se permitir respirar e deixou uma pequena lágrima escorrer pelo rosto.

Capítulo 6

Matthew acreditava ter conseguido superar tudo o que acontecera naquela noite após o evento na escola. No início, quase foi destruído pela culpa. Não tanto pelo sexo que, em alguns aspectos, parecia incidental. O que realmente o impedia de dormir à noite era o fato de ter ficado tão feliz na companhia de outra mulher. A pior traição possível. Repassava o encontro repetidas vezes, procurando desesperadamente algo que pudesse tirá-lo daquela situação. Ela deve ter feito algo de errado, deve ter acontecido algo desagradável. Precisava apenas de alguma coisa que pudesse bani-la de sua mente. No final, foi Alison que conseguiu resgatar seus pensamentos de volta ao anunciar que estava grávida, e, milagrosamente, um pouco de alegria se infiltrou em sua vida de casado. Naquele momento, foi capaz de voltar a si e se convencer de que já estava na hora de acabar com tudo aquilo. Tinha sido apenas uma noite que nunca deveria ter acontecido, e agora ele deveria se concentrar no bem-estar da esposa e da nova família.

Mas ali estava ela. Oito meses depois. Em um hospital. Em uma aula de pré-natal. Caminhando em sua direção. Gorda.

— Bem-vindos, sejam bem-vindos — anunciou de repente a senhora responsável pela aula, interrompendo os pensamentos altamente perturbados de Matthew. Ela se levantou da cadeira, cambaleando, com os cabelos grisalhos meio soltos, resultado de quatro gestações que deram vida a quatro energéticos meninos com idades entre 6 e 21. Tinha impressionantes e férteis coxas acentuadas por uma calça legging preta e desbotada, enquanto as bolinhas cor-de-rosa, esticadas sobre seu amplo busto, flutuavam como boias num tempestuoso mar.

— Sou Joan, e vocês devem ser Ben e Katy. Não se preocupem, vocês não perderam nada por enquanto, apenas aquelas coisas de sempre, como a localização dos banheiros e as saídas de incêndio. Sentem-se. Agora que estamos todos aqui, podemos nos apresentar.

Ben e Katy ocuparam os dois últimos lugares, que ficavam bem de frente para Matthew. O seu olhar atordoado foi deliberadamente ignorado por Katy, que se recusou a levantar os olhos do chão.

— Certo, então, vamos começar? Sei que todos se sentem um pouco estranhos, mas lembrem-se de que estamos aqui para apoiar uns aos outros. Tenho ministrado essas sessões por muitos anos e, acreditem em mim, todos vocês serão bons amigos no final. — Katy lançou um olhar para Matthew. Ele a olhou fixamente. Ela desviou o olhar na mesma hora. — Então, vamos começar. Cada um pode falar o seu nome, quando o bebê deve chegar e compartilhar sua maior preocupação em relação ao parto — disse Joan.

Matthew observou fascinado o acompanhante de Katy se inclinar e sussurrar no ouvido dela.

— Acho que vou cortar os pulsos agora. Pode me acordar quando chegar a parte sobre a xana — cochichou Ben, alto o suficiente para Matthew ouvir.

— Oi, meu nome é Rachel — murmurou uma menina bonitinha. — O bebê deve nascer no início de setembro, estou mais preocupada em saber como e quando fazer força. — Enrubesceu, claramente desacostumada a falar na frente de estranhos.

— Olá, sou Richard e estou mais preocupado em saber exatamente o que posso fazer para ajudar da melhor forma a minha esposa — disse ele, sorrindo para a esposa e apertando a mão dela para tranquilizá-la.

— Alguém me traga um balde — murmurou Ben um pouco alto demais.

— E você? — perguntou Joan suavemente a uma menina no final da adolescência, que apertava a mão do rapaz sentado ao seu lado. — Não precisa ter vergonha, estamos todos juntos nessa. Por que você não começa nos dizendo o seu nome? Não precisa dizer mais nada, se não quiser.

— Bem, Joan, me chamo Charlene — respondeu a menina, inclinando-se para a frente em sua cadeira. Sacudiu com habilidade o desgrenhado e sujo cabelo loiro, fazendo suas numerosas pulseiras retinirem ruidosamente. — E este é o meu Luke. Ele é o pai do meu filho — apresentou com orgulho, levantando a mão dele junto à dela num gesto de vitória.

— E quando... — começou Joan.

— Nós saímos desde que tínhamos 15 anos. Foi quando ele me levou para casa depois que Jez Langton me deu o fora no McDonald's porque eu não quis dar para ele o brinquedo do meu McLanche Feliz. Eu sou sua primeira e única namorada, não sou, Luke? — disse, cutucando-o. Luke olhou para o chão e permaneceu calado.

— Bem, isso é maravilhoso. Então, quando... — começou Joan novamente.

— E nós vamos nos casar, não vamos, Luke? — interrompeu Charlene outra vez. — Assim que eu disse que estava grávida, ele foi direto me comprar um anel. É sério. Ele foi simplesmente incrível. Ele é a pessoa mais gentil e mais maravilhosa do mundo, não é, Luke?

Luke assentiu, encarando o chão.

— Bem, isso é maravilhoso, Charlene — disse Joan. — Estou muito feliz que vocês dois estejam enfrentando a gravidez dessa forma. Agora vamos fazer de tudo para apoiar a nossa jovem mamãe. E na semana que vem todos nós iremos a uma pizzaria para conversar melhor, vocês sabem, em um ambiente agradável, não ameaçador, sobre qualquer coisa que tenham em mente.

— Qual pizzaria? — perguntou Charlene de repente.

— Bem, não tenho certeza — respondeu Joan um pouco surpresa. — Acho que vai ser no Pizza Palace, aonde costumamos ir.

— Foi mal, não podemos ir. Eles não fazem massa pan, e o Luke só come massa pan.

— Entendo. Na verdade, vai ser só entre as meninas, então talvez você possa vir e deixar Luke em casa...

Charlene se virou para consultar Luke, que ainda se recusava a levantar os olhos do chão.

— Vamos discutir isso e depois eu aviso se o Luke não se importa — respondeu Charlene.

— Você está certa. Agora, Luke, há alguma coisa que você deseja acrescentar? — indagou Joan, voltando-se para o rapaz sentado ao lado de Charlene.

Ele se enfiou ainda mais na cadeira e resmungou um não.

— Bom, não tem problema. Haverá muitas outras oportunidades para você falar o que quiser — acrescentou Joan, sorrindo para a cabeça baixa dele. — Então, quem será o próximo?

Ben estava pronto. Olhou ao redor da sala como se quisesse ter certeza de que o público estava ouvindo.

— Olá. Meu nome é Ben e a minha maior preocupação é que o pobre garoto nasça ruivo — disse ele, sorrindo de orelha a orelha.

Matthew abriu a boca, pasmo. Quem era aquele cara?

Até que chegou a vez de Katy. Matthew prendeu a respiração.

— Ehrr, oi, eu sou Katy. E... Bem... O parto será em cinco semanas e acho que estou apavorada com tudo.

A cabeça de Matthew começou a girar de repente, as palavras de Katy liberando uma indesejada cadeia de pensamentos que ele estava evitando desde que ela entrara na sala. Então, se ela vai dar à luz em setembro, deve ter ficado grávida em dezembro. "Quando exatamente aconteceu aquele maldito encontro?", pensou desesperado. Não tinha certeza até que, de repente, a lembrança de Katy o arrastando pelo salão da escola, ao som de "Last Christmas", do Wham!, veio à tona, acompanhada de uma sensação de náusea na garganta. Não era possível, era? Não poderia ser dele, poderia? Uma noitada não resultaria em gravidez bem quando sua mulher, finalmente, conseguira engravidar após cinco anos de tentativas. Isso, com certeza, não poderia acontecer. Katy certamente tomara o cuidado de se prevenir. Devia estar tomando pílula. Mulheres só chegam aos 36 anos sem ter filhos usando excelentes métodos contraceptivos, não é? E quem é o palhaço sentado ao lado dela? Ele não estaria aqui se não fosse o pai da criança, estaria?

Matthew respirava muito rápido agora, rápido demais para não ser notado.

Olhou em volta com nervosismo e, de repente, se deu conta de que todo mundo estava olhando para ele enquanto Alison o cutucava. Cacete, era a vez dele. A sua vez de compartilhar com o grupo o seu maior medo sobre o parto. Que tal sua esposa descobrindo que ela podia não ser a única a carregar um filho seu?

— Desculpe, preciso de ar — conseguiu murmurar antes de se levantar e praticamente correr para a porta. Ele podia ouvir Joan rindo enquanto a porta se fechava atrás dele.

— Ah, sempre tem alguém que leva um choque de realidade quando chega a este estágio. Ele ficará bem em um minuto, ouçam o que digo. Por que você não nos conta sobre o casal? — perguntou ela olhando para a mulher sentada ao lado da cadeira vazia de Matthew.

— Bom, aquele é o meu marido, Matthew, que normalmente não age assim, juro. Não tenho ideia do que aconteceu com ele. Enfim, meu nome é Alison. Acabamos de nos mudar de Londres por causa do trabalho dele e porque queríamos uma casa com jardim em vez do apartamento em que estávamos vivendo. Sabe, realmente vamos precisar de mais espaço porque na verdade estamos esperando gêmeos — explicou ela com um sorriso um tanto presunçoso.

Um "uau" baixinho se espalhou pela sala seguido de uma salva de palmas espontâneas. Katy aplaudiu um pouco mais lentamente do que todos os outros, olhando para a porta fechada, atrás da qual, sem dúvida, Matthew se escondia.

— Como você pôde? — perguntou Alison, ofegante, enquanto se sentava no banco do passageiro após a aula. — Como você pôde sair daquele jeito e simplesmente não voltar mais? Fiquei com a cara no chão.

— Sinto muito. Comecei a me sentir muito mal de repente.

— É claro que agora todos pensam que você não está preparado.

— Preparado para o quê? — perguntou ele.

— Para ter filhos! — gritou ela. — Todos estão pensando que você não tem estômago para isso, sei que estão. Aposto que estão falando sobre a gente agora, a caminho de casa. O casal que terá gêmeos, cujo marido não aguenta nem sentar numa aula de pré-natal e aprender sobre o parto. É isso o que vão dizer. Deus, que vergonha!

Matthew olhava em silêncio para o velocímetro enquanto mexia nos controles de temperatura.

— Você está me ouvindo? — insistiu ela.

— Desculpe. O que você disse?

— Pelo amor de Deus, Matthew, você sabe como essas aulas são importantes e, do nada, você me deixa na mão assim, na frente de todo mundo.

— Eu só... Acho que não conseguiria ficar lá por mais tempo.

— Ah, fantástico! — Alison jogou as mãos para cima. — O que será de você quando eu realmente der à luz, Matthew, se você nem aguenta ficar num lugar onde apenas se fala sobre o assunto? Do que afinal você tem medo?

— De nada. De nada, juro. Nada disso tem a ver com a coisa toda do parto. Deve ter sido algo que eu comi no almoço, só isso — justificou Matthew antes de se virar para olhar para ela. — Além disso, é você quem precisa saber todas essas coisas, não é? Se eu não estiver lá, isso não terá a menor importância, terá? Por exemplo, se algo acontecer e, Deus me livre, eu não puder estar lá por algum motivo.

— Matthew, você tem essas datas no seu Blackberry há meses. Eu sei, porque eu as coloquei lá. Não há nada que seja mais importante do que essas aulas. O que as pessoas vão pensar se você não aparecer, especialmente depois dessa cena hoje?

— Será que realmente importa o que eles pensam? Não vamos virar melhores amigos ou algo assim, vamos?

— Matthew, estarei em casa todos os dias com duas crianças. Preciso começar a estabelecer uma rede de apoio, e acho que posso fazer amizade com algumas mulheres naquele grupo.

— Ah, pare com isso, Alison. Não havia ninguém lá dentro que tivesse algo em comum com você — disse Matthew, começando a se sentir mal novamente.

— Ah, não sei. Que tal aquela que você ficou encarando? Eu reparei, você não conseguia tirar os olhos dela — sugeriu Alison, num tom acusador.

— O quê? — perguntou Matthew, agora se sentindo realmente doente. — Você quer dizer aquela de cabelo escuro? Ah, é que ela parecia familiar, só isso, fiquei pensando de onde conhecia, sabe como é.

— Entendi. — Alison parecia satisfeita com a resposta. — Bem, acho que agora você começará a esbarrar em antigos conhecidos. Ela trabalha numa agência de publicidade, se isso ajuda. Preciso admitir que ela era a única que eu poderia considerar uma futura amiga, pelo menos ela parece ter um cérebro.

— Mas... mas... — balbuciou Matthew desesperadamente à procura de palavras que pudessem, de alguma forma, oferecer àquela conversa um rumo menos terrível. — Mas ela não estava com um namorado completamente idiota?

— Ah, ele era inofensivo. Mas você está certo, aquele casal era estranho. Ele parece bem mais jovem que ela.

— Ele me parece um babaca. Eu ficaria longe, se fosse você. Nada pior do que lidar com um casal bizarro.

— Bem, eles devem estar pensando o mesmo de nós, dado o seu comportamento hoje — observou ela. — Ele foi um santo comparado a você. Até segurou minhas mãos na hora do exercício com a bola de parto, já que você não estava lá. Então, não se esqueça de agradecer a ele por ser um pai substituto quando o vir na próxima semana.

— Que desempenho o meu, hein? — comentou Ben quando pararam no semáforo a caminho de casa. — Quebrei o gelo com as minhas brincadeiras. Piada de ruivo não tem erro, é o que sempre digo. Nem mencionei aquela palavra com "X" por respeito à sua avó. Que Deus a tenha. E aguentei todo o papo sangrento da Joan como um homem de verdade, não como aquele tal de Matthew. Que frouxo! Se eu fosse a mulher dele, eu daria uma bronca nele depois.

— Na verdade, eu o conheço — disse Katy.

— O quê? Aquele bundão?

— É, frequentávamos a mesma escola. Mundo pequeno, né? — Katy passara a aula inteira lutando contra o desejo de se levantar e sair. Decidiu, no entanto, que seria melhor admitir que conhecia Matthew, caso eles se encontrassem novamente.

— Ele era patético desse jeito na escola também? — perguntou Ben.

— Não lembro muito bem — respondeu ela, torcendo para ele não detectar o tremor na sua voz. — De qualquer forma, eu estava me perguntando se devemos frequentar o restante das aulas. Aprendi o que eu queria hoje. Vamos apenas ler os livros, com certeza ficaremos bem — sugeriu Katy, tentando soar natural.

— Você o quê? Tá falando sério? — perguntou Ben, consternado. — Sofri durante a semana inteira na sala dos professores com Bob e Dennis tirando sarro de mim, dizendo que eu nunca seria capaz de lidar com todos os detalhes sangrentos. Se eu voltar agora, após a primeira aula, e disser que não participaremos mais, eles vão acabar comigo.

— É só dizer que sou eu que não quero mais — disse ela, já um pouco desesperada.

— Aham, claro. Como se eles fossem acreditar nisso. De qualquer forma, tenho que ir à próxima aula. Nunca pensei que diria isso, mas, graças a Deus, Katy, você me obrigou a fazer o curso — disse Ben, com sinceridade. — O futuro da equipe de futebol do Leeds North sub-19 agora depende da minha presença nessas reuniões. Preciso convencer o Luke a voltar e ser nosso atacante.

Capítulo 7

Na época, Katy achou que ter dormido com Matthew teve um lado positivo. Saber que ele a desejava e que ela poderia simplesmente partir foi o suficiente para apagar os anos de rejeição e mágoa que guardava dentro de si. No entanto, não foi fácil. Tinha curtido aquela cumplicidade e o brilho acolhedor das lembranças compartilhadas. Poderia ter caído na tentação de se entregar completamente a uma visão idealizada do passado, não fosse pelo fantasma de Matthew que a assombrava sempre que se lembrava do futuro cruelmente destruído. O futuro sobre o qual passaram horas conversando na noite anterior à ida para a faculdade. Aquele com o celeiro reformado, os cães e as crianças. Não tinha esquecido nenhum detalhe sequer do que haviam planejado. Também não tinha esquecido nenhuma das semanas e dos meses que passara de luto após o rompimento. Finalmente, quando não conseguia chorar mais, Katy decidira que nunca mais passaria por algo assim, jurando que sua futura felicidade dependeria apenas dela mesma e nunca do capricho de um homem.

Quando disse adeus na manhã após o reencontro e desejou a Matthew uma boa vida, a expressão no rosto dele foi o suficiente para saber que, finalmente, depois de todo aquele tempo, ela estava curada. Cabisbaixo e confuso, ele claramente não esperava que fosse ela a terminar aquele breve reencontro.

Naquele dia, Ben voltou da despedida de solteiro e se surpreendeu com o comportamento de Katy, que tentou levá-lo correndo para a cama. Protestou gentilmente, dizendo que cheirava a cerveja, mas ela estava decidida a banir sua aventura sexual com Matthew para o compartimento mais distante da memória e substituí-la por algumas travessuras com Ben.

Tudo voltou ao normal até o dia em que Katy descobriu que estava grávida.

— Como diabos isso aconteceu? — foram as primeiras palavras de Ben quando ela finalmente lhe confessou que estava grávida, decidindo ignorar a mínima possibilidade de a criança ser de Matthew.

— Não sei. Talvez tenha sido naquela época de comemorações de fim de ano. Tive ressacas terríveis. Vomitei um bocado. Acho que isso deve ter cortado o efeito da pílula.

Olhou para ele ansiosa à espera de uma reação. No final, teve que aguardar enquanto suas emoções evoluíam ao longo do tempo. Ben ficou atordoado, consternado e desnorteado; em seguida, telefonou para a mãe e, depois de uma bronca, entrou num estado de permanente resignação e indiferença, com um ocasional toque de "animação secreta". Quanto a Katy, tendo superado a tarefa extremamente traumática de contar a Ben a novidade e tendo se forçado a esquecer tudo a respeito, decidiu tratar a gravidez como um evento comum. Não se tornaria um robô obcecado por crianças, como todas as outras mulheres grávidas que conhecia. Decidiu que os dois não mudariam e que nada afetaria sua relação. A vida tinha que permanecer normal.

"Normal", no entanto, não foi a palavra que veio à sua mente quando ela chegou ao trabalho no dia seguinte à aula de pré-natal. Um possível segundo pai, aparecendo na 35ª semana, certamente não constava no guia de gravidez entregue pela obstetra. Lá, não falava também como evitar o chá de bebê que, para a sua total consternação, ficou marcado para aquele dia. Não havia jeito de escapar do evento já que, por algum motivo, todos no escritório tinham ficado animadíssimos com a perspectiva de lhe oferecer uma festa para marcar a iminente chegada do bebê.

— O chá de bebê é o novo casamento, minha querida — declarou Daniel quando ela mostrou espanto pelos sofisticados convites que ele havia idealizado.

— Mas é apenas um pessoal do trabalho saindo para beber e comer alguns petiscos, não é? — perguntou Katy.

— Não seja boba, Katy. Que tolice pensar que eu, o extraordinário diretor de criação deste estabelecimento, desperdiçaria a chance de expressar meu enorme talento criativo em algo tão brega e distante da vida de um gay como um chá de bebê.

— Ah, agora entendi. Você está se sentindo um pouco deslocado nessa coisa toda de procriação e por isso vai fazer o diabo para transformá-la em algo bem gay. Aliás, adorei o fato de que estou parindo Judy Garland na capa do convite.

— De nada. Considerei Kylie, claro, mas sem chance; uma mulher de proporções tão minúsculas não poderia ter os seus genes.

— Você tem toda razão. Kylie seria absurdo — respondera ela na época, sem saber que dar à luz Kylie Minogue teria sido preferível à sua situação atual.

Deu um profundo suspiro ao pegar a bolsa e saiu pela porta da agência, estampando no rosto um falso sorriso, no intuito de criar a ilusão de uma mulher no controle da sua vida.

O sorriso desapareceu no minuto em que Katy entrou no restaurante, no quarto andar da Harvey Nichols, e se viu num pôster de quase dois metros de altura, pendurado no teto. De fato, era uma imagem impressionante, tirando o detalhe de que Katy havia sido sobreposta ao corpo de Demi Moore na pose "totalmente grávida e completamente nua", da famosa capa da *Vanity Fair* na década de 1990. Daniel estava sob o pôster com um sorriso muito satisfeito no rosto. Correu logo que a viu.

— Você amou, não é, Katy? Você nunca esteve melhor — suspirou.

— Fantástico. Então você está me dizendo que fico melhor com a cabeça anexada ao corpo de outra grávida — constatou Katy com espanto.

— Mas olhe para o seu rosto. Colin trabalhou nisso por horas. Demorou uma noite toda apenas para decidir seu tom de pele. Mas o resultado foi espetacular. Veja como você poderia estar se levasse a sério um tratamento facial e gastasse algum dinheiro em produtos de beleza.

— Daniel, você é um verdadeiro amigo. Vou me lembrar de ligar para você quando precisar de ajuda para cometer suicídio — disse ela, se virando.

Normalmente as brincadeiras com Daniel eram divertidas, mas não hoje. Ajeitou seu vestido de grife, comprado para mostrar aos jovens colegas que ela podia estar grávida, mas ainda era *cool*. Para seu horror, no entanto, sentiu as lágrimas brotando enquanto se dirigia à mesa que tinha sido minuciosamente enfeitada com plumas brancas de marabu, contornando um mar de pequenas cegonhas brancas balançando nas extremidades dos pedaços de arame.

— Lindo — balbuciou ao se aproximar dos rostos que aguardavam sua chegada.

— Eu e Lenny decoramos a mesa — disse Kim, diretor de arte dos estagiários. — Mas tivemos que insistir com Daniel. Ele queria embarcar num tema louco sobre drogas. Ia pendurar seringas de anestesia peridural no teto, com um líquido rosa e azul, e em seguida, para o entretenimento de todos, aparecer com um cilindro de gás anestésico para a gente experimentar. Felizmente o gerente do restaurante se opôs, dizendo que eles não possuíam seguro para que os clientes trouxessem seus próprios cilindros de gás.

— Uau, que sorte a nossa — comentou Katy se sentando, dolorosamente consciente de que era o centro das atenções justo quando o que mais queria era cavar um buraco e desaparecer. Houve um silêncio constrangedor por um momento, até que seu chefe, o profissional experiente, quebrou o gelo e deu andamento à comemoração.

— Então, Katy, conte-nos tudo sobre o quarto do bebê. Qual foi o tema que você escolheu? — perguntou ele.

— Ah, o quarto já estava pintado de branco, então acabamos deixando assim.

— Adorável, nada muito exagerado, hein? — disse ele com simpatia. — Não suporto esses quartos megatemáticos onde tudo tem que girar em torno do maldito Ursinho Pooh. Quem precisa de um urso bobo e gordo olhando para você de todos os cantos quando você acabou de chegar ao mundo?

— Mas o meu pequeno Alfie ama o Pooh — interveio Jane, a recepcionista. — Sério, Katy, ele adora aquele ursinho. Posso ir com você à loja Mothercare, se quiser. Lá você encontra de tudo para combinar com o quarto, é fantástico.

— Eh... se eu tiver tempo — disse Katy, olhando desesperadamente para o chefe dela.

— Certo, vamos às formalidades então, para eu poder relaxar e beber alguma coisa — disse ele.

Levantou-se e bateu levemente com a colher na lateral do copo para chamar a atenção de todos. Deus, pensou Katy, aquilo estava se transformando mesmo num casamento. — Bem, senhoras e senhores, preciso dizer que, para mim, é uma surpresa estar aqui hoje para brindar Katy no seu iminente ingresso na maternidade. Conheço Katy há algum tempo e devo admitir certa dificuldade em dissipar a imagem que tenho dela, vocês sabem, não se comportando exatamente de modo maternal.

Um sorriso nervoso rondou pela mesa.

— Infelizmente, temo que nunca mais verei Katy dando uma lição à stripper por tentar cobrar demais de um cliente nosso durante a comemoração de uma campanha publicitária bem-sucedida. Acredito, Katy, que suas palavras foram: "Se você acha que pode cobrar 100 libras para balançar a bunda na cara deste homem, então eu deveria cobrar o dobro para meter dois dedos na sua." Isso é o que eu amo em Katy. Ela sempre mantém um olho nas despesas.

Todos riram, enquanto Katy sorriu com os dentes cerrados.

— Além disso, para não envergonhar sua prole, é melhor enterrar a história de quando ela teimou em ajustar a posição do pênis de um modelo para fotografar uma cueca, como se soubesse exatamente o que o cliente queria.

— E ela nem me deixou chegar perto daquele pau, vaca egoísta — murmurou Daniel. — Se existe alguém que sabe como dar um aspecto perfeito a um pênis, esse alguém certamente sou eu.

— Isso tudo serve para mostrar como Katy consegue se adaptar a todo tipo de circunstância. E, apesar de ela ter resistido a qualquer possibilidade de felicidade doméstica no passado, como todos sabemos, não tenho dúvida de que vai se adaptar, assim como sempre fez, e ser uma mãe muito bem-sucedida. — Em seguida, ele se virou para dirigir as últimas palavras a ela. — Eu realmente acredito em tudo que disse a você — confirmou com sinceridade, pondo a mão no ombro dela.

Katy estava paralisada. Mãe bem-sucedida? Ele não estaria dizendo isso se soubesse do estado atual das coisas.

— Agora, Daniel preparou um presente muito especial que ele tem mantido a sete chaves, por isso é com grande entusiasmo que lhe passo a palavra, Daniel — concluiu o chefe.

Foi só então que Katy notou sobre a mesa, ao lado deles, um pano branco cobrindo algo bastante irregular, com cerca de dois metros de altura. Daniel estava ao lado, parecendo surpreendentemente desconfortável.

Que diabos ele fez desta vez? Ela realmente tinha que se lembrar de dizer que nunca mais queria vê-lo.

— Bem, Katy, espero que você goste, nem que seja pelo enorme trabalho que isto envolveu — disse Daniel.

Ele puxou o pano branco, afastando-o com ostentação, para revelar um busto nu de grávida que culminava num par de seios abundantes, tudo feito de gesso e montado sobre um pedestal de madeira escura.

— Estou reconhecendo esses peitos — cochichou Martin, um dos diretores de contabilidade.

— Por quê? — perguntou Katy para Daniel, boquiaberta e balançando a cabeça em espanto.

— Lembra que perguntei se poderia fazer algumas fotos da sua barriga para ajudar com a orientação artística do catálogo de moda gestante?

— Aham.

— Bem, eu menti — disse ele, rindo histericamente. — Eu só queria uma boa imagem de você para poder preparar isto. Vamos, Katy, você não esperava que eu fosse lhe presentear com algo útil para o bebê, não é? Essas cores primárias exageradas me irritam profundamente.

— Sei, mas ter que lidar com a exibição pública do meu corpo nu, não uma, mas duas vezes, é duro, Daniel, muito duro — respondeu Katy.

— Apenas uma vez — corrigiu Daniel.

— Duas, Daniel.

— Uma vez só. Você se deparou com o seu corpo nu apenas uma vez. O outro era da Demi Moore, que evidentemente não liga tanto quanto você para a gloriosa celebração do corpo de uma grávida.

— Daniel, estou pesando uma tonelada a mais do que costumo, tenho estrias de um quilômetro de comprimento e não vejo meus pelos pubianos há meses. Mas estou tentando, duramente, aceitar que meus mamilos estão circundando a minha barriga num ritmo bem rápido para verificar se eles ainda estão lá. Por favor, me diga o que tem de glorioso nisso?

— Tudo bem, tudo bem. Não se preocupe, Louise deve estar chegando com o presente chato. Não me culpe quando você tiver que fingir animação diante de um penico ou algo assim.

Naquele momento, Louise invadiu o local cheia de presentes. Ela era assistente pessoal de Katy e mãe coruja. A mesa dela era cheia de fotos dos filhos, e ela nunca conseguia parar de falar sobre as últimas aventuras de cada um deles. Louise ficou muito feliz quando Katy comunicou a gravidez. Gostava de dar vários conselhos sobre todos os aspectos da gestação e da maternidade, muitas vezes batendo à porta de seu escritório para compartilhar algum pequeno detalhe que, por acaso, tinha surgido em sua mente. Katy havia implorado para que ela fosse transferida para outra função, mas o chefe recusara, pois gostava muito de ver Katy se encolhendo ao ouvir o depoimento diário de Louise a respeito de seus três trabalhos de parto.

— Desculpe o atraso. O seu maldito telefone não parava de tocar — disse Louise, como se Katy fosse culpada por ela ter que fazer seu inconveniente trabalho.

— Algo urgente? — perguntou Katy.

— Acredito que não. A maioria era clientes, então eu disse que você ligaria de volta após o chá de bebê, o que pareceu calá-los. Ah, e um cara chamado Matthew, ou algo assim. Disse que era um velho amigo e que estava tentando entrar em contato. Enviei o número dele para o seu Blackberry.

O nome de Matthew fez Katy pular na cadeira, deixando cair um garfo ruidosamente no chão. Isso lhe permitiu alguns segundos valiosos para se recompor enquanto, com um pouco de esforço, obrigava o corpo rebelde a se curvar para pegá-lo.

— Certo, bem, acho que sei quem é — respondeu Katy, sentando-se novamente e tentando ignorar o calor que lhe subia ao rosto.

Daniel estava olhando chocado para ela. Era o único a quem Katy contara a história de Matthew, já que as amigas que raramente via, sem dúvida, recuariam, como horrorizadas esposas retrógradas, se ela lhes contasse que tinha arruinado algo tão básico como saber quem era o pai do bebê. Daniel, por outro lado, tinha aplaudido sua promiscuidade, declarando inclusive que ela daria uma ótima homossexual. No entanto, a confusão a respeito de quem poderia ser o pai o deixava sem palavras. Na verdade, ele preferiu se abster e não falar com ela por algumas horas, para ter tempo suficiente para refletir. Em seguida, entrou no escritório dela, fechou a porta e disse que, depois de muito pensar, achava que a única opção de Katy era esquecer Matthew. Enterrá-lo no lugar mais profundo de sua mente, naquele cantinho que raramente visitava, e se concentrar em ser a melhor mãe possível, ajudando Ben a ser o pai do século. Então, se levantou e saiu da sala sem que Katy tivesse tempo de dizer qualquer coisa. Foi a única vez em que Katy viu Daniel completamente sério, o que a deixou com medo. Se o amigo levou tudo aquilo a sério, então não havia como negar que a situação era realmente grave.

— O que você gostaria de beber, Louise? — perguntou Daniel, ainda olhando para Katy.

— Vinho branco com limonada, por favor — respondeu Louise.

Daniel estremeceu diante da perspectiva de ter que pedir aquela mistura ao belo barman.

— Vamos, venha comigo até o bar — disse Daniel para Katy, segurando seu braço para evitar qualquer recusa. — Mas que droga é essa? — balbuciou, assim que se afastaram. — É aquele Matthew que eu estou pensando? Achei que ele estivesse confinado nas profundezas da sua mente e fora da sua vida.

— Não tive oportunidade de contar a você. Ele apareceu na minha aula de pré-natal na noite passada. Está morando aqui de novo — sussurrou de volta.

— O que diabos ele estava fazendo na sua aula de pré-natal?

— A esposa dele está grávida, seu idiota. Por que mais ele estaria lá? — respondeu ela histericamente.

— Você só pode estar brincando comigo. Quer dizer que, enquanto ele está tendo um filho com a esposa, também pode estar tendo um com você? — constatou Daniel, estupefato.

— Não sei se o meu filho é dele. Dormi com ele apenas uma vez. Nós já discutimos isso, lembra? — rebateu Katy com firmeza.

— Eu sei, eu sei. Mas, agora que ele reapareceu na sua vida, é diferente, não é? O que você vai fazer?

— Bem — disse ela, tentando manter o controle. — Isso não muda nada, muda? Você estava certo desde o início. Preciso ignorar o que aconteceu. Ainda mais agora que a esposa dele está grávida. Tenho que supor que não é dele.

— Mas ele ligou — lembrou Daniel. — Ele pode ter ligado para perguntar se você conhece uma boa babá, claro, mas por algum motivo duvido que seja isso. Você acha que ele suspeita de alguma coisa?

— Bem, nós todos tivemos que informar a data do parto...

— Ai, pode parar. Isso é muito estranho — interrompeu Daniel. — Imagine estar num lugar e saber quando foi a última vez em que todo mundo ali fez sexo.

— Por que seria a última vez? — perguntou Katy.

— Ah, vamos, Katy! Vocês, hétero, só fazem sexo depois dos 30 para procriar. Mulheres grávidas parecem tão serenas assim porque foram liberadas das obrigações carnais. Mas então, o que Matthew fez quando você revelou a data do parto?

— Ficou branco, saiu e nunca mais voltou.

— Então, definitivamente, ele suspeita que possa ser o pai — pressionou Daniel.

— Acho que sim.
— E então?
— E então o quê?
— O que diabos você vai fazer?!
— Não tenho a menor ideia! — respondeu Katy, começando a entrar em pânico. Olhou desesperadamente ao redor, esperando que a resposta pudesse aparecer em algum lugar, mas só conseguiu dar de cara mais uma vez com seus dois corpos nus expostos publicamente.
— Isso não está acontecendo como deveria — falou irritada, virando-se para Daniel.
— Ei, não há razão para descontar em mim — disse Daniel. — Agora vamos todos manter a calma. Você está absolutamente certa. Isso não muda nada. O plano continua, especialmente agora que você sabe que a esposa dele está grávida. Matthew pertence ao passado... Ben é o pai, atenha-se a isso. Você só precisa esclarecer isso com o Matthew. Depois tudo ficará bem. Você vai ver.

Capítulo 8

Katy jogou uma moeda no chapéu do mendigo que estava do lado de fora do pub. Para dar sorte, na ausência de um poço dos desejos. Abriu a porta e concluiu de imediato que nenhum conhecido a veria por lá. Notou, com alívio, o papel de parede, rasgado e cafona, que complementava perfeitamente o mobiliário incompatível espalhado pelo recinto. Espuma suja, cor de mostarda, despontava em cada assento acolchoado sobre o tapete cinza viscoso, castigado pelo tempo. Algumas máquinas caça-níqueis tilintavam num canto dando o único toque de alegria àquele lugar deprimente e horrível. Estava vazio, exceto pelas três pessoas sentadas no bar e que pareciam estar lá desde o almoço, ou, possivelmente, desde o almoço do dia anterior. Caídas para a frente, elas emitiam uma série de ruídos altos e baixos que substituíam as palavras, mas, de alguma forma, pareciam se entender.

A única outra cliente era uma senhora muito gorda, vestida com uma capa de chuva azul e suja e um lenço de plástico transparente na cabeça, sentada num canto bebendo cerveja. Ela gritou assim que Katy atravessou cautelosamente a soleira da porta.

— Ele está ali, amor, já conseguiu fazer amizade, ah, sim... — disse a mulher.

Katy olhou para onde a velha estava apontando e viu Matthew, que parecia tão deslocado quanto ela. Estava usando um terno azul-marinho e gravata, e tinha um grande pastor-alemão deitado aos seus pés.

— Esse é o acessório que as pessoas de Londres estão usando para aquecer os pés? — Ela não podia deixar de comentar a cena ao se sentar.

— Esse monstro não quer se mover e, se eu o chutar, talvez ele me morda. Ele ou, na pior das hipóteses, a dona dele — respondeu Matthew, olhando nervoso para a mulher que lhe lançava um grande sorriso desdentado.

— Bem, vamos combinar que o latido do cão vai ser pior que a mordida da dona — brincou Katy.

"Deus, de onde tirei isso?", ela pensou. "Virei piadista bem na hora de ter a conversa mais infernal da minha vida."

— Muito engraçado — disse Matthew. — Bem, supondo que você não fosse beber, pedi uma água mineral em vez de cuba-libre. Mas posso pedir outra coisa, se você preferir.

Katy ficou alerta de repente. Não bebia cuba-libre havia anos. Na verdade, já tinha esquecido que costumava beber esse drinque. Mas Matthew claramente não se esqueceu.

— Água está ótimo — disse ela, tomando um gole. — Então, como você está? — perguntou, ainda não preparada para entrar no território das conversas perigosas.

— Ah, você sabe. Tudo bem, considerando a situação. E você?

— É, acho que está tudo bem, considerando... E você?

— Você já me perguntou — respondeu ele. Matthew a observou com os olhos carregados de milhares de questões. Fechou-os de repente antes de abri-los de novo, balançando a cabeça como se não acreditasse no que estava prestes a dizer. — Pode ser meu?

Ela ficou chocada. Não esperava por aquela pergunta tão rapidamente e de forma tão direta. Pensou que haveria um longo preâmbulo, com os dois dando voltas em torno do verdadeiro problema, o que lhe ofereceria tempo suficiente para formular a conclusão do encontro. Sem condições reais de escolher as palavras, a resposta foi contundente.

— Sim.

Ele se encostou na cadeira. Então era aquilo. Não havia volta. O chão sumira num segundo para ser substituído por algo tão instável, desconhecido e inesperado que nenhum dos dois sabia como dar o próximo passo.

Ficaram sentados em silêncio por um longo tempo, cada um perdido na sua batalha interna, sem saber o que dizer ou fazer em seguida. Por fim, até mesmo o pastor-alemão se mexeu, olhou para os dois e, supondo que precisavam de um momento a sós, levantou-se e caminhou lentamente de volta para a dona.

Foi Matthew quem finalmente se sentiu capaz de dar o primeiro passo no mundo novo.

— Quando você diz que sim, você quer dizer que tem certeza absoluta? E o cara que estava com você na sala de aula?

— Aquele é o Ben, o cara de quem lhe falei. Também pode ser dele. Eu simplesmente não sei, Matthew.

— O que você disse a ele?

— Nada. Até onde ele sabe, o filho é dele. Olhe, Matthew, descobri que estava grávida, fiz as contas e percebi que havia uma chance de o bebê ser seu, mas o mais provável é que seja de Ben — gaguejou Katy. — Pelo amor de Deus, passamos apenas uma noite juntos. Até então, eu estava tentando esquecer o que aconteceu entre nós. Por que se preocupar com algo que pode não ser verdade? Estava convencida de que Ben era cem por cento o pai.

— E o que você acha agora?

— É mais fácil esquecer algo quando não há qualquer lembrete. Mas você aparecendo aqui reacende a pequena dúvida que eu pudesse ter.

Matthew se inclinou para a frente e pôs as mãos no rosto, tapando os olhos. Depois de um instante, começou a tremer. Katy temeu que ele estivesse chorando, até que ele finalmente levantou a cabeça, rindo.

— Qual é a graça?

— A porra da ironia, Katy. — Matthew parecia um pouco psicótico e raivoso. — A porra da ironia que me levou ao inferno e me trouxe de volta nesses últimos cinco anos em que tentei engravidar a minha esposa. A falta de fertilidade dela a transformou numa vaca miserável, o que provavelmente fez com que eu acabasse na cama com você. Porém, ah, alegria das alegrias, finalmente consegui! Ela está grávida e quase voltou a ser a mulher com quem me casei. Minha vida voltou ao caminho certo, mas aí você solta a bomba de que após uma, apenas uma noite de sexo, eu tirei a sorte grande do caralho e posso ser pai de outra criança. Acho que todos os meus desejos se tornaram realidade de uma vez só. — Ele caiu para trás na cadeira parecendo completamente derrotado.

— Também não está sendo uma realização para mim, sabe? Não planejei ficar grávida sem saber quem era o pai.

— Como foi isso, então? Como você foi ficar grávida? Admito que lamento todos os dias não ter sido inteligente o bastante para usar camisinha, mas achei que uma mulher da sua idade e com a sua experiência teria se cuidado ou tido a maturidade de me pedir para usar preservativo.

— O que você está querendo dizer? — perguntou Katy, irritada.

— Que você já devia estar habituada a esse tipo de coisa. E como não existem miniaturas de Katy por aí, então acho que você já conseguiu evitar uma gravidez antes.

— Você está falando como se eu fosse uma vagabunda — rebateu Katy, levantando a voz. Ela não estava ali para ser insultada. — Eu não durmo com qualquer um. Só dormi com você por vingança pelo que você me fez há tantos anos. Você acha que, em outras circunstâncias, teria olhado para você duas vezes? Você não consegue mais despertar o interesse de ninguém, consegue, sr. Chato das Finanças? E, sim, tudo estava sob controle. Eu estava tomando pílula, mas andei ficando enjoada, o que deve ter cortado o efeito do remédio. Isso acontece, Matthew.

— Não sou chato — respondeu ele quase gritando. — Só que eu não posso fingir que ainda tenho 17 anos, sabe, trabalhando nesse parquinho para adultos que chamam de publicidade. Algumas pessoas decidem se casar, se estabelecer e fazer algo útil, arrumando um trabalho sério, com um futuro.

— É isso que você acha? Que eu não cresci? Eu acho que é muito mais maduro exercer um trabalho que você ame do que a porcaria sem graça que você é obrigado a fazer todos os dias.

— Merda nenhuma, Katy! — bradou Matthew, batendo com o punho na mesa.

De repente, eles se deram conta de que não estavam sozinhos. O garçom estava bem ao lado deles, e a senhora da capa de chuva estava junto, logo atrás.

— Vocês podem se acalmar? Estão perturbando os clientes que estão aqui apenas para tomar uma bebida tranquilamente — pediu o garçom.

— É isso mesmo. Vocês estão irritando o meu cão — acrescentou a mulher.

Eles olharam para o bar, onde os três homens caídos praticamente dormiam.

— Tudo bem, pode deixar — disse Matthew, baixinho.

— E o bebê dentro dela não vai crescer contente se os pais ficarem discutindo como cão e gato — continuou a mulher, fechando com chave de ouro.

— Estamos bem — respondeu Matthew rapidamente. — Obrigado.

O garçom e a senhora se afastaram, satisfeitos por terem resolvido a briga do casal elegância.

— Ótimo, agora até a velha doida pensa que o bebê é meu.

— Olhe, Matthew, tudo isso é inútil. Você está livre, apenas vá embora — disse Katy, decidindo colocar um fim rápido naquele encontro desagradável.

Ela se levantou da cadeira e acariciou protetoramente a barriga enquanto olhava para Matthew.

— Existe uma pequena chance, muito pequena mesmo, de que este bebê seja seu, mas fazer algo a respeito disso só vai causar mágoa. Você tem uma esposa esperando gêmeos. Eles precisam de você. Nós temos que esquecer essa remota possibilidade e deixar as coisas como estão. Não há outro caminho. Agora, preciso fazer xixi e espero que você não esteja mais aqui quando eu voltar. — Ela se virou e caminhou até o banheiro sem olhar para trás. Aquilo só tinha lhe dado dor de cabeça, e ela queria acabar com a discussão. "Já chega", murmurou quando abriu a porta do banheiro feminino.

Matthew a observou se afastar, na expectativa de que ela ao menos se virasse. Mas ela não o fez.

— Foi bom ver você — disse ao pegar o casaco, e saiu.

Capítulo 9

— O colégio primário aqui perto é conhecido pelos bons resultados na avaliação do governo. Esperamos que a diretora ainda esteja lá quando os gêmeos estiverem na idade de ir para a escola. Mas, infelizmente, o ensino secundário no bairro é muito fraco. Então, acredito que teremos de nos mudar antes de eles completarem 11 anos. Isso nos dá bastante tempo para pesquisar quais são as melhores escolas na região e escolher onde realmente queremos viver.

Katy se viu boquiaberta diante de Alison. Ela ainda nem tinha comprado uma única fralda, imagine planejar os anos escolares. Na verdade, ainda estava em estado de choque por estar ali, sentada, e tendo uma conversa supernormal com a mulher de Matthew. Após o encontro clandestino deles, ela ligou para Daniel e contou tudo. O combinado fora cumprido. Tudo estava acabado. Mas o amigo, claro, com seu faro apurado, iniciou sua busca por furos na história de Katy, perguntando imediatamente o que eles fariam a respeito da aula de pré-natal que ambos frequentavam.

— Bem, com certeza Matthew e Alison não aparecerão de novo. Matthew não arriscaria, duvido. Ele vai arrumar alguma desculpa, tenho certeza disso — disse ela na época.

— Mmmmm, tudo bem, se é isso que você acha — respondeu Daniel.

— Não fale assim. Ele tem muito a perder. Você realmente acha que ele vai deixar a esposa se aproximar de mim de novo? Da última vez ele conseguiu escapar. Deixar isso acontecer de novo seria muito estúpido.

— Realmente estúpido — murmurou Katy para si mesma ao ver Matthew na sala de aula. Ele não parecia concentrado em discutir com o grupo dos homens as melhores opções de auxílio durante o trabalho de parto. Repetidas vezes, Katy o pegou olhando assustado para ela e para Alison. A tarefa das mulheres era discutir como aliviar a dor, mas, de alguma forma, a conversa se concentrou no que Alison planejava para os filhos dali a onze anos.

— Outra ideia que você pode considerar é a da Caixa Feliz. — Joan entrou na conversa, tentando trazê-la de volta ao seu devido lugar. — A Caixa Feliz é um conjunto de coisas que podem fazê-la sorrir ou relaxar. Como, talvez, uma fotografia favorita ou um brinquedo macio, ou até mesmo um poema. Meu marido leu um livro de poesias para mim quando eu dei à luz nosso quarto filho, e esse foi, de longe, o meu melhor parto. Alguma de vocês pode pensar em algo que ajudaria da mesma forma? Que tal você, Katy, o que a deixa relaxada?

— Eh... bem, na verdade eu não tenho muito tempo para relaxar — vacilou Katy.

— Vamos lá, deve haver alguma coisa. Por exemplo, quando você está realmente estressada, depois de um dia difícil no escritório... Qual é a primeira coisa que você faz para relaxar quando chega em casa? — pressionou Joan.

Katy quis dizer que era tomar uma taça enorme de vinho, mas não achou muito adequado. Na verdade, existia uma coisa à qual ela recorria após um dia absolutamente terrível, mas o simples pensamento a fez corar de vergonha.

— Vamos, Katy, você pode nos dizer, seja o que for — incentivou Joan, gentilmente, segurando suas mãos para transmitir segurança.

Katy olhou em volta e viu que todo mundo estava olhando para ela.

— Coloco minha fita do Hue and Cry — respondeu ela, rapidamente. Em seguida, olhou ao redor buscando aprovação para o seu flerte ocasional com os anos 1980. — Eu sei que isso soa estúpido, mas "Looking for Linda" por alguma razão me anima. — Ficou vermelha de vergonha diante do olhar questionador de todos.

— Quem são esses? — perguntou Charlene, por fim. — Nunca ouvi falar.

— Era uma dupla dos anos 1980 — respondeu Katy, arrasada, sabendo que de alguma forma tinha decepcionado a si mesma.

— Ah, tá. Isso foi antes de eu nascer — disse Charlene orgulhosamente. — Eu não sabia que você era tão velha. Eu já comentei com Luke que achava Ben muito mais jovem do que você, mas ele me respondeu que Ben só aparenta ser mais novo por causa de todos os esportes que ele faz e tal.

Katy se sentou, atordoada. A gravidez impedia o seu cérebro de trabalhar rápido o suficiente para calcular a quantidade enorme de insultos presentes na fala de Charlene.

— Então, falei para o Luke que a diferença entre vocês deveria ser de uns dez anos. Acertei? — Charlene agia como se estivesse perguntando algo tão inocente como o endereço de uma loja.

Katy ainda não conseguia falar.

— Minha prima Amy também estuda na escola do Ben, sabe? — continuou Charlene alheia às angústias de Katy. — Ela diz que todas as meninas o acham lindo. Eu disse que conheci a namorada dele, e ela contou para as colegas. Elas até pensaram em vir aqui e arrancar os seus olhos, mas eu não me preocuparia. Elas sempre dizem coisas estúpidas como essa, porque são bem retardadas.

— Qual é mesmo a escola onde Ben leciona? — perguntou Alison voltando-se para Katy.

— Castle Hill Comp — respondeu Katy, em transe.

— Preciso me lembrar disso — comentou Alison.

— Bem, senhoras — interrompeu Joan, empolgada. — Isso é simplesmente esplêndido. Vou deixar vocês pensando em outras coisas para colocar na Caixa Feliz enquanto eu converso com os rapazes.

— Então, como estão se saindo por aqui? — perguntou Joan.

— Bem, acho que, na dúvida, você sempre pode oferecer uma banana. Uma banana não tem como dar errado — disse Ben, apanhando a fruta que tinha escolhido do "saco de coisas possíveis para oferecer à sua parceira durante o parto".

— Talvez você esteja certo, mas Katy pode se cansar de bananas após dez horas de trabalho de parto. Por isso, você precisa ter algumas outras opções na manga para mantê-la calma — observou Joan. — Então, quem gostaria de me explicar os itens que vocês colocaram ao lado das imagens das etapas do parto?

Matthew, Ben e Richard se entreolharam. Luke olhou para o nada, como tinha feito durante toda a sessão.

— Certo. Eu explico — disse Matthew por fim.

— Vá com calma, cara — disse Ben piscando para Luke. — Nós não queremos que você passe mal de novo, como na semana passada. Há algumas fotos chocantes aí.

— Já disse que foi algo que eu comi. Fiquei acordado a noite toda, vomitando — explicou Matthew, cujo rosto gotejava de suor.

— Tudo bem, então. Vá em frente. Em algum lugar deste mundo, uma extraordinária garrafa de cerveja está aguardando a minha presença — respondeu Ben olhando o relógio.

Matthew fez uma careta para Ben e, em seguida, presenteou Joan com seu sorriso mais encantador.

— Então, Joan. Pensamos que, nos estágios iniciais do trabalho de parto, enquanto você ainda está em casa, a melhor coisa seria, talvez...

— Banana — interrompeu Ben. — O lanche perfeito, cheio de energia e nutritivo. Pergunte aos atletas.

— Na verdade, Ben, nós optamos pelo banho relaxante ou pelo DVD favorito para distraí-las — corrigiu Matthew, cerrando os dentes.

— Mas o maldito filme que Katy adora é *A Noviça Rebelde*. Você realmente acha que eu quero que meu filho chegue ao mundo ao som de um bando de freiras cantando à tirolesa?

— Era um pastorzinho — disse Richard.

— Era o quê? — perguntou Ben.

— Era o pastorzinho que cantava à tirolesa em *A Noviça Rebelde*, não as freiras.

— Aleluia, tudo bem então. Já que não são as freiras que cantam, acharei ótimo ver o meu filho chegar ao mundo ao som do musical mais gay de todos os tempos — debochou Ben.

— É um menino? — A pergunta escapuliu da boca de Matthew antes que ele pudesse detê-la. Katy não dissera nada sobre o sexo do bebê.

— Não faço ideia. Mas, se for, ele precisa de influências desde o primeiro dia. Estou pensando em destaques da Eurocopa de 1996. Shearer, Gascoigne, Seaman, a vitória de 4 a 1 sobre a Holanda, Pearce cavando aquele pênalti. Não existe nada melhor que isso.

— Mas Katy nem gosta de futebol — disse Matthew. — Quer dizer, imagino que ela não goste de futebol, como qualquer mulher. Nenhuma mulher gosta muito de futebol — acrescentou rapidamente ao ver que Ben olhava para ele um pouco confuso.

— Certo, vamos lá, rapazes, estamos correndo contra o tempo. Um banho relaxante ou um DVD, qualquer que seja o filme, ambas são ideias boas. Agora continue, Matthew, por favor — pediu Joan.

— Certo. Em seguida, pensamos que poderia ser uma boa ideia deixá-las ligar para uma amiga ou para a mãe. Para alguém que já tenha passado pela mesma situação e possa reconfortá-las, dizendo que aquilo tudo é normal — continuou Matthew.

— Olhe, sinto muito interromper de novo, mas, acredite em mim, se você conhecesse a mãe de Katy, não pensaria em chamá-la para aliviar qualquer tipo de dor. Ela se recusa a aceitar a gravidez e acha que eu arruinei a vida da filha dela. Percebo isso no tom de voz sempre que falamos ao telefone — disse Ben.

— Ela sempre foi muito simpática comigo — comentou Matthew.

— Você conhece a mãe de Katy? — perguntou Ben, confuso.

— Bem, eh... Katy e eu estudamos na mesma escola. Devo tê-la encontrado em alguma comemoração escolar ou algo assim. O colégio incentivava muito a participação dos pais — hesitou Matthew.

— Agora, quanto menos, melhor — respondeu Ben. — Dennis, o orientador profissional da minha escola, levou uma cabeçada do pai de um garoto na semana passada. O rapaz disse que, quando deixasse a escola, montaria um esquema para traficar mulheres tailandesas e casá-las com homens britânicos. Dennis não sabia o que dizer, então perguntou ao aluno se ele achava ético tratar as mulheres de tal forma e condená-las a uma vida terrível e submissa ao lado de homens tristes, velhos e patéticos. Acontece que o pai dele era um homem triste, velho e patético que ficou casado com uma tailandesa por um ano e meio. Poucas horas depois, o pai entrou na sala do professor e simplesmente lhe deu uma cabeçada. Dar aula hoje em dia é profissão de risco. Acredite.

— Em que escola você trabalha? — perguntou Matthew.

— Castle Hill Comp.

— Preciso me lembrar disso.

No final da aula, Joan fez seu discurso de incentivo.

— Então, pessoal, espero que vocês tenham conseguido pensar sobre o que vai acontecer durante o trabalho de parto e como podem transformar essa experiência em algo significativo enquanto se preparam para receber o novo bebê no mundo. Lembrem-se: milhões de pessoas já passaram por isso antes, mas o parto de vocês será totalmente único e deve ser apreciado como uma das experiências mais importantes de toda a vida. Pensem nisso e não o tratem como algo a ser resolvido a qualquer custo por meios artificiais. Vocês, senhoras, são abençoadas, verdadeiramente abençoadas por terem um corpo que acolheu o milagre de conceber uma criança; não duvidem desse corpo agora. Não duvidem que ele possa completar esse fenômeno. Vocês podem fazer isso sozinhas, se assim desejarem; tenho fé absoluta em todas vocês. Alguém ainda tem alguma pergunta?

— E se a primeira peridural não cortar toda a dor, eles vão me dar outra? — perguntou Charlene.

Joan olhou para ela por alguns segundos antes de responder com um suspiro:

— Eles vão dar tudo o que você e o médico acharem necessário e bom para você e o bebê. Tudo bem, pessoal, é o suficiente por hoje. Vocês poderiam empilhar as cadeiras na saída, por favor? Nós nos veremos na próxima semana.

— Eu quero muito ter um parto normal, mas estou com medo de não conseguir e acabar decepcionando estes dois — disse Alison para Katy, quase em lágrimas, enquanto caminhavam na direção da porta.

Katy olhou para ela pela primeira vez, não como a esposa de Matthew que precisava evitar a todo custo, mas como uma mulher comum, petrificada pela ideia de dar à luz.

— Você vai ficar bem. No fim das contas, são gêmeos. Você será uma heroína, independentemente de como eles nascerem — percebeu-se dizendo.

— Você acha? Você parece a minha amiga Karen falando. Ela sempre me diz para não ser tão estúpida, mas de um jeito muito legal — disse Alison.

— Você deve estar sentindo falta dos seus amigos, não é? — comentou Katy antes de perceber que estava entrando numa conversa com quem não deveria estar falando.

— Desesperadamente — admitiu Alison, enquanto uma lágrima deslizava pela bochecha esquerda. — Pensei que mudar para cá seria perfeito. Planejei essa mudança com tanto cuidado; porque você tem que pensar em tudo quando tem uma família para cuidar, não é? Mas é difícil, sem amigos e familiares à sua volta. E Matthew trabalha muito agora, já que virou sócio, e eu acabo passando muito tempo sozinha. — Outra lágrima escorreu do olho esquerdo.

— Por favor, não chore — suplicou Katy, entrando em pânico pela segunda vez na noite. — Você acabou de se mudar. Vai fazer novos amigos quando os bebês chegarem, é o que todo mundo diz. — Katy agora estava desesperada para conter as lágrimas que rolavam pelo rosto de Alison.

— Você está certa, eu sei que está. Desculpe por eu ser uma chorona. Ouça, sei que não a conheço, mas Matthew me disse que vocês estudaram juntos, então você deve conhecê-lo, embora não muito bem. Por que você e Ben não vêm jantar conosco no fim de semana? Acho que vou gritar se não conseguir conversar com outro adulto além de Matthew e da obstetra — disse Alison.

O convite ficou suspenso no ar enquanto Katy encarava Alison, apavorada. Como aquilo foi acontecer? O que ela estava fazendo ali, sendo convidada para um jantar pela esposa do homem que pode tê-la engravidado?

Foi então que, de canto de olho, ela viu algo se mover com muita rapidez na direção delas. Era Matthew, que parecia estar correndo uma maratona na sala do hospital.

Ele chegou onde Alison e Katy estavam, conseguindo evitar o constrangimento de só parar com um tombo.

— O que há de errado? Por que você está chorando? — perguntou Matthew, sem fôlego.

— Ah, é bobagem — respondeu Alison. — Estava apenas dizendo a Katy que ela me lembra Karen, e de repente comecei a sentir falta dela e não consegui me segurar. Bobagem minha, eu sei. Enfim, falei que Katy e Ben deveriam jantar conosco no sábado, para eu não enlouquecer de tédio. Vocês poderiam relembrar os velhos tempos, e Katy poderia me contar tudo o que eu não sei sobre aquela época. Aposto que ele era bonito, não era?

— Bem, eles já devem ter planos... — disse Matthew com o pânico estampado no rosto. — Você não pode esperar que eles parem tudo para nos entreter.

— Não, não temos planos — falou uma voz atrás deles. — Será um prazer. Daí, Matthew, você pode me mostrar o seu álbum da Copa autografado. Ouvi você comentando com Richard — disse Ben.

— Perfeito, combinado então — respondeu Alison, que pegou na bolsa um cartão com o endereço e o entregou a Katy. — Esperamos vocês então às sete e meia.

E com isso disparou pelo corredor, arrastando Matthew atrás dela. As lágrimas milagrosamente cessaram, dando lugar a um sorriso satisfeito.

Capítulo 10

— A gente tem que ir, Rick e Ameba estão esperando — disse Ben assim que saíram.

— Como? — perguntou Katy, a mente distante devido aos acontecimentos dos últimos cinco minutos.

— Lembra? Marcamos de tomar uma cerveja e organizar a despedida de solteiro de Rick.

— Ah, meu Deus, esqueci completamente. Você não quer ir sozinho? Vocês nem vão me querer por lá, não é?

— Claro que vamos. Sem você, a gente nunca vai conseguir. Da última vez que tentamos, enchemos a cara e não conseguimos nos lembrar sequer de uma decisão — disse Ben. — Além disso, dissemos a eles que iríamos ao Red Lion, em Otley. Os caras estão esperando por isso.

— Aposto que estão. — Katy deu um suspiro. Sua determinação em não deixar a gravidez afetar sua vida social foi inteiramente acolhida por Ben e seus amigos, que de repente se viram com um serviço gratuito de transporte. Mas, ultimamente, para sua surpresa, tinha vontade mesmo era de se enfiar debaixo das cobertas às nove da noite e não de sair para mais uma noitada com os garotos como sempre. — Então vamos — concordou, procurando as chaves.

— Você é o máximo — elogiou Ben. — Depois que o bebê nascer, vou ser seu motorista oficial, prometo. O Ameba já se ofereceu para ficar de babá para a gente. Ao que parece, ele adora crianças.

— Ben, eu gosto do Ameba, você sabe que eu gosto, mas ele nem deve saber de onde vêm os bebês, que dirá cuidar deles.

— Você está insinuando que o meu bom amigo Ameba é virgem? — indagou Ben. — Dia 03 de abril de 2001, Nicola Sherwin, precisamente às 23h56 num ponto de ônibus em Headingly.

— Como ele sabe que foi às 23h56? — Katy mal ousou perguntar.

— Por causa do sinalizador eletrônico no ponto de ônibus — explicou Ben. — Ameba disse que estava mandando ver quando viu o sinal avisar que o ônibus chegaria às 23h57. Ele não queria perder a oportunidade, então foi com tudo e resolveu a questão faltando um minuto. Não pense que isso impressionou Nicola. Ele subiu no ônibus e a deixou ali parada. Ameba idiota.

Chegaram no carro, e Ben envolveu Katy pelos ombros.

— Vamos, amor, uma dose de loucura vai fazer bem. Você precisa relaxar. Está na cara que essa história de gravidez deixou você toda estressada — disse Ben, com um sorriso solidário.

"Você não faz ideia", pensou ela ao entrar no carro. Mesmo assim, talvez ele estivesse certo. Talvez uma noitada com Ben e seus amigos a distraísse e ela parasse de pensar no que diabos iria fazer com o convite de Alison.

Pegaram os rapazes em frente ao pub Whitelocks, no centro da cidade.

— E aí?

— E aí?

— E aí?

— Katy, quando Deus fez você, Ele pegou uma estrela do céu e deu a ela um coração — declarou Rick.

— Depois cortou a lua ao meio e deu a ela os peitos mais maravilhosos — sussurrou Ameba.

— Eu ouvi isso — respondeu Katy. — Vocês dois já estão bêbados?

— Mal aí, Katy — desculpou-se Ameba. — Mas seus peitos estão mesmo maravilhosos agora que você está grávida e tal. Eu só estava enfatizando o óbvio — resmungou ele de leve.

— Então como eram meus peitos antes da gravidez? — perguntou Katy, indignada.

— Bem, eu, eh... não posso dizer que eles estavam no meu Top 5. Antes eram peitos normais. Mas ontem coloquei você na minha lista.

— Ontem? Quer dizer que você estava pensando nos meus peitos ontem?

— Eh... sim.

— Mas eu não vi você ontem — disse Katy, confusa.

— E daí?

— Quer dizer que você pensa nos meus peitos sem eu estar presente?

— Bem, dificilmente eu pensaria neles com você presente, não é? Seria bem esquisito, não seria? — indagou Ameba, genuinamente perplexo.

— Não. Esquisito é você pensar nos meus peitos, ponto!

— Ah, bem, se isso faz com que você se sinta melhor, foi só de passagem. Olhe só, eu estava na loja lá da minha rua e a sra. Rashid me atendeu como sempre faz. Pois é. Ela sempre esteve na minha lista como um tipo de participante misteriosa. Misteriosa porque usa um daqueles trajes indianos, então, na verdade, não dá para avaliar completamente, mas eu gostei da ideia de ter alguém na minha lista que pudesse me surpreender. Enfim, ontem parecia que faltava a ela algum potencial, então resolvi ser cruel e troquei minha participante misteriosa por você, que é uma aposta certa.

— Aposta certa para quê? — perguntou Katy.

— É uma aposta certa que você tem peitos maravilhosos. Com uma participante misteriosa, nunca se pode ter certeza — respondeu Ameba.

Katy deu uma olhadinha por cima dos ombros e viu um Ameba feliz, sentado no banco de trás do carro, todo amarrotado como sempre, com cara de quem acabou de sair da cama. Ela gostava do fato de os amigos de Ben só falarem de coisas importantes na vida, o que, de alguma forma, fazia com que as coisas que realmente importavam não tivessem tanta importância.

— Bem, Ameba, muito obrigado por essa pequena aula de como não tratar sua motorista grávida — interveio Ben. — Peça desculpas a Katy e prometa tirá-la da sua lista, nunca mais pensar nos peitos maravilhosos dela, e bancar muitos sucos de fruta a noite toda.

— Certo, entendi — concordou Ameba, relutante. — Não é legal ofender a motorista. Desculpe, Katy. Seus peitos maravilhosos estão banidos para sempre da minha mente. Mas imploro, por favor, não me faça pedir um maldito suco no festival da cerveja.

— *Festival da cerveja?* Que festival da cerveja? Achei que fôssemos àquele pub em Otley! — exclamou Katy.

— Nós vamos, nós vamos — disse Ben rapidamente. — Quando o Ameba fala em festival da cerveja, ele não quer dizer um festival da cerveja de verdade, ele quer dizer que é só uma semana especial com alguns convidados cervejeiros, só isso. Nada de mais.

FESTIVAL DA CERVEJA DE OTLEY era o que estava escrito numa enorme faixa sobre a rua principal assim que entraram no pequeno centro comercial da cidade.

— Quem diria? — disse Ben. — Servem umas cervejas a mais e acham que estão promovendo uma Oktoberfest. Olhe só, Katy, sinto muito, achei mesmo que seria algo mais reservado. Não precisamos ficar muito. Só o suficiente para ter algo para contar, hein? O primeiro festival da cerveja antes mesmo de nascer.

— Pode ser, mas você me deve uma bem grande — respondeu Katy, parando o carro no estacionamento do pub.

— Pode deixar. Vamos, Júnior, vamos experimentar umas brejas — disse Ben, falando com a barriga de Katy.

Quando Katy entrou no pub, porém, quis morrer. Estava apinhado de homens suados, obesos e de meia-idade que se atiravam sobre cervejas quentes. Ela era uma estranha no ninho. Estranha para usar um eufemismo. As mulheres presentes tinham cabelos longos e desalinhados, vestiam camisetas masculinas e tinham um sorriso determinado no rosto que dizia que seus maridos nunca sairiam com os amigos sem elas, mesmo que eles não gostassem daquilo.

O que deixou Katy mais incomodada, entretanto, era não haver nenhum lugar onde ela pudesse sentar e aliviar um pouco o inchaço dos tornozelos. Ben notou o pânico no rosto dela e pensou num jeito de conseguir um dos cobiçados assentos naquele lugar lotado.

— Abram espaço, grávida passando! — gritava ele para absoluta vergonha de Katy. Suas bochechas coravam enquanto a enorme massa embriagada olhava para a sua barriga inchada.

— Vocês se importariam se pegássemos esta mesa, cavalheiros? — perguntou Ben para dois brutamontes de Yorkshire que estavam num lugar perfeito perto da janela. — Minha namorada vai dar à luz a qualquer momento e está com muita dor nas costas.

— Claro, à vontade — responderam eles, levantando-se apressadamente e zunindo para o outro lado do pub como se ela fosse parir ali mesmo, prendendo-os à placenta.

— Katy, por favor, sente-se — pediu Ben, muito satisfeito consigo mesmo.

Katy se sentou e se recostou, batendo a cabeça em alguma coisa. Olhou ao redor e deu de cara com os olhinhos brilhantes de um papagaio empalhado que a observava do parapeito da janela.

— Que lugar é este? — perguntou, olhando em volta e percebendo pela primeira vez que havia uma coleção inteira de pássaros e outros animais empalhados distribuídos pelas paredes.

— O dono daqui ganhou uma iguana empalhada com quase dois metros de comprimento. Daí ele resolveu colecionar. Legal, né? — explicou Rick.

— Hmmm, talvez. Eu sou do tipo minimalista — respondeu Katy, pensando com saudade nos bares limpos e cheios de frescor que costumava frequentar.

— Não, quando tem muito branco e prata em volta, parece que estamos bebendo num banheiro público. A cerveja também costuma ter gosto de mijo — disse Rick, rindo. Com certeza, dos três, ele era o mais preocupado com a aparência, mas, apesar de usar roupas de marca que faziam sucesso no meio futebolístico, ele ainda era um rapaz com um coração interiorano.

— A gente tem que vir aqui sempre para visitar a gatinha do Ameba — acrescentou Ben.

— Ele tem namorada?! Onde ela está? — exclamou Katy olhando para possíveis candidatas no pub.

— Bem atrás de você. — Ben sorriu. — Apresento-lhe Glória. A papagaia. O Ameba se apaixonou anos atrás quando ela caiu do parapeito e pousou bem no colo dele.

— E ele ficou ali sentado, olhando para baixo, e disse... — continuou Rick, lutando para falar em meio aos risos. — Ele disse sem nem mesmo fazer uma pausa, Katy: "É disso mesmo que eu gosto, gatinha."

Ben e Rick caíram na gargalhada, divertindo-se com a história que estava sendo contada provavelmente pela centésima vez. Katy não conseguiu ficar séria, a risada era contagiante. Ela adorava esses momentos com Ben e seus velhos amigos da escola, quando a brincadeira e as histórias fluíam de uma forma que fluem somente entre verdadeiros amigos. Quase compensava o fato de que conversas desse tipo entre ela e suas antigas amigas foram deixando de acontecer.

— Trouxe uns biscoitinhos para Glória — anunciou Ameba ao chegar com as bebidas. — E, para nós, pensei em começarmos com uma Black Gold da Escócia. E para você, minha querida Katy, não apenas um, mas dois sucos de frutas para compensar meu péssimo comportamento.

— Obrigada, Ameba, você está perdoado. Que sabor de biscoito você trouxe? — perguntou Katy, subitamente percebendo que estava faminta.

— Camarão, é claro. Glória só come frutos do mar — respondeu Ameba com toda seriedade possível.

— Claro. — Katy sorriu e pegou um dos pacotes antes que Ameba pudesse entregá-los à amiga de penas.

Todos beberam e comeram sem falar nada por um minuto.

— Pois é — disse Ameba, por fim. — Acho que isso compensa ter perdido minha participante misteriosa e a substituta no meu Top 5.

— Então, mudando de assunto — interrompeu Ben, chutando Ameba por baixo da mesa. — Nossa espetacular falta de organização nos deixa apenas duas semanas para preparar as coisas de Rick. Então, vamos ao que interessa: quantas pessoas virão, Rick?

— Vocês dois. E acho que quatro caras do trabalho. Barry, Dave e Jacko do futebol. Danny e Chris, da faculdade. Então, acho que doze, contando comigo.

— Certo. E onde vai ser?

— Bem, ouvi falar de um barco de strippers em Praga que você pode contratar por uma tarde. É ótimo, porque você pode encher a cara no próprio bar e ainda ver uma stripper antes mesmo de sair à noite. O que acham? — perguntou Rick, olhando ansioso para Ben e Ameba.

— Barcos me dão um pouco de enjoo — resmungou Ameba, esfregando o estômago.

— Bar particular e stripper deveriam ser um grande incentivo para você superar qualquer indisposiçãozinha — rebateu Rick, impaciente.

— É, mas e se a stripper chegar em mim justo quando eu estiver enjoado para caramba, bem na hora em que ela estiver passando óleo nos peitos e requebrando no meu joelho?

— Obrigado, Ameba. Agora não tem mais como eu imaginar uma stripper num barco sem que ela esteja coberta por vômito — disse Ben, apoiando os cotovelos na mesa e cobrindo os olhos.

— Eh... posso dizer uma coisinha? — interrompeu Katy. — Não quero ser estraga-prazeres, mas você não está se esquecendo de nada, Ben?

— Como assim? — perguntou Ben, aproximando-se, com o cenho franzido.

— O bebê.

— O que tem o bebê?

— Ele vai nascer em menos de duas semanas após a despedida de solteiro. Você não acha que deveria estar pelo menos no país? — questionou ela, odiando a si mesma.

De repente, Ben começou a aparentar sua idade, ou até menos. Parecia um garotinho que teve seu brinquedo tirado das mãos sem saber por quê.

— Ela está certa, sabe — disse Rick finalmente, já que Ben não respondeu nada. — Você tem responsabilidades agora, cara. Isso também vai acontecer com a gente mais cedo ou mais tarde. No minuto em que o bebê nascer, será assim. Não haverá mais Ben. — Rick continuou a falar, sem perceber a angústia crescente de Ben. — Futebol? Pode esquecer isso, para início de conversa. Pub depois do trabalho? De jeito nenhum, meu amigo. Noite de pôquer? Dispensado até segunda ordem.

Katy queria que Ben falasse alguma coisa, mas ele só ficava olhando para Rick, cada vez mais pálido.

— Ter um filho não significa isso — respondeu ela com firmeza, pegando na mão de Ben. Depois, virando-se para Rick: — Não quero que Ben perca o nascimento, é só isso. Não estou dizendo que ele nunca mais vai poder sair.

— Aham — ironizou Rick. — Você conhece pais de crianças pequenas? Cansados demais até mesmo para se divertir. Podem ter certeza de que eu e Mel não vamos ter filhos de jeito nenhum até completarmos 35 anos.

Ben não conseguiu articular qualquer resposta inteligente, e Rick percebeu que tinha ido longe demais.

— Então, de qualquer forma, o que quer que aconteça, vamos enfiar o pé na jaca na minha despedida de solteiro. Sabe de uma coisa, por que não vamos à terra natal desta bela cerveja? — sugeriu, erguendo o copo. — Ah, vamos, cara. Essas belezas escocesas esperam por nós — disse em sotaque escocês, com curiosas entonações indianas e possivelmente galesas.

Ben pareceu emergir de seus pensamentos conturbados e lançou a Rick um sorriso de gratidão.

— Grande ideia — Ben finalmente conseguiu falar, relaxando o rosto e voltando à expressão alegre, típica dele. — Quem quer viajar para o exterior mesmo? Cerveja fraca e música estrangeira. Posso ficar em casa e assistir ao Eurovision, seria a mesma coisa. Vou pesquisar na internet e conseguir uma boa pousada para a gente. — Deu um grande gole, evitando olhar nos olhos de Katy. Depois de beber tudo, bateu com força na mesa.

— Então, está tudo combinado. Vou pegar mais uma rodada para nós, que tal? — Levantou-se e foi em direção ao bar, deixando Rick e Katy com uma sensação um tanto estranha.

— Desculpe, Katy — disse Rick assim que Ben se afastou. — Não queria deprimir vocês dois. É só que é muito raro conseguir encontrar algum dos meus amigos depois que eles têm filhos. Eles somem. Vou sentir muita falta de vocês, é isso.

Katy sabia que ele estava certo. Foram os filhos que acabaram com a maioria das suas amizades.

— Isso não vai acontecer com a gente — respondeu Katy, determinada. — Ainda vamos sair juntos, prometo.

— Isso é o que você diz agora — falou Rick, balançando a cabeça.

Katy pediu licença e se levantou para ir ao banheiro, incapaz de encarar o rosto levemente acusador de Rick. Dois sucos de fruta, em sequência, não tinham sido uma boa ideia, dado o estado atual da sua bexiga. Enquanto se esforçava para entrar no cubículo estreito do banheiro, percebeu que era tudo culpa dela. Foi ela quem engravidou e estava arruinando a vida de todo mundo. Ela simplesmente chegou e acabou com a festa de Ben e seus amigos da mesma forma que suas amigas haviam feito com ela quando se casaram e tiveram filhos. Ela se lembrou de como ficou ressentida e de maneira alguma agiria da mesma forma. Aquele bebê não seria um estraga-prazeres. Não mesmo.

Ela voltou ao bar com determinação renovada e encontrou Ben muito mais relaxado, conversando com Rick e Ameba.

— Que patético — comentou Ameba. — A gente vai fazer coisa muito melhor.

— O Rick estava me contando sobre a despedida de solteira da Mel semana passada — explicou Ben.

— Aparentemente tudo o que ela conseguiu roubar foram três cuecas.

— Cuecas?! — exclamou Katy. — Que fraquinho! Nos meus tempos de despedidas de solteira eu era a rainha de roubar o suvenir perfeito. Entre os meus preferidos estão uma palmeira, um manequim masculino e todos os ingredientes de kebab roubados de três lanchonetes diferentes, incluindo uma garrafa cheia de molho de pimenta e uma tigela de salada de repolho.

Rick e Ameba ficaram olhando para Katy em silêncio.

— *Você* fez isso? — Rick acabou dizendo.

— Duvido — disse Ameba.

— Por quê? — perguntou Katy, com a sensação de que estava prestes a ser ofendida.

— Você é tão... mas você é tão... — balbuciou Rick.

— Tão o quê?

— Não consigo imaginar, olhando para você agora, sabe como é, você é uma mulher sofisticada, bem-sucedida... Não consigo pensar em você fazendo algo tão... — Rick fez uma pausa procurando a palavra certa.

— Descolado — completou Ameba.

— Muito obrigada, rapazes. Então eu não sou descolada?

— Não foi isso que eu quis dizer. Eu quis dizer tão... tão imaturo. Você é muito certinha para fazer algo assim.

Katy pensou em bater neles ali mesmo.

— Certinha! — exclamou ela. Se havia uma palavra para resumir seu maior medo de chegar aos 30 e poucos anos tornando-se mãe era certinha. — Eu? Certinha?

— Bem... — disse Rick, começando a parecer desconfortável. — Desde que a conheci, nunca vi você fazer nenhuma besteira. Talvez você fosse diferente quando mais jovem. Antes de conhecermos você.

Katy não conseguia falar de tão horrorizada.

— De qualquer forma, meninas não fazem coisas desse tipo — acrescentou Rick dando de ombros, antes de se virar e fingir que observava o quadro com a lista das cervejas.

Então Rick pensava que ela devia estar ficando chata com a idade. Ela não era chata. Ainda conseguia ser ela mesma no meio da galera despreocupada e divertida de 20 e poucos anos. Aquela fase não tinha passado para ela. Mesmo estando grávida.

Ela olhou para Ben em busca de apoio. Obviamente, ele decidiu que não queria se envolver na discussão e se levantou rapidamente, dando-lhe um beijo na testa e anunciando que ia ao banheiro.

"Fantástico", foi o que ela pensou ao vê-lo ir. Teria sido legal ouvir algumas palavras de conforto. Então eles pensavam que só homens com menos de 30 anos tinham o direito de ser ousados e loucos, certo? Ela ia mostrar a eles, disse a si mesma. Ela ia mostrar para eles ali mesmo, e tiraria aquele sorriso presunçoso de autossatisfação da cara deles. Ela olhou desesperada ao redor à procura de inspiração e viu Glória examinando a pequena pilha de biscoitos que o engraçadinho do Ameba havia deixado aos seus pés.

"Perfeito", pensou. Olhou para Rick e Ameba, que discutiam qual cerveja experimentar agora.

— Observem e aprendam — resmungou ela para si mesma. Respirou fundo e se debruçou sobre a mesa, agarrando a beirada com força suficiente para esbranquiçar as articulações dos dedos. Depois, deixou escapar um gemido baixo. Rick e Ameba se viraram para ela. Ela gemeu novamente, mas um pouco mais alto, dessa vez fazendo as outras pessoas em volta se virarem.

— Eu falei que o suco de fruta era furada — disse Ameba. — Você precisa ir ao banheiro? — perguntou devagar, bem alto, como se ela estivesse surda.

Katy gemeu de novo, dessa vez bem alto, e segurou a barriga.

— Porra, porra, porra! — gritou Rick, saltando da cadeira e derrubando-a no chão. — Ela está em trabalho de parto, porra!

— Aaaaaaaaaaaaah — gritou Ameba como se tivesse visto um fantasma sem cabeça. — Mas que merda a gente faz agora? — Virou a garrafa e bebeu toda a cerveja de uma vez.

Katy voltou a gemer, tentando não rir. Agarrou o braço de Rick e o puxou para perto dela.

— Por favor, Katy, não faça isso comigo — choramingou ele. — Os bebês nem gostam de mim.

Ela conseguiu se enroscar no pescoço dele e falou ao pé do ouvido.

— Roube o maldito papagaio — sussurrou. — Enquanto estou distraindo todo mundo. — Ela se afastou e viu um Rick visivelmente abalado, olhando em volta, desesperado. Ela gemeu novamente, segurando com força na mão dele.

Finalmente, Rick se deu conta do que estava acontecendo e um sorriso começou a se formar. Ele se virou para Ameba, que estava paralisado.

— Leve Katy para o carro, temos toalhas e água quente lá — gritou ele para que o pub inteiro pudesse ouvir. — Alguém pode ajudá-los, por favor? — Os que estavam nas mesas ao lado se levantaram em auxílio, enquanto Rick sorrateiramente colocava a empalhada Glória embaixo da camisa antes de ir procurar Ben.

— Ah, meu Deus, Katy! Ah, meu Deus! Que porra é essa? Você está bem? Está doendo? O que eu devo fazer? — indagava Ben, ofegante, ao chegar ao carro onde Katy estava sentada, em silêncio, ao lado de Ameba, já por dentro de tudo. Os clientes do pub já haviam voltado para o bar, depois de desejarem tudo de bom.

— Pegadinha! — gritaram Katy e Ameba ao mesmo tempo.

— A Glória veio? — perguntou Ameba, enquanto Ben olhava perplexo para cada um deles.

— Claro! — exclamou Rick atrás de Ben, tirando o papagaio da camisa.

— Katy, você é o máximo — disse Ameba, prendendo Glória nos joelhos. — E com certeza voltou ao meu Top 5, gostando ou não.

— Alguém pode me dizer o que diabos está acontecendo? — perguntou Ben. — Por que você não está gritando?

— Está tudo bem, não precisa se preocupar — disse Katy, sentindo-se mal, mas também um pouquinho satisfeita por ele parecer tão preocupado. — Eu estava fingindo estar em trabalho de parto para distrair todo mundo e raptar a Glória. Decidi provar por que meu apelido é Rainha do Roubo. — Ben parecia totalmente confuso. — Nem tão certinha agora, né?

Ben não disse nada, apenas sentou-se no chão do estacionamento e pôs as mãos na cabeça.

— Você está bem, cara? — perguntou Rick.

— Acho que quase tive um infarto. — Olhou para cima e viu seus dois melhores amigos sorrindo e cumprimentando Katy. — Mas acho que vou deixar para lá; nunca vi o Ameba tão feliz — respondeu Ben, finalmente vendo o lado engraçado daquilo tudo e caindo na gargalhada.

Ao voltarem para casa, Rick e Ameba reviveram o falso trabalho de parto de Katy repetidas vezes para a alegria de Ben, que agora ria histericamente, dando palmadas no joelho.

Naquela noite, ao se deitarem, Katy achou melhor se desculpar com Ben por tê-lo assustado, mesmo que aquilo tenha resultado numa ótima história de gravidez para contar depois.

— Não, *eu* sinto muito — respondeu Ben. — Eu devia ter ficado do seu lado quando Rick não acreditou em você. Sei que você é capaz de roubar qualquer coisa quando põe isso na cabeça.

— Você deve estar muito orgulhoso. — Katy riu.

— Estou sempre orgulhoso de você — respondeu, sério por um momento. — Mais do que você pode imaginar.

O incidente, na verdade, fez com que Katy se sentisse completamente feliz pela primeira vez em muito tempo. Era um grande alívio saber que ela ainda era capaz de ser espontânea e que a gravidez não tinha destruído sua personalidade. Ao se preparar para dormir, pensou que o convite para jantar era a única coisa que podia abalar seu humor. E decidiu que, no dia seguinte, encontraria uma forma de se livrar daquilo para poder seguir em frente.

Capítulo 11

Matthew já estava há duas horas na poltrona de couro preto do escritório de casa, olhando a planilha em branco no seu computador. De vez em quando, tinha a sensação de que começaria a escrever, mas suas mãos hesitantes se retraíam sobre o teclado no último minuto e ele voltava a descansar os braços na cadeira. Alison aparecia de tempos em tempos para pedir opinião sobre o cardápio de sábado, tamanha era sua excitação por finalmente ter convidados para exibir sua casa. Na verdade, assim que voltaram do curso, ela desapareceu por detrás de uma fortaleza de livros de culinária. Ver o sorriso arrogante de tantos chefs famosos, bem-alimentados e bem-pagos, estampando a capa daqueles passaportes para a aceitação social fez Matthew recolher-se para seu santuário interno.

Toda vez que Alison entrava, ele rapidamente se inclinava sobre o sexto volume das regras do Imposto de Renda e pedia a ela para não ser perturbado de novo.

Por fim, às 22h04, ele selecionou uma célula, clicou duas vezes e digitou a palavra *Katy* antes de rapidamente deletá-la.

"Qual é", pensou com os dentes cerrados. Não dava para entender. Era exatamente isso que ele sempre fazia quando queria clarear a mente. Uma planilha superelaborada costumava ter a capacidade de transformá-lo em senhor das suas faculdades mentais e livrá-lo da bagunça emocional.

Foi Alison quem o levou a desenvolver o fetiche por essa habilidade de alteração mental. Quando começaram a namorar, ela achou terrível que ele não soubesse onde queria estar em dez anos. Aquela falta de foco em todas as áreas da vida a deixaram louca, mas ela aceitou a situação e decidiu ajudá-lo a se tornar o homem que ela sabia que ele se tornaria.

Então, uma noite, quando Matthew passou na casa dela achando que a levaria ao cinema, Alison o arrastou para a cozinha e, munida de inúmeras folhas de papel A3 e uma variedade de canetas coloridas, ela foi, aos poucos, encorajando-o, induzindo-o e extraindo dele o que ele deveria fazer com a própria vida. No fim da noite ele estava exausto, e até um pouco emotivo, por ter admitido coisas para ela que jamais admitira para si mesmo.

Dois dias mais tarde, veio pelo correio um quadro esquemático onde se lia, em bela caligrafia, O PLANO DE MATTHEW, que incluía uma lista de coisas para fazer. Ela tinha tornado tudo tão simples. Tão simples que, antes de terminar a manhã, ele já havia pegado o telefone e pedido um prospecto de uma faculdade que oferecia cursos noturnos de contabilidade. Também telefonara para um colega que estava temporariamente dormindo no seu sofá, deixando claro que, se ele não saísse até o final da semana, começaria a cobrar aluguel. A sensação de progresso era tão boa que ele logo se viu criando planilhas no computador para todo tipo de situação delicada. Que emprego escolher assim que se formar? Que critérios usar para escolher o primeiro carro da empresa? Como pedir Alison em casamento? Como pagar os intermináveis tratamentos de fertilização? Estavam todas preenchidas no HD com o título ESTA É SUA VIDA, MATTHEW CHESTERMAN. Protegidas com senha, é claro.

Mas, naquela noite, a magia da planilha não estava dando certo para ele. Naquela noite, seus poderes especiais não estavam funcionando e sua mente não focava onde devia. Ele sabia lá no fundo que não havia nada para decidir, afinal. Katy tinha tomado o controle. Ela dera as cartas e decretara que todas as possíveis consequências daquela noite que passaram juntos deveriam ser ignoradas. Como ele deveria se sentir aliviado! Como deveria se sentir aliviado por não ter que elaborar a planilha CRIANDO TRÊS FILHOS DE UMA VEZ SÓ! Mas ele não estava aliviado, essa era a questão, e uma maldita planilha não iria ajudá-lo a entender o motivo. Ou talvez ele devesse criar a planilha POR QUE KATY FAZ O PLANO DE MATTHEW PARECER ERRADO.

Na falta de uma planilha que realmente o acalmasse, Matthew se viu no dia seguinte andando de um lado para o outro em frente ao trabalho de Katy. Depois de vinte dolorosos minutos, finalmente entrou no prédio, foi em direção à recepcionista de cabelos cor-de-rosa e piercing nos lábios e perguntou se poderia ver a srta. Chapman. Com um fone de ouvido, a moça telefonou para a assistente pessoal e negociou com Louise para que ele esperasse no escritório de Katy até que ela saísse de uma reunião. Fez isso ao mesmo tempo que servia a ele uma bebida descafeinada na cafeteria inteiramente equipada atrás dela.

Ele agora encarava um pôster de revista, emoldurado, que trazia Patrick Swayze em seus dias de *Dirty Dancing* decorando o escritório altamente personalizado de Katy. Ele ainda conseguia visualizar o mesmo pôster no quarto dela tempos atrás. Matthew pensara bastante nos anos de adolescência desde que havia reencontrado Katy. Ele queria saber se aquele garoto ficaria impressionado com o homem que ele se tornara.

Teve um sobressalto quando o telefone preso ao seu cinto vibrou. Ao pegá-lo, viu o nome de Ian piscando na tela.

— O que você quer? Estou ocupado — disse Matthew baixinho, temendo que Louise, sentada do lado de fora, pudesse ouvir.

— Onde você está? Sua voz está estranha.

— Você não vai querer saber — sussurrou.

— Ah, qual é! Agora que eu quero mesmo saber exatamente onde você está. Mas, se você disser que foi sem mim àquele bar novo e está com uma dançarina no colo, pronto para uma rapidinha no almoço, vou ter que matar você.

— Pode acreditar que não estou num bar com uma dançarina no colo.

Louise olhou na mesma hora, deixando claro que tinha ouvido o que Matthew dissera. Ele se virou de costas tentando parecer casual.

— Certo. Não está no bar. Próxima pergunta. Está com alguma gatinha?

Matthew observou a ave empalhada na escrivaninha de Katy. Ela estava olhando feio para ele desde que se sentara ali.

— Com algo um pouco mais selvagem que uma gatinha — admitiu Matthew.

— Interessante — disse Ian. — Ela está nua?

Matthew desviou o olhar para o armário no canto da sala onde estava o molde de gesso da barriga e dos seios de Katy. Ele sabia que era ela porque havia no pedestal uma plaquinha indicando o nome da homenageada e, surpreendentemente, seu novo tamanho de sutiã.

— Você ainda está aí? Vamos, responda. Estou gostando do jogo.

— Bem, acho que posso dizer que neste momento em particular dá para ver algum tipo de nudez, sim — resmungou Matthew, olhando nervosamente por cima do ombro na direção de Louise.

— Uau, e ainda são onze e meia da manhã. Você é demais, Matthew. Então, quem é? Vamos lá, me conte. Você está vendo a Sue, da contabilidade, tirar o sutiã pela janela do banheiro do segundo andar?

— Não, não estou.

— Então, o que é? Fale antes que minha cabeça exploda!

— Bem, estou olhando para o busto de Katy... — começou a explicar.

— Katy? Aquela Katy? A Katy do bebê bônus? — interrompeu Ian.

— Cale a boca, Ian. Deixe de ser inconveniente.

— Inconveniente, eu? Até parece! É você que está olhando para os peitos dela.

— Não são peitos de verdade. Veja bem, estou no escritório dela. Mais tarde eu explico por quê, mas tem uma espécie de escultura do corpo grávido e nu dela.

— Uau, espere um pouco. Preciso de um minuto para absorver o que você acabou de dizer.

Houve um silêncio.

— Certo. Consegui imaginar a cena. Agora concentre-se, a próxima pergunta é realmente importante: você está sozinho no escritório? — perguntou Ian.

— Eh... sim. Katy não sabia que eu viria, então estou esperando que ela saia de uma reunião.

— Bom. Então me diga. Você deu?

— Dei o quê?

— Você deu, não deu?

— Dei o quê?!

— Você sabe. Deu uma apertada nos peitos dela.

— Não, não dei! — respondeu Matthew, chocado.

— Ah, qual é. Nenhum homem sozinho numa sala com um objeto em forma de mulher nua resiste a uma apertadinha rápida.

— Nem todos os homens são como você, Ian.

— Não diga isso. Eu apenas tenho coragem de dizer o que todo mundo está pensando. Então pode falar. Você não quer nem saber se eles estão diferentes agora que ela está grávida?

Matthew olhou por cima do ombro para ver se Louise ainda estava ouvindo a conversa. A cadeira dela estava vazia.

— Vá em frente. Só uma apertadinha rápida, vai. Por mim, Matthew. Você é um homem ou uma máquina? Vou perturbar você para sempre se não fizer isso — concluiu Ian.

— Ah, pelo amor de Deus — disse Matthew, levantando-se e aproximando-se da figura. — Estou apertando, ok? Satisfeito agora? — rosnou ele ao pegar o seio esquerdo com uma das mãos.

— Ah, muito, muito mesmo — disse uma voz na porta.

— Merda! — exclamou Matthew, jogando o telefone no chão e recolhendo a mão num segundo.

— Não é incrível? — perguntou um homem de postura perfeita, com uma das mãos na cintura e a outra na porta. — E ter um espécime tão elegante como você apreciando meu trabalho é muito compensador. A propósito, sou Daniel. Gênio criativo por trás do objeto de sua admiração.

— Oi. Meu nome é Matthew. Sinto muito. Estava apenas, eh...

— Você disse Matthew?

— Sim, Matthew. Estou apenas esperando a Katy.

— Sei — respondeu Daniel, analisando Matthew de cima a baixo sem nem disfarçar. — Estou impressionado. Ela não me falou que você era tão bonito.

Houve um silêncio desconfortável interrompido somente pelo som de Ian gritando ao telefone, caído em algum lugar no chão.

— A gerente da Crispy Bix é uma nojenta insuportável — disse Katy ao passar por Daniel e entrar no escritório.

Ela congelou assim que viu Matthew ao lado do seu corpo nu.

— Matthew, que diabos você está fazendo aqui? — Agitada, ela olhava para Matthew, Daniel e o busto de gesso.

— Ele estava apenas admirando o meu presente de chá de bebê — respondeu Daniel com um sorriso arrogante. — Viu só? Algumas pessoas admiram a verdadeira arte, Katy.

— Não é bem isso, eu não estava fazendo nada — explicou Matthew. — Eu estava apenas vendo de que material foi feito. Que textura interessante. Sim, é muito interessante. Você tem que me falar como fez, Daniel.

— Na verdade, ele estava tocando seus seios. Como se isso não tivesse causado encrenca suficiente da última vez.

— Daniel! — exclamou Katy.

— Então, preciso ir. Tenho outras reuniões para entrar de penetra — disse Daniel. — Conversamos mais tarde. — E saiu encarando Katy.

Katy fechou a porta com força.

— Meu Deus, por que diabos você contou para ele? — perguntou Matthew, afastando-se do busto de gesso para pegar o telefone, que agora estava em silêncio.

— Bem, eu tinha que falar com alguém e, por incrível que pareça, sei que posso confiar nele.

— Mesmo? Ele me pareceu o típico gay maldoso e fofoqueiro — retrucou Matthew, esbarrando na beirada da mesa e fazendo o papagaio balançar.

— Cuidado com a Glória! — exclamou Katy, correndo para segurar a ave.

— Glória? Isso tem nome? Por que exatamente você tem um papagaio empalhado no seu escritório, Katy?

— Nós o roubamos ontem à noite.

— Quem roubou?

— Eu, Ben e uns amigos — respondeu Katy, sorrindo para si mesma.

Matthew olhou para ela sem dizer nada.

— Que foi? Qual é o problema?

Matthew percebeu que não conseguia dizer o que pensava.

— Matthew, por que você está aí parecendo tão desapontado? — perguntou Katy enquanto reparava num livro sobre bebês despontando da maleta dele.

Matthew rapidamente ajeitou *O Livro do Bebê Feliz* de volta na pasta.

— Alison me deu hoje de manhã. É para eu ler na hora do almoço e memorizar a rotina das primeiras seis semanas — explicou Matthew.

— Que demais. Muito sensato, claro. Mas, por favor, você pode tirar esse olhar desapontado do rosto?

— Não estou desapontado com você — respondeu Matthew, virando de costas. — Na verdade, estou desapontado porque eu nunca seria visto roubando um papagaio empalhado.

Katy pareceu confusa.

Ele se virou para olhar para ela.

— Mas eu poderia ter roubado um papagaio empalhado, não poderia? Quando eu era mais jovem? Eu era divertido naquela época, não era? — perguntou Matthew com um ligeiro tom de desespero na voz.

— Não acho que você deva avaliar sua vida pela habilidade de roubar um papagaio empalhado — observou Katy, claramente desorientada com a tristeza de Matthew.

— Tudo o que eu faço é trabalhar e falar sobre malditos impostos o dia todo e voltar para casa e falar sobre a rotina do bebê e se deveríamos dar banho às quinze para as seis ou às seis horas da tarde e outras besteiras como essa — disse ele, chutando a maleta onde estava a bíblia para treinar bebês.

Ele ficou quieto por um momento, perdido em pensamentos. Katy observava as anotações num post-it.

— E nem tenho uma planta no meu escritório, que dirá uma ave empalhada ou um busto de gesso do meu corpo nu ou um retrato do Patrick Swayze — continuou Matthew, apontando para o pôster meio apagado.

— Bem, eu ainda amo o Patrick Swayze — disse Katy baixinho.

— Sei que ama — respondeu Matthew, batendo a mão na mesa e fazendo Katy e Glória pularem. — Estava sentado aqui pensando na gente indo de carro até Devon e você me obrigando a ouvir aquela maldita fita do *Dirty Dancing* o caminho todo.

— Não obriguei você. Você se acabou de tanto cantar.

— É, eu sei. E essa é a questão, Katy. Eu nunca mais cantei. O que aconteceu comigo? — indagou Matthew, desmoronando na cadeira. Ele estava começando a pensar que O PLANO DE MATTHEW tinha sérias omissões.

— Cante agora, então — sugeriu Katy.

— Como?

— Cante agora.

— Não seja ridícula.

— Ah, pelo amor de Deus, Matthew. Você está reclamando que nunca mais cantou e agora não vai cantar? Vamos lá, vamos cantar juntos.

Katy se empertigou e limpou a garganta. Empinou a barriga com orgulho e se lançou na tentativa incrivelmente ruim de cantar a primeira estrofe de "I've Had the Time of My Life".

Subitamente, ele se viu novamente no carro do pai, com os vidros abaixados, o cabelo ao vento, a música tocando e uma das mãos no joelho de Katy, que cantava bem alto.

Matthew riu de Katy, que ficava mais confiante ao se lembrar da letra e começava a balançar o corpo um pouco ao cantar o refrão.

— Vamos. Cante comigo. Não seja tímido. — Ela ofegava entre as estrofes.

Ele começou a murmurar a letra, não acreditando que ainda a soubesse de cor.

Ao fim do refrão, Katy se deixou cair na cadeira, rindo muito.

— Você ainda canta muito mal. Ainda bem que não canta mais. Então, enfim, o que a gente vai fazer com essa história de jantar? Suponho que você esteja aqui por isso — falou ao olhar para o relógio.

— Como? Ah, sim, é claro. Vim aqui falar sobre isso — disse Matthew, tentando colocar a mente de volta aos trilhos. — Então, sei que vai parecer estranho, mas Alison está muito animada com essa história. Ela chegou em casa ontem e foi direto para a cozinha planejar o cardápio. É a primeira vez que a vejo animada assim desde que nos mudamos para cá. E ela não vai deixar você se livrar disso de jeito nenhum. Pode acreditar em mim. Quando Alison coloca uma coisa na cabeça, ninguém consegue tirar. Sei que a situação toda é um desastre anunciado, mas você acha que a gente pode tentar? A vida é tão melhor quando ela está animada.

— Por Deus, Matthew, você está mesmo abusando da sorte.

— Eu sei, mas, se ela sentir que as coisas estão entrando nos eixos, então vai relaxar um pouco e me deixar mais aliviado. Sei que é uma situação louca. Nem acredito que estou pedindo isso, mas, por favor, vá. Não quero nem pensar em como ela ficaria se você ligasse dando uma desculpa.

— Mas você percebe que não podemos ser amigos, não é? — disse Katy lentamente.

— Eu sei, mas isso pode encorajá-la a fazer amizades em vez de ficar obcecada pelos bebês. Embora não com você, é claro. Apareça só dessa vez e então prometo que nunca mais... — Matthew parou no meio da frase.

Ele se levantou e caminhou em volta da mesa na direção dela.

— O que você está fazendo? — perguntou ela à medida que ele se aproximava.

— Este é o bebê? — perguntou ao passar por ela e ver a foto escaneada fixada no quadro de avisos atrás da mesa.

Ele não conseguiu impedir que sua mão tocasse a imagem. Contornou o bebê com os dedos assim como tinha feito com a foto dos gêmeos. Sentiu o mundo parar ou pelo menos desacelerar.

Katy olhou para ele, apavorada.

— É sim — disse baixinho.

Ele engoliu em seco. Depois se virou para olhar no fundo dos olhos dela antes de murmurar.

— Agora eu vou embora. Até sábado.

Apressou-se em volta da mesa, pegou a maleta e saiu do escritório sem olhar para trás.

Capítulo 12

O dia do jantar chegou e Katy decidiu que, em vez de passá-lo com medo, finalmente sairia para comprar algumas coisas para o bebê. Para sua surpresa, Ben reagiu com certo grau de entusiasmo. Então, armados com a lista feita por uma perplexa Louise, incapaz de acreditar que Katy não tinha preparado nada com antecedência, ambos partiram para as lojas de bebê fora da cidade.

— Maravilha, tem uma loja da Currys — disse Ben assim que saíram do carro. — Preciso comprar pilha para tirar umas fotos constrangedoras da despedida de solteiro. Vou entrar rapidinho, amor. Não demoro nada. Vá indo.

Ele já havia sumido antes que ela pudesse protestar e caminhava rápido demais para que seu corpo grávido pudesse alcançá-lo. Suspirando profundamente, ela se virou para contemplar a enorme loja de artigos infantis, lembrando-se das irritantes vezes em que precisou comprar presentes para os bebês de outras pessoas. Ver tantas grávidas concentradas em um só lugar sempre a deixava perturbada, como se tivesse aterrissado num outro planeta onde todas as mulheres engravidavam ao mesmo tempo. Estremeceu um pouco, antes de se forçar a entrar e lidar com aquilo de uma vez.

Considerou começar pelas roupas. Era boa em comprar roupas. Tinha feito isso praticamente a vida inteira. Contudo, toda a confiança desapareceu quando ela encarou a primeira decisão difícil. Qual tamanho? Recém-nascido ou de 0 a 3 meses? O que era aquilo? Não era a mesma coisa? Qual era a diferença? Por que ela não sabia disso? Era uma conspiração para confundi-la? Olhou em volta, ligeiramente em pânico, para analisar várias outras futuras mamães saltitando ao redor dela com cara de que sabiam de tudo. E enfiou depressa meia dúzia de coisas no carrinho antes de decidir mudar para algo menos estressante.

Consultou a lista. Babá eletrônica. Isso tinha que ser fácil. Respirou fundo e foi calmamente em direção à seção de segurança.

"Alguém está rindo?", pensou ao olhar inebriada as intermináveis fileiras de aparelhos de monitoramento que piscavam para ela como se fossem alienígenas. Pelo nível do equipamento exigido, ela esperava ao menos que o bebê cantasse músicas completas dos Beatles antes de dormir. Esticou a mão levemente trêmula para pegar um aparelho da prateleira antes de tentar ler suas especificações. Aquilo podia muito bem estar escrito em holandês, pois não fazia sentido algum para ela. Jogou-o no carrinho antes de voltar para o relativo refúgio da seção de roupas.

Após uma hora e dez minutos, ela estava completamente confusa, infeliz, perturbada, nervosa e um pouco suada. Olhou para o carrinho de bebê *Templeton Deluxe Pushchair Travel System*, com o qual estava se atracando há vinte minutos, e desejou que ninguém a tivesse visto chutar aquilo. A vendedora fez parecer bem fácil quando, com um simples movimento, transformou aquele amontoado preto e prateado num carrinho robusto e bastante elaborado.

— E este aqui? — perguntou a vendedora, apontando para outro modelo que parecia um Tupperware de rodas. — Este aqui é muito simples de usar, especialmente se você não tiver um homem para tirá-lo do carro para você.

Katy ficou boquiaberta. Como aquela mulher ousava supor que ela seria mãe solteira? Ben voltaria a qualquer minuto, disse a si mesma, olhando desesperadamente para a porta pela enésima vez.

Sentou-se na beirada do mostrador e tentou se recompor, observando discretamente um casal bem-vestido que avaliava os carrinhos.

— Não posso acreditar que há vinte minutos estávamos na garagem, vendendo nosso conversível, e agora estamos aqui comprando um carrinho — disse a mulher com um barrigão de grávida. — A vida nunca mais será como antes, não é? — continuou ela, parecendo tão abalada quanto Katy.

— Você está certa — respondeu o homem, colocando um braço reconfortante nos ombros dela. — Mas, neste momento, eu não trocaria de lugar com ninguém no mundo. E sabe de uma coisa? Eu amava aquele carro, você sabe disso, mas aposto que vou amar o carrinho novo um milhão de vezes mais, especialmente quando estiver com a nossa princesinha nele.

Katy observou hipnotizada os dois ficarem frente a frente, com largos sorrisos no rosto. Depois se beijaram, apaixonados, em plena tarde de sábado numa loja de artigos infantis. Quando terminaram, o homem colocou a mão no bolso da jaqueta e pegou várias folhas de papel.

— Então, imprimi tudo isto ontem à noite, depois que você foi dormir, para nos ajudar a escolher. Este site disse que o melhor é aquele que tem...

Katy saiu dali. Não suportava mais observar o casal perfeito. Olhou para a porta de novo. Ainda nenhum sinal de Ben.

Foi para o caixa entorpecida, segurando as lágrimas que subitamente resolveram aparecer. Enquanto passava as compras e as embalava, a vendedora se aproximou e ofereceu um lenço de papel.

— Hormônios — disse gentilmente. — Acontece o tempo todo.

Morrendo de vergonha, Katy juntou as sacolas no carrinho o mais rápido que pôde e praticamente saiu correndo da loja como se o prédio estivesse em chamas.

— Nossa! Alguém soltou um tigre lá dentro ou algo assim? — perguntou Ben assim que ela saiu pela porta automática.

— Onde você se meteu? — rebateu, antes de desabar em lágrimas, tentando controlar a respiração.

— Ei, acalme-se, está tudo bem. As outras grávidas foram malvadas com você? — disse ele, sorrindo.

— Pare! — gritou ela. — Pare com isso! — repetiu com raiva, o rosto vermelho. Ele olhou para ela chocado. Eles nunca ficavam bravos um com o outro. — Não preciso que você seja engraçadinho, ok? Pare de ser engraçadinho.

— Está bem — respondeu ele, tirando o sorriso do rosto. — Então, do que você precisa? — perguntou devagar.

— Não sei. — Katy estava desesperada. — Só não preciso de gracinha, tá? Preciso... preciso... só preciso saber que você vai estar por perto às vezes e que vai agir direito. Sabe, como quando eu estiver me matando para comprar um maldito carrinho — resmungou, olhando o chão.

— Entendi — disse ele baixinho. — Você precisa de mim. Essa é nova.

— Sim. Bem, você sabe, só às vezes. — Os dois ficaram ali por um momento, encarando o chão, perdidos nos próprios pensamentos, até que Ben gentilmente tirou o carrinho de compras da mão dela e o levou para o carro.

Naquela noite a atmosfera estava tão pesada que parecia ter sido feita para um filme de terror. Escuridão total, chuva, vento uivando e rajadas produzindo os ruídos mais estranhos, capazes de fazer qualquer um se arrepiar e pular de susto.

E foi exatamente isso que Katy fez quando Ben se atirou na frente dela, com uma lanterna no rosto, quando eles estavam saindo.

— Não vá para o pântano, garota, não vá para o pântano agora — sussurrou ao se aproximar dela.

— Não faça isso, Ben — pediu Katy, afastando-o. Ela havia conseguido se acalmar um pouco desde as compras da tarde. Ben se desculpara excessivamente no caminho de volta, explicando que tinha encontrado um velho amigo que trabalhava na Currys e poderia dar um desconto para ele. Katy se esforçou para não ficar nervosa, especialmente porque precisava de energia positiva para sobreviver ao jantar iminente com Matthew e Alison.

Entraram no carro e na mesma hora Ben ligou o rádio para ouvir as últimas notícias do futebol. Katy, ainda com o coração acelerado, esforçava-se para tirar da mente a imagem de Alison atacando-a com um machado ensanguentado enquanto Matthew cavava sua cova numa floresta escura no meio do nada.

— Mas que bosta de time, ninguém se esforça — declarou Ben, apertando o botão do rádio repetidas vezes para encontrar uma música decente.

— Deixe isso para lá, por favor.

— Desculpe. — Ben afundou no assento. Houve um silêncio constrangedor antes que ele ousasse falar novamente. — Bem, não sei quanto a você, mas eu estou todo animado para passar a noite com o sr. e a sra. Chatice. Fico imaginando quanto tempo levará a excursão ao famoso quarto dos bebês. Na verdade, sinto como se eu mesmo tivesse decorado tudo, já que lady Alison o descreveu com tanta riqueza de detalhes.

— Nem me fale — respondeu Katy, sentindo o coração apertar. — Vou me sentir tão despreparada.

— De jeito nenhum. Ouça, Katy — disse Ben, arrumando-se no assento. — Você não vai ser uma mãe louca que transforma os filhos em psicopatas. Você vai ser uma mãe legal pra cacete e esse bebê vai amar você.

Katy se permitiu sorrir.

— Sabe de uma coisa, Ben? Acho que essa foi a coisa mais legal que você já me disse.

— Meu objetivo é agradá-la. Bem, eu tento — acrescentou quando Katy olhou para ele de canto de olho. — Então, cadê essa casa, afinal? — perguntou, mudando de assunto.

— Estamos quase lá. Deve ser logo ali à direita.

Ben deu um longo assobio diante do casarão isolado e novinho que apareceu na frente deles.

— Uau! É uma minimansão. Chega de lady Alison, é a lady Alison da família real de agora em diante! — exclamou Ben.

As rodas do carro de Katy se arrastaram pela elegante entrada de cascalho. Foram então banhados por uma acolhedora onda de luz laranja vinda das lanternas de ferro que iluminavam a entrada da casa. Duas belas árvores podadas em miniatura dentro de brilhantes vasos de cobre ladeavam a porta preta imponente com sua enorme maçaneta de bronze. Para Katy, aquilo tudo mais parecia um restaurante sofisticado do que uma casa de família.

— É maior que a escola! — exclamou Ben enquanto ajudava Katy a sair do carro. — Eles devem ser cheios da grana. A gente devia fazer amizade com eles. Pode haver benefícios.

— Deixe-me ajudar — disse Matthew, aparecendo ao lado de Ben para segurar a mão de Katy.

Ela tirou a mão num sobressalto. Não haviam se tocado desde o reencontro na escola.

— Estou grávida, não incapaz. — Katy se empertigou e bateu a porta atrás dela.

— Claro — respondeu Matthew. — Sinto muito. Entre rápido. Não vá se molhar. — Ele correu na frente para abrir a porta preta, convidando-os a entrar num imponente hall de pé-direito duplo. — Desculpe, mas vocês poderiam tirar os sapatos? Acabamos de colocar tapetes novos.

Katy encarou Matthew para ver se ele estava brincando, mas era óbvio que ele falava sério. Ela detestava gente que pedia aos convidados para tirar os sapatos. Isso sempre a fazia se sentir como se estivesse sujando a casa alheia. Tirou os sapatos com raiva, recusando-se a colocá-los arrumadinhos no suporte de calçados à disposição das visitas.

— Será mesmo que a Al vai preferir as minhas meias fedidas de futebol? — comentou Ben balançando o pé esquerdo no ar e revelando a meia gasta com um enorme dedo para fora.

— Entrem — insistiu Matthew, ignorando Ben. — Alison já está terminando as coisas na cozinha.

— Ei, cara, você precisa me mostrar aquele álbum agora, caso eu fique bêbado demais para apreciar esse verdadeiro pedaço de história — disse Ben enquanto eles iam para a sala de estar.

— Pode ser — respondeu Matthew como se só naquele momento tivesse percebido a presença dele. — Venha ao meu escritório. Voltaremos em um minuto, Katy.

Katy ficou no meio da sala, que deveria ter pelo menos oito metros de extensão, sentindo-se perdida e sem saber o que fazer. Ela olhou ao redor, a princípio admirando o belo sofá baixo com macias almofadas de veludo simetricamente posicionadas em cada canto. Depois notou o moderno abajur de chão cujo modelo tinha visto numa loja muito cara em Leeds. A haste formava um arco gracioso no centro da sala, e a cúpula pairava sobre uma mesa de centro perfeitamente envelhecida. Um sistema de som de alta-fidelidade, moderno e reluzente, estava numa prateleira de vidro e emitia sons calmos e maravilhosos enquanto ela caminhava para o outro canto da sala, deslizando as mãos nas faixas de seda em tons achocolatados penduradas num grosso suporte de madeira. Ela abriu um pouco as cortinas e vislumbrou um gramado brilhantemente iluminado e cuidado. Virou-se e voltou ao centro da sala, imaginando o que mais poderia espiar quando seus olhos pairaram sobre dois candelabros altos e esculturais que emolduravam de forma impressionante a fila obrigatória de fotografias sobre a lareira.

Ela suspirou.

Ali estava a vida de Matthew. A vida que vivera sem Katy, mas com Alison. Resumida em meia dúzia de imagens que a encaravam, emolduradas em discretos porta-retratos cromados que combinavam entre si.

Caminhou até a lareira um tanto insegura, sem saber se realmente queria ver aquilo, e ainda mais insegura pelo fato de estar insegura.

Eram bem previsíveis. Casal jovem e louco numa festa. Primeiras férias de verão juntos. Primeira viagem para esquiar. Primeira noite de gala. Primeira foto profissional, provavelmente para celebrar o noivado. E, claro, a gloriosa fotografia do casamento. Katy se viu examinando o rosto de Matthew em cada uma das fotos. Ela analisou os olhos e a boca e a linguagem corporal. Percebeu que estava tentando descobrir se ele parecia feliz. Feliz em sua vida pós-Katy.

Ela levou um susto quando Alison entrou na sala.

— Desculpe, estava terminando uns petiscos — disse ela ao colocar dois pratos na mesa de centro.

— Belas fotos — comentou Katy, sem saber o que dizer.

— Ah, obrigada. Eu amo nossa foto de casamento, ela nos resume muito bem.

Katy olhou novamente para a enorme fotografia em branco e preto. Matthew e Alison estavam um de frente para o outro nos degraus do que parecia ser um castelo.

— Então, onde vocês se casaram? — perguntou, sem saber ao certo se estava gostando daquele assunto.

— Bem, encontramos um castelo espetacular em Hampshire com uma capela própria. Foi tão perfeito. Mas não foi fácil. Estivemos em vários lugares antes de ficarmos satisfeitos. Ainda guardo os registros de todos os locais que visitamos. Então, se algum dia você pensar em se amarrar, já sabe a quem recorrer. Vocês não são casados, são? Você e Ben?

— Não, talvez um dia, quem sabe? — disse Katy incapaz de encarar Alison.

— Achei que vocês estivessem esperando o nascimento do bebê.

— Não, ainda não chegamos tão longe.

— Nunca se sabe, Ben pode ter tudo planejado. No minuto que você der à luz, talvez ele faça o pedido — comentou Alison.

— Que pedido? — perguntou Ben ao entrar na sala.

— Eu só estava sendo intrometida, Ben. Estava perguntando se vocês tinham planos de casamento. Sabe, sou muito boa em organizar casamentos.

— Acho que isso não é da nossa conta, Alison — cortou Matthew rispidamente.

— Tudo bem. Eu e Katy não nos preocupamos com formalidades — disse Ben, caindo no sofá. — Acho que um dia vamos simplesmente acordar e pensar: "Sabe de uma coisa? Vamos nos casar." Somos do tipo que curte o momento, um casal que nada conforme a maré, não é, amor?

— Isso mesmo — concordou Katy, evitando olhar para Matthew. — Sem dúvida.

— Ei, Al, isso é chá? — perguntou Ben. — Vamos ter que parar em algum lugar para comer se continuar assim — sussurrou ele para Katy.

— Não, não, são apenas aperitivos para abrir o apetite.

— Só estou brincando. Certo, alguém disse atacar? Estou morrendo de fome — disse Ben, pegando um dos pratos só para ele.

Finalmente, após meia hora de conversa constrangedora, Alison anunciou que o jantar estaria pronto em dez minutos.

— Gostariam de ver o quarto dos bebês antes de nos sentarmos? — perguntou Alison.

Katy e Ben se entreolharam. Katy sabia que era a última coisa que gostaria de ver.

— Adoraria — respondeu Ben, lançando um olhar conformado para Katy. — Em que ala fica?

— Esta casa é ridiculamente grande, não é? — disse Alison ao subirem as escadas. — Mas Matthew ficou tão bem quando se tornou sócio que pudemos comprá-la.

— E aí, cara, você é um partidão, hein? — comentou Ben.

— Agora ele é — disse Alison, sorrindo orgulhosa para ele. — Mas nem sempre foi assim. Vocês precisavam ver como ele estava perdido quando o conheci.

Katy estava começando a se sentir realmente estranha. Estava suando e um pouco enjoada. Alguma coisa estava errada.

— Então, aqui estamos — anunciou Alison abrindo a porta no alto da escada. — Nosso ninho.

Katy entrou e sentiu o queixo cair. Nunca tinha visto um quarto tão bonito. Era um mar incrivelmente sereno em tons de creme e verde, tão macio e suave, que a fazia querer se deitar naquele tapete felpudo e dormir. Ficou parada na porta, absolutamente pasma, até se ver atraída pelos dois berços que ficavam lado a lado na parede oposta, sob uma enorme janela em arco. Delicados dosséis caíam protegendo os perfeitos abrigos. Quando se aproximou, sentiu que ia cair em lágrimas ao ver um pequeno ursinho de pelúcia verde em cada berço, esperando pacientemente que seu dono chegasse. Sabia que Alison estava falando com ela, mas não conseguia se concentrar. Virou-se lentamente e viu uma antiga cadeira de balanço em carvalho escurecido com uma linda almofada de retalho sobre o assento. Mais uma vez, não conseguiu se conter e se aproximou, passando a mão no longo encosto em arco antes de se virar e se sentar confortavelmente nela. Fechou os olhos e delicadamente balançou-se para frente e para trás.

Deixou a mente divagar até que de repente perdeu a tranquilidade. Pensou no quarto branco em seu apartamento, com caixas de papelão empilhadas de qualquer jeito num canto e sacolas espalhadas em outro, transbordando com as compras feitas em meio ao pânico na tarde daquele dia.

Foi com tristeza que se deu conta do que estava errado com ela. Estava com inveja. E, para piorar, uma imagem vívida apareceu em sua mente. Era a imagem de um perfeito celeiro reformado com rosas caindo pelas paredes; ela, Matthew e dois filhos acenando na porta de entrada.

Começou a levantar da cadeira, mas percebeu que sua barriga tinha encontrado o lugar ideal para descansar e relutava em sair. Matthew veio em seu resgate, tocando-a pela segunda vez naquela noite, e gentilmente pegou sua mão e colocou o braço ao redor do ombro dela.

— Você está bem? — perguntou. — Você está um pouco pálida. Precisa de alguma coisa?

— Não, estou bem. Muito bem — disse olhando para ele com os olhos arregalados. — Vamos comer agora. Estou morrendo de fome — acrescentou rapidamente antes de ir até a porta.

Dava para ouvir Alison falar qualquer coisa ao descer as escadas, mas Katy só conseguia pensar em como escapar daquele pesadelo o mais rápido possível para nunca mais ter que encarar a vida de Matthew novamente.

Capítulo 13

— Então temos salada de pera com rúcula, erva-doce e agrião. Bom apetite! — disse Alison ao colocar na mesa os delicados pratos brancos que com certeza não tinham sido comprados na promoção.

Ben olhou para as folhas à sua frente com ar de suspeita, depois pegou o garfo, respirou fundo e mandou ver.

— É difícil encontrar entradas adequadas para grávidas nos restaurantes, não é, Katy? — perguntou Alison. — Tudo parece ter marisco, cream cheese ou carne defumada.

— Acho que sempre acabo tomando sopa, e eu odeio sopa — disse Katy com tristeza.

Houve um silêncio constrangedor.

— Sopa é sempre um assunto que acaba com a conversa, não é? — comentou Ben. — Sopa e morte. Esses dois assuntos deveriam ser proibidos durante as refeições.

Alison encarou Ben e depois se virou para Katy.

— Então, você pretende amamentar ou dar mamadeira?

— Esqueci de acrescentar amamentação — sussurrou Ben.

— Bom, ainda não sei. Depende do que o bebê escolher, eu acho — respondeu Katy, chutando Ben por baixo da mesa.

— Nós já discutimos o assunto, não é, Matthew? E eu quero muito amamentar, mas obviamente com dois bebês isso pode ser exaustivo, então comprei uma bomba tira-leite. Matthew pode alimentá-los quando eu estiver muito cansada. Escolhi uma elétrica bem cara. Parece que a bomba manual é muito difícil de manusear.

— Bomba para tirar leite? — questionou Ben, entrando na conversa. — Quer dizer que há algo que pode ser comprado para ordenhar seus peitos?

— Ah, sim, é algo muito comum nos dias de hoje, com mães trabalhando fora e tudo mais — respondeu Alison.

— Mas como funciona?

— Bom, os aparelhos têm um funilzinho que se encaixa no seio e está ligado à bomba. O movimento de sucção puxa o bico do seio como se fosse o bebê sugando. E tudo pode ser esterilizado, então é muito higiênico — explicou Alison, subitamente consciente de que Ben parecia um pouco espantado.

— Ah, imagino mesmo que seja tudo muito limpo, mas pensar em vocês grudadas numa máquina que suga o seio é meio estranho... não é?

Ninguém disse nada.

— Qual é, não me olhem assim. É difícil para nós, homens. Estamos programados para fantasiar sobre o corpo feminino, certo, Matthew? Desde a puberdade, sonhamos em ver seios nus, tocá-los. Depois, quando mais velhos, temos permissão para nos aproximar, digamos assim, da forma feminina, e de repente, justo quando você pensa que vai poder colocar as mãos nos malditos, pronto, você tem que se esquecer de todos os sonhos que já teve, pois agora o objeto de desejo foi dominado por um bebê que não tem ideia da sorte que tem ou, pior, por uma maldita máquina. Uma máquina pode acariciar os peitos da sua mulher, mas você não pode.

Matthew, Katy e Alison ficaram encarando Ben enquanto ele terminava de falar. Ninguém sabia muito bem como reagir ou o que dizer.

— Estava delicioso, Alison. Vamos ao prato principal? — elogiou Katy com mais vontade ainda de terminar logo a noite.

— Claro — respondeu Alison, levantando-se na mesma hora. — Matthew, você me ajuda a tirar a mesa?

— Ben, é melhor você pegar mais leve — cochichou Katy depois que eles saíram da sala.

— Por quê? O que foi que eu disse?

— Não sei se essa história toda de fantasia com peitos é apropriada.

— Estava só tentando conversar e quebrar o gelo. O problema é que eu acho que o gelo congelou essa mulher. Cara, ela precisa relaxar. Só sabe falar dos malditos bebês. Temos que mudar de assunto ou então eu vou ficar muito, muito bêbado.

— Sssssh, eles estão voltando — sussurrou Katy. — Só vai com mais calma, por favor.

— Prontinho. Agora frango assado com legumes ao mel e purê de mostarda. Espero que gostem — anunciou Alison.

— Parece maravilhoso — disse Ben, lançando um enorme sorriso para Alison.

Alison relaxou um pouco ao observar Ben enfiar a faca com gosto no peito de frango.

Ele soltou gemidos de aprovação e depois ficou quieto por um tempo, com medo de dizer algo que pudesse desapontar Katy. Mas, por fim, voltou a conversar quando Alison lhe fez uma pergunta.

— Então, você já planejou o caminho para o hospital, Ben? Experimentamos várias opções em horários diferentes para ver qual é a rota mais rápida.

Ben olhou para ela admirado, ainda mastigando.

— Depende — acabou dizendo.

— Do quê?

— Se irei da minha casa ou de Edimburgo.

— Edimburgo? — perguntou Alison, espantada. — Por que você viria de Edimburgo?

— Vou estar lá para uma despedida de solteiro em duas semanas.

Alison quase derrubou os talheres de tão chocada.

— Você vai viajar faltando tão pouco tempo para o bebê nascer?

— Sim — respondeu Ben como se esperasse que a conversa terminasse por ali.

Alison se virou para Katy.

— Você não está preocupada, Katy? Se Matthew quisesse ir a uma despedida de solteiro antes de os bebês nascerem, eu diria a ele para não ir.

— Ele só vai a Edimburgo, não é tão longe — disse Katy na defensiva. — Não digo a Ben o que ele pode ou não pode fazer — acrescentou, olhando para Matthew.

Alison a encarou como se Katy tivesse acabado de chegar de outro planeta.

— Bem, que bom para você. — Alison levantou-se e retirou os pratos. — Espero que você tenha alguém de sobreaviso caso as contrações comecem. Eu, pelo menos, não gostaria de estar sozinha numa hora dessas.

Matthew, Katy e Ben ficaram em silêncio, ouvindo a porta da cozinha ranger baixinho atrás de Alison.

— Acho que o que ela disse faz sentido — opinou Matthew. — Você não ia querer estar sozinha, concorda?

— Olhe só, vamos mudar de assunto, por favor. Isso não vai acontecer. Ainda faltarão duas semanas quando ele for e, se eu precisar, posso chamar o Daniel — disse Katy, percebendo com preocupação que ele era a sua única alternativa.

— Tem que ser o Daniel? — perguntou Ben. — Eu gosto do cara, gosto mesmo, mas, se for menino, eu queria que ele nascesse com um macho por perto.

— Bom, você não terá muita escolha se não estiver presente, não é mesmo? — interveio Matthew de forma rápida e ríspida.

— Ei, pensei que você fosse ficar do meu lado — retrucou Ben, levemente ofendido.

— Bom, eu estou, mas... — Matthew fez uma pausa. — Só sei que, se fosse o meu filho, eu jamais correria o risco de não estar por perto. — Olhou para baixo rapidamente, sabendo que tinha passado dos limites.

— É meu melhor amigo, não posso faltar. Posso voltar de trem em cinco horas ou de avião em uma hora. Já pensei em tudo, e Katy está tranquila quanto a isso, não está, amor?

— Sim, claro — garantiu Katy um tanto chocada com a viagem de cinco horas, mas ainda mais perturbada com as palavras de Matthew.

A porta da cozinha voltou a ranger e Alison reapareceu com uma enorme bandeja.

— Fiz uma sobremesa bem simples, se não se importam. Mas é uma das minhas favoritas.

Matthew se levantou para ajudá-la a colocar na mesa quatro pratos de sobremesa com frutas congeladas.

Ben olhou para Katy com uma expressão confusa no rosto, quase como se pedisse permissão para falar. Katy devolveu o olhar confuso, sem saber ao certo o que ele estava querendo aprontar dessa vez.

Ben olhou de novo para o prato à sua frente. Depois, pegou uma framboesa e mordeu bem forte.

— Meu Deus, que gelado! — exclamou, com a mão na boca.

— Não, Ben — disse Alison. — Olhe, primeiro você coloca o chocolate branco derretido por cima das frutas para soltá-las. Experimente agora.

Ben tentou mais uma vez, girando as frutas na boca várias vezes para assegurar o descongelamento definitivo.

— Bacana — disse ele finalmente. — Acho que até eu posso fazer isso.

— Então, Katy, adoraria saber como Matthew era na escola — disse Alison após ter decidido na cozinha que precisavam mudar o assunto.

O coração de Katy ficou ainda mais apertado. Aquilo era muito difícil e ela já estava bem cansada. Como conseguiria sair viva de lá? A imagem de Alison na floresta com o machado reapareceu em sua mente.

— Bem, ele era normal. Lembro que tinha cabelos compridos, mas isso era comum na época.

— Ah, já vi essas fotos horríveis na casa da mãe dele. E aquelas luvas com os dedos de fora? Nem imaginava que ele tinha sido tão vítima da moda — comentou Alison, torcendo o nariz.

Katy se lembrou de repente de quando passaram o dia pelas lojas tentando encontrar as luvas perfeitas. Eram acessórios essenciais, pois iam a um show juntos, ela se lembrou. O primeiro evento de gente grande num pub qualquer. Estava escuro, esfumaçado e lotado, e eles adoraram cada minuto.

— Bem, é isso que se faz quando se é jovem, não é? Seguir a moda. Faz parte da adolescência. — Katy sentia-se tonta por estar cansada demais de pisar em ovos.

— Mas eram os anos 1980 — insistiu Alison. — Era tudo horroroso. Graças a Deus a moda deu uma acalmada e nunca mais vamos ter que passar por aquilo novamente. Enfim, vamos lá, você deve se lembrar de mais alguma coisa.

— Nenhum amasso escondido atrás do muro que você não tenha nos contado? — brincou Ben, cutucando Katy. — Vamos, pode falar. Matthew nunca tentou nada com você?

— Meu Deus, não, não, nunca! — exclamou Katy, rindo histericamente e tentando não demonstrar o pânico completo que a dominava por dentro. Matthew riu também, um pouco empolgado demais.

— Que ideia ridícula. Ela não fazia o meu tipo.

— Espere um pouco — disse Ben. — Você não foi a um reencontro da escola ano passado? Lembra, quando eu estava na despedida de solteiro do Paul?

— Cacete! — exclamou Matthew num tom agudo demais ao derramar café na camisa.

— Ah, Matthew, tire rápido, você vai se queimar e essa é a sua melhor camisa. Rápido, pegue um pouco de gelo, querido.

Alison estava tirando a roupa de Matthew desesperadamente, tentando arrancar a barra de dentro da calça enquanto o café se espalhava pelo tecido.

A camisa já estava metade tirada. Ele tentava abrir os botões enquanto Alison tentava tirá-la pela cabeça. Por fim, ela venceu e arrancou tudo, revelando o peito lisinho de Matthew. Isso fez Katy se lembrar do sexo. Ela desviou o olhar, com medo de Alison ler sua mente.

Matthew segurou um guardanapo com gelo no abdome. Respirava com dificuldade e olhava nervoso para cada um deles.

— Estou bem — bufou. — Só estava muito quente. Vamos abrir mais um vinho? Alison, tem mais um Merlot no aparador, você pode pegá-lo enquanto troco de camisa?

— Por que não coloca aquela verde e cinza? Está pendurada no seu armário — gritou Alison quando ele saiu da sala.

Ela se virou para Katy e Ben.

— Que constrangedor. Você viram o segredo dele. Aquela tatuagem de cupido é mais uma herança infeliz da época de escola. Horrorosa, não é? Ele disse que uma antiga namorada o convenceu a fazê-la. Vivo pedindo para ele remover. É terrível olhar para a lembrança de uma ex, não é mesmo?

Ben ficou sentado em silêncio, de cara feia. Ele não respondeu à pergunta de Alison, apenas olhou para Katy e franziu ainda mais o cenho.

Katy começou a se sentir mal. O desastre tinha acontecido. Não conseguia respirar. Tinham que sair dali agora.

— Alison, sinto muito, mas estou muito cansada. Foi maravilhoso, mas temos mesmo que ir para casa; não consigo manter os olhos abertos. Tudo bem para você, Ben?

Ele apenas concordou com a cabeça.

— Entendo perfeitamente. Temos que dormir o máximo que pudermos agora, não é? Vou pegar os casacos de vocês — disse Alison, levantando-se.

Estavam todos no hall quando Matthew desceu as escadas. Ben com as mãos nos bolsos, o gorro enfiado na cabeça e olhando para o chão; Katy tentando agir normalmente com Alison ao mesmo tempo que lançava olhares de advertência para Matthew.

— Muito obrigada, foi maravilhoso. Desculpe, Matthew. Temos que ir, de repente me senti muito cansada — justificou Katy, apertando a mão dos dois desajeitadamente.

Ben já havia aberto a porta da frente, deixando o vento entrar. Saiu andando sem dizer nada. Cabeça baixa. Queixo no peito.

— Então tchau — falou Katy, apressando-se em segui-lo depois de lançar um último olhar para o rosto confuso de Matthew. — Merda, merda, merda, o que foi que eu fiz? Estúpida, estúpida, estúpida — esbravejou antes de abrir a porta do carro, o vento e a chuva parecendo mais convidativos do que o que esperava encontrar lá dentro.

Ela se sentou no banco do motorista.

Ben não disse nada.

Katy travou a briga de sempre com o cinto de segurança, que protestava contra o tamanho de sua barriga.

Ben não disse nada.

Ficou parada por um momento, observando um cesto pendurado de flores que balançava precariamente num gancho de ferro e que poderia cair a qualquer momento. "Será que tudo desabaria ali mesmo?", pensou.

— Por quê? — perguntou Ben.

— Por que o quê?

— Ah, qual é, Katy. Você conhece um cara da escola que tem a mesma tatuagem que você. Preciso perguntar?

As lágrimas já tinham começado a jorrar. Surgiram no segundo em que Ben abriu a boca. Ela fungou e engoliu em seco.

— Sinto muito. É que, bem, olhe só, a gente costumava sair na época da escola. Foi uma coisa estúpida... Quer dizer, a tatuagem. Estúpida mesmo.

— Mas por que você não disse nada?

— Bem, por causa da Alison. Pelo jeito, ela é tão ciumenta que, se soubesse que eu sou a tal ex-namorada, iria surtar, e Matthew não quer chateá-la nesse momento. E eu não quis mentir para você, Ben, mas me pareceu mais fácil assim. Pois você também não precisaria participar da mentira. Sei que é estúpido, sinto muito. Ele não significa nada para mim, juro.

Pela primeira vez desde que entraram no carro, Ben ergueu a cabeça para falar.

— Não perguntei se ele significava alguma coisa para você.

Foi a vez de Katy olhar para o chão.

— Ah, sim, tudo bem. Só queria deixar claro, só isso.

Ficaram parados em silêncio até que Ben resolveu afivelar seu cinto.

Katy se recostou e ligou o carro, e eles foram para casa ao som do vento.

Capítulo 14

Katy ficou olhando para o telefone por uns bons cinco minutos após ter colocado o fone no gancho. Foi a conversa mais longa que tivera com Ben desde a noite de sábado, o que significava alguma coisa. Contudo, o fato de ele ter dito que não iria ao curso de pré-natal porque ia jogar futebol era um sinal de que as coisas ainda não estavam bem entre eles. Ela queria o antigo Ben de volta, e não aquele Ben estranho, quieto e monossilábico. Não que ela o tivesse visto muito desde o jantar. No domingo, ele saiu do apartamento bem cedo e só voltou depois de ela ter ido para a cama. Na manhã seguinte, ela se levantou e o encontrou desmaiado no sofá, com a mesma roupa. Uma pizza comida pela metade despontava da caixa e encostava no tapete, e garrafas de cerveja vazias se espalhavam pelo chão exalando um cheiro tão ruim quanto o hálito dele. Com toda a delicadeza, ela o sacudiu para que acordasse, tomando cuidado para não derrubar nem pisar nas coisas ao redor. Ela fez o café da manhã e então se sentaram na bancada da cozinha, mastigando as torradas em silêncio. Incapaz de suportar aquele clima pesado, Katy finalmente ousou falar sobre Matthew, pedindo desculpas novamente por ter mentido sobre o relacionamento que tiveram na escola. Sem olhar nos olhos dela, Ben resmungou:

— Tudo bem. Pare de se preocupar com isso.

Depois se levantou bruscamente e saiu para o trabalho, deixando a bagunça toda para ela arrumar. Katy ficou imaginando que viver com um adolescente mal-humorado devia ser mais ou menos assim. Por fim, enquanto esfregava o molho de tomate grudado no tapete, começou a ficar bem irritada. Ela esperava que ele fosse maduro o suficiente para conversar sobre aquele problema, o que, pelo visto, não era o caso. Mais uma vez, ele não voltou cedo para casa naquela noite. Quando ela entrou na sala no dia seguinte, já estava preparada para as consequências de mais uma noite de bebedeira e junk food. Descobriu, no entanto, que ele já havia saído. Tinha amassado e colocado no lixo as embalagens gordurosas de comida chinesa e separado para reciclagem uma garrafa vazia de vinho tinto. Ela achou que aquilo significava um progresso, que ele estava menos irritado com ela. Mas agora ela se sentia totalmente diminuída, pois ele se recusava a acompanhá-la à última aula do curso.

Por fim, num ato de desespero, pegou o telefone de novo e ligou para o ramal de Daniel.

— Encontre comigo lá fora em dez minutos com uma venda nos olhos. Tenho uma surpresa para você — disse antes que Daniel conseguisse responder qualquer coisa. Desligou o telefone e, olhando fixamente para o aparelho, achou-se a pessoa mais inferior do mundo. Começou a juntar suas coisas e se perguntou se estava cometendo um grande erro.

— Isso é tão emocionante que mal consigo falar — disse Daniel pulando de alegria no carro de Katy. — Amo, amo, amo surpresas! Você vai me avisar a hora de tirar a venda, não vai?

— Não se preocupe — respondeu Katy. — Estamos chegando. Você pode tirar assim que eu desligar o carro. E não é bem uma surpresa. É mais um agradecimento por aquele chá de bebê maravilhoso.

— Eu sabia que você daria o braço a torcer! E foi maravilhoso, não foi? — ponderou Daniel. — Acho que sei aonde você está me levando. Você reuniu todos os meus amigos para tomarmos uns drinques no Bar do Norman. Acertei?

— Não exatamente. — Katy estacionou o carro. — Muito bem, agora pode tirar.

Daniel espiou por cima da venda. O sorriso animado foi desaparecendo conforme ele puxava a venda e reconhecia onde estava.

— Hospital? Mas que droga estamos fazendo aqui? — perguntou ele, virando-se para Katy.

— Daniel, eu sabia que você não viria se eu pedisse, mas é sério. Preciso que você me acompanhe na última aula do pré-natal. Você é a única pessoa que sabe o que está acontecendo e há grande chance de eu precisar de você na hora do parto — implorou Katy.

— Você ficou doida? Você já tem dois possíveis pais para essa criança, Katy. Envolver a mim também já é um pouco demais, não acha?

Katy não conseguiu evitar o choro.

— Você está chorando?

Katy assentiu enquanto remexia na bolsa em busca de um lenço.

— Se isso for chantagem emocional, saiba que não funciona comigo. Você foi muito cruel me trazendo aqui sob um falso pretexto. Mas ninguém me faz de bobo.

— Daniel, eu preciso de você, por favor! Preciso que você me ajude — suplicou Katy, as lágrimas escorrendo pelo rosto.

— Não são lágrimas de crocodilo, são?

— É claro que não!

— Ai, Katy, não serei útil para você aqui. É do Ben que você precisa, não de mim — ponderou Daniel, colocando a mão de Katy na sua.

— Acontece que ele não está aqui, está? Desde aquele jantar, ele se afastou totalmente. Não fala mais comigo. Quase não fica no apartamento. Toda noite ele sai da escola e vai direto para algum lugar, e só volta para casa depois que eu já fui dormir.

— Você tem que falar com ele, Katy.

— Eu sei, eu sei. Mas ele não fala comigo.

Ficaram calados por algum tempo.

— Posso perguntar uma coisa? — Daniel finalmente quebrou o silêncio.

— Precisa mesmo? Minha cabeça vai explodir.

— Bem, não, não preciso... Mas, como seu amigo e confidente, sinto que agora pode ser o momento de você fazer a si mesma algumas perguntas difíceis. Você nunca vai ter outra chance.

— Como assim nunca vou ter outra chance?

— Bem, eu tenho essa teoria. Somente quando as coisas estão muito ruins é que nos obrigamos a fazer as perguntas difíceis. Bem, eu digo perguntas, mas na verdade é uma pergunta só, pois, neste seu caso, vejo apenas uma pergunta realmente, verdadeiramente difícil.

Ele fez uma pausa.

— Então vamos lá. Qual é a pergunta, afinal? — perguntou Katy, impaciente.

— A pergunta difícil sempre é... — começou Daniel, fazendo uma pausa dramática. — Eu realmente o amo?

— É isso? Essa é a pergunta realmente, verdadeiramente difícil?

— Sim.

Ficaram em silêncio de novo enquanto ambos consideravam a teoria de Daniel. Como Katy não conseguia falar, Daniel decidiu desenvolveu seus pensamentos.

— Veja, quando as coisas estão bem numa relação, não fantásticas, mas bem, a pergunta realmente difícil fica pairando na sua mente e, de vez em quando, ameaça aparecer. Mas tentar respondê-la acabaria trazendo mudanças na relação, o que é desgastante. Então, você não responde. Isso é positivo, mas se tudo continuar bem, não fantástico, mas bem, você pode acabar num relacionamento longo, sem nunca encarar a questão realmente difícil e, assim, continuar vivendo com alguém que você não ama. Está acompanhando o raciocínio?

Katy assentiu.

— Então, como vê, você precisa esperar por uns maus bocados, porque somente então estará mais aberta a responder à pergunta realmente difícil, já que qualquer mudança será bem-vinda. Ou seja, essa crise é positiva porque agora você pode responder à mais difícil das perguntas. Entendeu?

— Acho que sim — fungou Katy. — A lógica é um tanto confusa, mas alguma coisa aí faz sentido.

— Ótimo. Então você...?

— Eu o quê?

— Você ouviu tudo o que eu disse? Você realmente o ama? — indagou Daniel.

— Qual deles?

— Isso é brincadeira, não é?

— O quê? Ai, chega, Daniel. Não consigo pensar direito — resmungou Katy, voltando a chorar.

— Você está querendo dizer que a questão não envolve apenas os seus sentimentos pelo Ben, mas também pelo Matthew?

— Não, claro que não. Ah, eu não sei... Nós cantamos *Dirty Dancing* no meu escritório semana passada...

— Qual música? — interrompeu Daniel.

— "I've Had the Time of My Life".

— Você me decepciona. "Hungry Eyes" é a melhor música do filme.

— Não acho que isso seja relevante agora, Daniel.

— Desculpe. Continue.

— Então, é que, quando estávamos cantando, tudo veio à tona, aquele sentimento do primeiro amor. Quando tudo parece tão descomplicado — suspirou Katy.

— Não sei se concordo com você nesse ponto. Baby realmente achava que Johnny tinha engravidado Penny. Eu não chamaria isso de descomplicado.

— Não estou falando do filme — explicou Katy, ficando nervosa. — Falo de mim e do Matthew. Já fui apaixonada por ele uma vez. E foi o máximo. O máximo, mesmo. Eu achava que ele era o cara, Daniel, eu realmente achava. Pensava que ia ficar com ele para sempre. E aí, quando fomos ao jantar, e eu o vi naquela casa, levando aquela vida, não pude deixar de pensar que poderia ter sido eu, sabe? A entrada com pedrinhas no chão, cestos de flores pendurados, um lindo quarto de bebê, os banheiros para damas e cavalheiros, e as fotos do maldito casamento sobre a lareira. — Mais lágrimas vieram.

— Cestos pendurados? — questionou Daniel. — Não posso perdoar um homem que faz você pensar que cestos pendurados são um objetivo de vida. Esta não é você, Katy. Você é maior do que isso, com certeza. Vamos lá, você roubou um papagaio semana passada! Isso é melhor do que colher flores e enfiar num cesto, concorda?

— Você está certo. Eu sei que você está certo. Ben e eu nos divertimos, de verdade, mas eu vou dar à luz — falou Katy. — Vou ter um bebê e estou começando a me perguntar se isso é compatível com uma relação que hoje está mais parecida com a de dois estudantes que se conheceram na semana dos calouros. — Ela se virou e ficou olhando a rua. — Quanto à pergunta realmente difícil. Nunca conversamos sobre isso. Nunca. E agora estamos aqui, esperando um bebê, sem saber o que realmente significamos um para o outro.

— Meu Deus, Katy, não tinha percebido o quanto você está ferrada.

— Obrigada. Pois é, me esforcei muito para chegar aqui — respondeu, balançando a cabeça com tristeza.

— Escute, minha querida, você precisa falar com o Ben. E digo mais. Você tem que descobrir o que quer, porque, sério, Katy, isso tudo vai explodir. E quando isso acontecer, você vai ter que escolher o que salvar do incêndio.

— Tudo parecia tão claro há algumas semanas... Mas agora estou confusa demais.

— Bem, vamos começar com esta última aula de parto ou sei lá o quê. E que fique bem claro que você nunca mais deve ver o Matthew. Talvez isso ajude a clarear sua mente.

— Você vai mesmo entrar comigo? Não posso ir sozinha. Especialmente porque Matthew e Alison vão estar lá.

— E eu perderia o babado? De jeito nenhum! Mas, se você tivesse me falado antes, eu teria escolhido uma roupinha mais casual — respondeu Daniel saindo do carro.

— Bem, como vocês sabem, esta é a nossa última aula. Estou triste. Já estou com saudades de vocês — disse Joan, que aparentava real tristeza.

— Foi uma alegria imensa conhecer todos vocês e participar desse momento tão especial que estão vivendo. Vamos, obviamente, trocar e-mails e telefone, para que possamos formar uma rede de apoio. Alguns dos meus grupos se reúnem para um café toda semana. É muito útil ter esse contato com outras pessoas, fora de casa, nas primeiras semanas após o parto. Trocar experiências.

"Bastante improvável", pensou Katy ao tentar se esquivar do olhar inquisidor de Matthew e do sorriso forçado de Alison que a perseguiam desde que ela chegara sem Ben.

— Mas agora, antes de começarmos, tenho uma notícia muito emocionante — continuou Joan. — Já perceberam que Richard e Rachel não vieram hoje? É isso mesmo! Ontem Rachel deu à luz um menininho muito saudável!

A sala inteira engoliu em seco. Uma coisa era sentar e conversar sobre ter um bebê, mas outra bem diferente era concebê-lo. E, se Rachel passou por isso, cedo ou tarde todas teriam que passar também.

— Correu tudo bem? — perguntou Alison ao se recuperar da surpresa.

— Sim, é claro! Richard está radiante e, pelo que sabemos, Rachel se saiu muito bem. Ele disse que a Caixa Feliz ajudou de verdade. Especialmente o ingresso do show ao qual foram no primeiro encontro deles.

— Qual foi o show? — indagou Katy, sabendo que Ben teria perguntado a mesma coisa se estivesse ali.

— Ah, ele me disse, e eu me lembro porque também adorava a dupla. Robson & Jerome. Não é lindo? — suspirou Joan.

— Robson & Jerome! — exclamou Katy. — Mas é claro que funcionou. É para anestesiar qualquer um.

— Ei, Katy, não seja rude. Robson & Jerome eram ótimos, não eram? Lamento que não tenhamos sido devidamente apresentados — interrompeu Daniel, levantando-se para apertar a mão de Joan.

— Ah, sim, sou a Joan. E você?
— Daniel. Estou com a Katy.
Todos os olhares, um tanto confusos, se voltaram para Katy.
— Ele só gosta dessa dupla porque amava a série *Soldier Soldier* — disse Katy.
Joan franziu a testa.
— Por causa das fardas — esclareceu Daniel.
— Oh, oh, oh, sim... Ah, sim, claro... Ah, que maravilha, que máximo... Que ótimo que você veio, quero dizer, você sabe, nessas circunstâncias, digo, não é bem o que você curte... Mas, sim, é ótimo conhecê-lo, maravilhoso, tenho um grande amigo que também é, você sabe, também é...
— Fã de Robson & Jerome? — perguntou Daniel.
— Sim, isso mesmo, um grande fã, imagino! Bem, enfim, temos que continuar. Por favor, sente-se e vamos começar, tudo bem? Bom, sim, deixe-me ver. Então, o que costumo fazer no início da última aula é perguntar se alguém tem alguma dúvida escabrosa ou se deseja falar alguma coisa. Porque é agora ou nunca.

Charlene pulou da cadeira como somente uma grávida com menos de 20 anos é capaz de fazer.
— Posso dizer uma coisa? — falou praticamente aos berros.
— É claro, Charlene. Vá em frente.
— Bem, não é exatamente uma pergunta, é uma coisa muito legal que eu quero pedir a todos vocês. Então, eu e o Luke estávamos conversando, e concluímos que vocês são pessoas tão maravilhosas que gostaríamos de convidá-los para o nosso casamento no sábado. — Charlene lutava para não agitar os braços de tanta empolgação. — Sei que está em cima da hora, mas um monte de gente disse que não vai porque não concorda com o casamento. A maioria é da família do Luke, não da minha. Eles acham que dei o golpe da barriga. Imbecis! Mas, então, queríamos convidar vocês, até porque já reservamos o bufê e tudo o mais. Olhem só, este é o convite, e anexei um mapinha para que vocês encontrem o local com facilidade. Posso contar com vocês? Digam que sim! Mal posso esperar para ver a cara da mãe do Luke quando vocês chegarem. — Ela caminhou ao redor da sala entregando cintilantes envelopes cor-de-rosa para cada casal.

— Então vocês vão mesmo se casar? — perguntou Matthew, incrédulo, ao abrir o envelope e ver confetes das mais diversas cores se espalharem no seu terno de trabalho.

— É, mal podemos esperar, não é mesmo, Luke? — perguntou Charlene, olhando para seu futuro marido, que, no momento, estava distraído com os próprios dedos.

— Quantos anos mesmo vocês têm? — Matthew estava visivelmente assustado.

— Temos 18. Mas Luke completará 19 anos 23 dias depois do casamento. Até lá o bebê já terá nascido, então este será o melhor presente de aniversário do Luke, ou seja, eu e o pimpolho.

— Minha nossa, coitado — resmungou Matthew.

— Matthew! — chiou Alison. — Chega!

Charlene se virou para encará-lo.

— Eu ouvi isso — disse ela, fuzilando-o com o olhar.

— Charlene — interveio Joan. — Não acho que ele quis dizer...

— Não, Joan — interrompeu Charlene, ainda encarando Matthew. — Entendi muito bem o que ele quis dizer.

A sala ficou em silêncio e todos olharam para o chão. Todos, exceto Charlene e Luke, que, finalmente, levantou os olhos para fitar Matthew.

— Nós nos amamos muito, viu? — disse ela, se aproximando e apontando o dedo para Matthew com sua diabólica unha postiça azul. — Eu o amo, e ele me ama. Podemos nos apaixonar aos 18, não podemos?

Matthew foi forçado a se inclinar para se proteger da arma letal que pairava perigosamente perto do seu olho esquerdo.

— Não podemos? — gritou ela, cutucando a bochecha dele com a unha.

Katy parecia hipnotizada e agora se encontrava na pontinha da sua cadeira, prendendo a respiração à espera da resposta de Matthew; imagens do seu romance adolescente giravam como redemoinhos na sua cabeça.

— Claro que podemos, querida — respondeu Daniel, quebrando o silêncio. Ele se levantou e caminhou lentamente na direção de Charlene. Com delicadeza, moveu a unha ofensiva para bem longe de Matthew. — Claro que podemos — repetiu ao levá-la de volta à cadeira.

Luke segurou a mão da noiva, antes de voltar a estudar os próprios dedos.

— Isso é muito melhor do que *EastEnders* — cochichou Daniel para Katy ao voltar ao seu lugar e sorrir para Joan. — Vamos continuar? — perguntou, como se nada tivesse acontecido.

— É claro! Por que não deveríamos? — concordou Joan num tom de voz um pouco mais alto. Então se levantou e vasculhou enlouquecidamente as folhas do cavalete até encontrar a que estava procurando.

O grupo estava em completo silêncio. Ninguém se atrevia a falar.

— Vamos tentar uma atividade — disse Joan, com um sorriso amarelo no rosto. — Então, gente, agora vamos fazer duas listas. Uma sobre o que vocês consideram um dia típico agora pré-bebê, e outra sobre o que vocês imaginam que seja um dia típico já com o bebê nascido. Entenderam?

Nenhuma reação.

— Perfeito. Agora vejamos. Sugiro que nos mesclemos um pouco, já que este é o nosso último encontro. Daniel, por que você não ajuda Charlene neste exercício? Tudo bem?

— É claro — falou o sr. Charme. — Será um prazer.

— Excelente! Agora, Alison, que tal fazer suas listas com o Luke e dar a ele algumas dicas sobre como aproveitar o dia do casamento? Tudo bem, Luke?

— Pode ser.

— Então sobraram Matthew e Katy, que certamente se darão bem. Vejam, tenho aqui papel e caneta para todos. Vocês terão alguns minutos para fazer as listas. Depois, vamos abrir para o grupo.

Matthew se levantou em silêncio, pegou caneta e papel e foi se sentar no canto mais afastado da sala. Katy se arrastou atrás dele.

— Por que você não respondeu à pergunta? — deixou escapar enquanto sentava.

— Que pergunta? — indagou ele de mau humor.

— A pergunta da Charlene.

— Porque eu estava petrificado. Ela podia ter arrancado o meu olho!

— Sei — disse Katy, dobrando e desdobrando o papel nervosamente.

— Quem se importa com a Charlene? O que foi aquilo no sábado? Por que você foi embora correndo?

— Por sua causa, idiota, porque Ben viu sua tatuagem — retrucou Katy enquanto dobrava o papel ainda mais rápido.

— Ai, meu Deus! — exclamou Matthew, levando a mão à boca.

— Exatamente.
— Como é que fomos tão burros? O que ele disse? E o que você disse?
— Tive que admitir que saíamos juntos na época da escola, e aí, é claro, ele quis saber por que eu não tinha contado isso antes. Eu expliquei que Alison era muito ciumenta e que você não queria aborrecê-la principalmente agora, com ela grávida. E que achei melhor não contar tudo para ele, porque, se contasse, ele também teria que mentir.
— E ele acreditou em você?
— Acho que sim. Mas mal nos falamos desde então. Ben não é do tipo que discute a relação. Então, não tenho ideia do que ele está pensando.
— Isso é um desastre. E se ele procurar a Alison? Ele pode arruinar tudo — concluiu Matthew olhando nervoso para a esposa, que conversava com um calado Luke.
— Ben pode arruinar tudo? Isso não é culpa dele, é? — sussurrou Katy. — Nós mesmos nos colocamos nesta confusão, Matthew. Ben nunca faria algo tão baixo como falar com a Alison. Você não precisa se preocupar. É o meu relacionamento que está em jogo, não o seu.
— Katy, as pessoas fazem coisas estúpidas quando pensam que foram enganadas. E o Ben não é lá um modelo de maturidade, é?
— O que você quer dizer com isso?
— Fala sério, Katy. Ele é apenas um garoto, não acha? E sinto muito, mas tenho que dizer isto. Não posso acreditar que ele vai numa despedida de solteiro com você prestes a dar à luz. Isso que é evitar responsabilidades! Acha mesmo que ele vai crescer a tempo de ser pai?
— Isso é muito injusto — respondeu ela enquanto as lágrimas começavam a arder nos olhos de novo.

"Realmente injusto", ela pensou, especialmente agora que ela conhecera Matthew em sua versão "provedor perfeito". Katy já se pegara pensando que ter um homem como ele podia ser interessante, apesar dos seus anos de independência nos quais heroicamente se manteve sozinha. Talvez mais interessante do que um homem que, no fim do mês, só pode levá-la à birosca indiana da esquina, onde ele, muito animado, sempre retira uma cerveja barata do saco de compras. Ela e Ben passaram algumas noites divertidas por lá, embora ela se lembrasse especialmente do dia em que eles desenvolveram a habilidade altamente técnica de fazer máscaras de pão naan.

— Você não tem o direito de julgá-lo — disse ela, tentando convencer a si mesma também. — Ele pode não ter atingido o seu nível de sucesso, mas ele vai chegar lá. Eu sei que vai.

— Mas eu me preocupo com você — confessou Matthew, voltando o olhar nervosamente para Alison. — Olhe, estive pensando... Se você precisar de qualquer coisa, saiba que sempre poderá contar comigo, de verdade. — Ele pôs a mão no bolso do terno e retirou um porta-cartões prateado. Pegou um cartão e ofereceu para Katy.

Ela observou aquele papel branco e sofisticado na mão trêmula de Matthew.

— Não, obrigada — respondeu por fim. — É melhor não voltarmos a nos ver depois de hoje. Não é?

— Bem, eu gostaria de desejar tudo de bom a todos vocês — disse Joan, ao final da aula. — Agora vamos nos dar uma salva de palmas. Nós nos saímos muito bem.

Todos se entreolharam um pouco desnorteados. Aquela etapa estava concluída. Agora era só aguardar o grande dia. Aos poucos, todos se levantaram e se abraçaram sem jeito, desejando sorte uns aos outros. Até Charlene abraçou Matthew, a pedido de Daniel. Após a atividade em dupla, ela havia retomado seu humor radiante, saltitando para cima e para baixo como qualquer adolescente.

— Daniel me deu a melhor ideia do mundo para presentear Luke — contou ela a Katy e Alison, batendo palmas de tanta emoção. — E ele disse que vai à festa, então agora todos vocês têm que comparecer. Posso contar com você, Alison? Por favooooooor! Matthew e eu estamos superbem agora.

— Vamos fazer o possível — conseguiu dizer, quase sem mover os lábios.

— E você vai com o Ben, não é, Katy? Desde que ele voltou para o futebol, o Luke tem conversado muito com ele sobre ser pai. Ele tem sido ótimo. Com certeza ele vai querer ir.

— Bom, vamos tentar — disse Katy, surpresa em saber que Ben conversara com alguém sobre ser pai, ainda que esse alguém tivesse 18 anos de idade.

Enquanto se despedia de Katy com um abraço, Alison perguntou seriamente se as coisas entre ela e Ben estavam boas, dada sua abrupta mudança de humor no jantar e sua ausência na aula. Katy agradeceu a preocupação, explicando que eles estavam apenas cansados, mas que tudo estava ótimo.

— De qualquer forma, Katy, se você precisar conversar, é só me ligar. Tudo bem? — falou Alison, dando um abraço condescendente em Katy.

Katy precisou sair dali na mesma hora. Virou-se e correu para a porta, sem se despedir de Matthew.

Capítulo 15

Matthew agitou a bola de novo. As palavras PARECE QUE SIM brilhavam misteriosamente das profundezas ocultas da esfera preta de plástico. "Só mais uma vez", pensou, agora sacudindo com as duas mãos. PERGUNTE MAIS TARDE.

A Bola Mágica Para Tomar Decisões, comprada numa loja de quinquilharias eletrônicas no início da semana, foi então guardada na gaveta da mesa, embaixo de uma pasta. Matthew andava consultando a bola para todos os assuntos. "Quem precisa de planilhas?", pensou, grato por ter encontrado uma nova forma de orientar a sua vida. De qualquer modo, aquilo era muito mais espontâneo, muito mais divertido, e muito mais capaz de conduzir a uma aventura.

Ele já havia obtido grande satisfação com um SEM DÚVIDA NENHUMA ao perguntar se deveria ir à festa de casamento de Luke e Charlene. Ficou tão feliz com a resposta que imediatamente informou a Alison que iriam. Isso a deixou provavelmente com o pior humor que ele já havia presenciado. E era raro que algo conseguisse arruinar a rotina de suas noites. Lá se foram as três experiências gastronômicas cuidadosamente preparadas por ela, que exigiram incontáveis horas de dedicação durante o dia. Lá se foi a mesa perfeita, que incluía suas preciosas doze peças de jantar, presente de casamento de uma tia rica. E, certamente, lá se foi a longa e, por vezes, tediosa refeição, quando Alison regurgitava seus pensamentos mais recentes: seu plano perfeito para as primeiras semanas de maternidade. Tudo foi substituído, sem cerimônia, por uma bandeja na mesa da cozinha contendo uma comida descongelada e pastosa, com garfo e faca espalhados de qualquer jeito.

Ele precisava apenas dizer adeus a Katy adequadamente. Mas, é claro, não podia explicar isso a Alison, que não conseguia imaginar uma boa razão para comparecer a uma festa que, sem dúvida, seria realizada em algum "casebre desolado". Ela havia ignorado a decisão de Matthew, acreditando que um "só por cima do meu cadáver" teria bastado para que ele mudasse de ideia.

Mas, com o passar da semana, ficou claro que Matthew permaneceria firme contra a sua vontade, coisa que não costumava acontecer, e então ela passou a puni-lo com refeições congeladas e pouca conversa. Preocupado e cada vez mais distraído com a situação de Katy, Matthew sentiu o desapontamento crescente de Alison por não estar recebendo o apoio necessário nessa fase da gravidez. A apatia dele fez com que ela o excluísse completamente dos preparativos restantes. Não permitiria de jeito nenhum que Matthew, ou qualquer outro, a impedisse de ser a mais preparada mãe de gêmeos que já existiu. Compras foram feitas, consultas foram marcadas, o quarto dos bebês foi redecorado, tudo sem qualquer participação de Matthew. Sua repentina inutilidade o deixava desconfortável, mas foi incapaz de demonstrar isso até a festa de casamento.

E então, ao entrarem no estacionamento do Miners Welfare Hall & Institute naquele sábado, o primeiro comentário de Alison não foi nenhuma surpresa.

— Eu disse que não deveríamos ter vindo — disparou.

De fato, não havia nada de espetacular no exterior daquele edifício da década de 1960, com telhado plano e andar único, ao lado do esburacado estacionamento. As paredes verdes e fúnebres contrastavam desagradavelmente com o telhado de zinco vermelho. Uma janela quebrada, remendada com fita isolante amarela, parecia presa apenas por uma caixa de cereais, e a placa acima da porta estava totalmente pichada. Nada disso contribuiu para aumentar a expectativa de uma tarde agradável.

— Charlene e Luke devem ser muito populares — comentou Matthew, tentando ignorar o fato de Alison ter travado a porta do carro. Ficaram em silêncio, observando o animado grupo de cerca de trinta pessoas que aguardavam para entrar num salão possivelmente lotado. A massa era barulhenta, certamente o resultado de um fim de tarde regado a bebidas. Algumas pessoas estavam de pé conversando alto em pequenos grupos ou, no caso das mulheres de meia-idade, sentadas no chão com as costas na parede, bebendo vinho em copos de plástico, com os sapatos jogados num canto e os pés sujos à mostra. Uma pequena nuvem de fumaça pairava sobre eles, vinda dos inúmeros cigarros acesos.

Matthew e Alison foram interrompidos por uma batida forte na janela.

— Mas que... — começou Matthew enquanto apertava o botão para baixar a janela.

— Carro de patrão, hein? — disse o rapaz de no máximo 12 anos enfiando a cabeça dentro do carro, o que fez Matthew recuar para evitar uma chuva de saliva. — Vieram pro casamento da Charlene?

— Ehr, sim, isso mesmo — respondeu Matthew.

— Sou Scott, irmão da Charlene. Fiquei de *valley* hoje. É só me dar as chaves que estaciono esta belezura e tomo conta dela até o senhor voltar, tá bom?

— Mas já estamos estacionados.

— É verdade, patrão, mas os carros do casamento têm que ficar ali.

— Por quê?

— Porque é mais seguro ali.

— Por quê? — perguntou Matthew outra vez.

— Porque sim.

— Olhe, filho, que tal deixarmos o carro aqui e você nos leva até a festa?

— Tipo achar vaga pra você lá dentro? — perguntou Scott.

— Exatamente.

— Então vou ter que cobrar do mesmo jeito, certo? Você vai estar usando o meu serviço de *valley* — disse Scott muito sério.

— Certo, que tal um saco de batatas fritas e uma gorjeta? E, a propósito, não é *valley*, e sim *valet*.

— Sim, foi o que eu disse.

— Não, é *valet*, tipo... *ballet* — disse Matthew.

— Balé? Nem pensar, não vou usar um vestidinho rosa só pra dirigir um carrão.

Matthew olhou para Alison, que abraçava a barriga como se alguém pudesse roubar os gêmeos bem debaixo do seu nariz a qualquer minuto.

— Vamos — disse a ela. — A gente fica só uma hora.

Scott correu até a entrada e ficou esperando por eles, esmurrando três balões cor-de-rosa que devem ter sido presos à moldura da porta para dar boas-vindas ao feliz casal.

— Se eu inalar uma única fumacinha de cigarro, nunca mais vou perdoar você — disparou Alison, abrindo a porta com muito esforço e saindo do carro.

Ela segurou com força o braço de Matthew enquanto atravessavam o estacionamento, usando a outra mão para tapar a boca e o nariz.

— Passando, passando! — gritou Scott para a aglomeração barulhenta. — Grávida passando! Saiam da frente!

Finalmente conseguiram abrir caminho em meio ao alvoroço e ficaram surpresos ao encontrar, no interior do salão, uma cena de relativa calmaria. Luzes coloridas espalhavam-se pela pista de dança empoeirada e quase vazia. Os esforços do DJ eram ignorados, exceto por dois meninos que arriscavam passos de hip-hop. Cadeiras de plástico, que fizeram Matthew se lembrar da escola, enfileiravam-se em volta do salão, que já se encontrava lotado por uma geração mais velha e carrancuda. Nada de conversas animadas por ali. Estavam todos sentados, com os braços firmemente cruzados, ou com os dedos batendo impacientes sobre as mesas, os olhares esperançosos voltados para a porta da cozinha, imaginando quando o bufê seria servido para que pudessem jantar e voltar para casa a tempo de ver a novela.

Num dos cantos estavam amontoados aqueles que pareciam ser os amigos dos noivos. Também tamborilavam os dedos em silêncio, mas com os olhos nos celulares, superconcentrados nas mensagens urgentes que enviavam, provavelmente, para a pessoa ao lado.

Sem se atrever a olhar para o rosto de Alison, Matthew a pegou pela mão e a conduziu ao bar. Ou ao balcão que separava o salão de uma cozinha iluminada e comandada por duas adolescentes góticas, que abusavam do delineador e serviam bebidas com luvas de renda preta e dedos à mostra.

— Isso é repugnante — reclamou Alison. — O que estamos fazendo aqui?

— Ah, pelo amor de Deus, Alison! — replicou Matthew, finalmente perdendo o controle. — Se você parasse de bancar a esnobe por cinco minutos, conseguiria aproveitar um pouco.

Alison parecia atônita com a explosão de Matthew.

— Mas o que deu em você? Aproveitar um pouco? Não seja ridículo. Não aproveitaria isso nem que você me pagasse. Uma hora no máximo e depois vamos embora.

— Vocês vieram, vocês vieram! Nem acredito que vocês vieram!

Uma nuvem branca, luminosa e gigante passou correndo entre eles e quase derrubou Alison no chão. Por um momento, tudo o que se via era uma tempestade de renda e tafetá, até que Charlene se virou e revelou Daniel junto à porta com Katy e Ben. Charlene imediatamente arrastou Daniel para o grupo dos adeptos de mensagens de texto. As garotas o cercaram, cochichando enquanto olhavam para trás e caíam na gargalhada. Os rapazes recuaram na defensiva, claramente discutindo como iriam lidar com aquela estranha ameaça ao território deles.

Katy e Ben ficaram sozinhos na porta, completamente ignorados por Charlene. Ben avistou Matthew, falou alguma coisa para Katy e se afastou sem ao menos dizer oi.

— O que será que deu no Ben? — perguntou Alison. — Ele estava mal-humorado no jantar, e se comportou muito mal. Depois nem apareceu no curso. Há algo de muito estranho acontecendo ali. Acho que ele não consegue lidar com a ideia de ser pai. Pobre Katy. Ela é especial e merece coisa melhor, você não acha?

Matthew não confiou em si mesmo para responder àquela pergunta e preferiu se fazer de surdo.

— Você está me ouvindo? — insistiu ela. — Você não acha que Katy merece coisa melhor?

— Acho — foi tudo o que ele conseguiu murmurar, esforçando-se para não correr até lá e consolar Katy, que parecia completamente desamparada.

— Vou lá conversar com ela — avisou Alison caminhando em sua direção, seguida por Matthew, que imaginava se tinha sido um grande erro comparecer à festa.

— Então, nem sinal do bebê ainda? — perguntou Alison a Katy assim que se juntaram a ela.

— Não... ainda não... — respondeu Katy, olhando apreensiva para Matthew. — Mas que surpresa ver vocês aqui!

— Nem me fale — respondeu Alison. — Matthew insistiu que viéssemos. Ainda não entendi por quê.

Matthew não conseguiu decifrar o olhar de Katy.

— Ben queria muito vir — disse Katy, por fim. — Ao que parece, ele e Luke estão unidos na paternidade.

— Bom, imagino que eles tenham muito em comum — disse Matthew.

— Só porque são jovens demais, é isso? — retrucou Katy. — Ben não é tão jovem assim.

— É mesmo, ele é muito maduro. — Matthew não conseguia disfarçar o sarcasmo na voz.

— Matthew! — exclamou Alison bruscamente. — Ignore, Katy. Ele está de mau humor. Estou tão feliz que você esteja aqui. Pelo menos posso ter uma conversa adulta com alguém antes de pedirmos licença e deixarmos esta coisa que chamam de casamento.

Katy ficou chocada com o visível desprezo de Alison.

— O que importa é que Charlene e Luke estejam felizes, não é mesmo?

— Bem, casando aos 18 anos, o que mais se pode esperar? Mas, falando sério, Katy. Você ficaria feliz se sua primeira dança de casada com o Ben fosse num galpão? — perguntou Alison.

— Katy e Ben não vão se casar, já falaram sobre isso — disse Matthew com firmeza.

— Mas ainda podem. Ben pode acabar decidindo que quer, nunca se sabe...

— Quem sabe? — respondeu Katy, olhando desesperada ao redor. — Olhem, Daniel está voltando — disse bastante aliviada.

— Olá, pessoas! — cumprimentou enquanto se aproximava. — Que festa maravilhosa!

— Parece que você é um verdadeiro sucesso — disse Katy. — Onde você encontrou tanto assunto para falar com essas adolescentes?

— Música e dança, é claro — respondeu ele. — As duas maiores obsessões que garotas e gays compartilham. Assim como se apaixonar, é claro — acrescentou, olhando para Matthew e lançando um sorriso malicioso.

— E também banheiros públicos — disse Katy cutucando Daniel e apontando para a Charlene e sua turma de amigas, que marchavam em direção aos toaletes.

— Comentário desnecessário, Katy. Para a sua informação, elas foram se trocar para a primeira dança — explicou Daniel.

— O quê? Todas elas?

— Sim, todas elas. Agora, sugiro que encontremos um bom lugar, bem na frente, porque vocês não vão querer perder nenhum detalhe, confiem em mim.

Daniel os empurrou para perto da pista de dança e encontrou assentos para grávidas. Pouco depois, Charlene surgiu dos toaletes seguida por sua comitiva, que vestia, ou semivestia, minissaia azul metálica e top. Charlene usava uma minissaia vermelha brilhante com babados — um pouco mais recatada, mas igualmente ofensiva. Era comprida atrás, mas mal cobria sua virilha na parte da frente. Com saltos altíssimos, ela cambaleou pela pista de dança até a entrada do salão.

— Vocês aí! Apaguem os cigarros e entrem agora! — gritou ela para a multidão que fumava lá fora. — Senão vou fechar o bar, porque este é o meu casamento e vocês têm que me obedecer.

Depois, saiu rebolando para o outro lado em direção ao DJ, enquanto os fumantes desordeiros se encaminhavam para o bar.

As amigas de Charlene se posicionavam displicentemente na pista de dança e faziam movimentos bizarros, como se estivessem se preparando para correr. Charlene gritou por alguns segundos no ouvido do DJ antes que ele fizesse o sinal de afirmativo com o polegar. Em seguida, voltou pelo amontoado de cabos e caixas de som para a pista de dança, se posicionando no centro do grupo. Gritou qualquer coisa e então todas, rapidamente, formaram uma linha perfeita.

— Atenção, senhoras e senhores — anunciou o DJ, interrompendo sua previsível seleção da Motown. — Temos algo muito especial para vocês esta noite. Pelo visto, nosso glorioso noivo Luke não quer dançar a primeira dança porque é tímido demais. Vamos dar a ele um grande "aaaah"!

O salão ficou em silêncio, exceto por uma criança que gritava "me solta" debaixo de uma mesa.

— Vamos lá, gente, um "aaaah" bem grande para o pobre Luke — implorou o DJ.

Um fraco "aaah" veio do pessoal mais velho, que se revezava até a cozinha para perguntar que horas a comida seria servida.

— Seja como for, nossa Charlene, nada tímida, decidiu que teria uma primeira dança assim mesmo, com suas amigas, e agora ela dedica o número a seu querido marido. Então, para o deleite de todos, apresento as Pussycat Dolls de Leeds, com "Don't Cha Wish Your Husband Was Hot Like Mine".

— Bravo, bravo! — aplaudiu Daniel descontroladamente. — Que inspiração. Di-vi-no! Mandem ver, garotas!

As garotas se olhavam e balançavam levemente a cabeça enquanto a introdução da música saía dos alto-falantes. De repente, todas pareceram inspirar ao mesmo tempo antes de iniciar um balançar de braços nada sincronizado, que se prolongou por toda a primeira estrofe. Seguiu-se então um breve momento de relaxamento antes do refrão. Ao som do primeiro verso, as garotas saltaram para a frente em perfeita harmonia e rodopiaram cantando bem alto a letra adaptada da canção.

Don't cha wish your husband was hot like mine?
You really shouldn't wish 'cause from today he's all mine?
Don't cha
Don't cha baby
Don't cha wish your husband was right like mine?
If you try and steal him I will fight you 'cause he's mine.
Don't cha
Don't cha baby*

O resultado foi perturbador. Algumas das garotas tinham claramente gastado horas aperfeiçoando seus giros, enquanto outras mais fisicamente debilitadas pareciam argila nas mãos de um ceramista desastrado.

Àquela altura, Daniel já estava histérico.

— Isso não tem preço — disse ele, enquanto enxugava as lágrimas. — Mesmo um gênio criativo como eu não imaginaria algo assim. Tudo bem que a ideia foi minha, mas nunca sonhei que seria tão maravilhoso. Acho que vou contratá-las. Seriam a sensação da parada gay, com certeza!

---

* "Você não gostaria que seu marido fosse gostoso como o meu?/ Não deveria, porque a partir de hoje ele é só meu./ Não é?/ Não é, querida?/ Você não gostaria que seu marido fosse certinho como o meu?/ Se tentar roubá-lo, vai arrumar briga, porque ele é meu./ Não é?/ Não é querida?", em tradução livre. (N. da T.)

As meninas pelo menos conseguiram segurar o número até o último refrão, quando Charlene se perdeu. As crianças presentes pensaram que toda aquela apresentação era para seu entretenimento, e agora estavam enfileiradas na frente do grupo tentando imitar os movimentos. Mas não foi isso que irritou Charlene. Obviamente foi Scott, que havia colocado dois balões e uma almofada embaixo da camisa. Seu busto azul e vermelho podia ser visto escapando pelo decote da roupa, enquanto uma franja dourada balançava alegremente por baixo. Ele estava bem atrás de Charlene, imitando todos os seus movimentos, e parava de vez em quando para coçar as costas e fazer caretas de dor, como uma garota grávida. A noiva finalmente percebeu que as pessoas estavam rindo de algo atrás dela e se virou para pegar Scott no ato.

— Mãe, tire o Scott daqui — choramingou. — Por que ele tem que estragar tudo? Não é justo. Mãeeeeee, agora!

A mãe de Charlene apareceu do nada, agarrou a orelha dele e o arrastou para longe.

Isso levou apenas um minuto. Em seguida, Charlene voltou à coreografia como se absolutamente nada tivesse acontecido.

— Perfeito! Perfeito! — gritou Daniel saltando da cadeira para acompanhar o final da música e liderar a ovação. — Brilhante, simplesmente brilhante!

— Sua esposa é uma artista e tanto — disse Ben no bar para Luke, que tentava ser o mais discreto possível.

— Nem me diga — murmurou ele.

— O que seus pais pensam dela? — perguntou Ben, tentando não olhar para a curtíssima saia de Charlene, que saltava para cima e para baixo revelando muito mais do que devia.

— Não importa.

— Onde eles estão? Não os vi ainda.

— Já foram embora.

— Compreendo.

Ben tomou outro gole de sua cerveja extraforte, o terceiro copo que tinha conseguido ingerir desde que chegara.

— Então, Luke, está contente com toda essa história de casamento e bebê?

— Aham.

— Está petrificado, não é? Você não precisa dizer, eu entendo. Ah, como eu entendo! — garantiu Ben, balançando a cabeça antes de esvaziar o copo. — Somos dois em plena juventude, certo? Toda uma vida pela frente. Podemos fazer qualquer coisa, conhecer qualquer lugar, mas olhe para nós. Uma hora a gente pensa que com um pouquinho de esforço pode se tornar um jogador de futebol profissional, e no minuto seguinte tudo muda, porque alguém diz que os próximos dezoito anos da nossa vida já têm dono. Simples assim. Simpatizo com você, cara. Estou com você, Luke. Estamos juntos, você e eu. — Ben jogou um braço sobre os ombros de Luke e pegou outro copo de cerveja. — Ainda tem mais... — disse Ben derramando cerveja enquanto balançava o copo no ar. — E sei que você vai concordar comigo. De repente, a gente vira pai e acaba tendo que casar e viver feliz para sempre, assim do nada. Meu amigo, realmente tiro o chapéu para você. Sou jovem, mas você é só uma criança. Sei que não deveria dizer isso, mas não posso acreditar que você vai mesmo embarcar nessa. Realmente não posso.

Luke apenas olhou para o chão e começou a chutar a parede.

— Cara, pode falar, de homem para homem... — continuou Ben, curvando-se para fazer Luke olhar para ele. — É isso mesmo que você quer?

Luke chutou a parede com mais força e levantou a cabeça para olhar Ben nos olhos, provavelmente pela primeira vez.

— Sim, é — respondeu ele com firmeza. — Porque o meu pai é um merda. Ele me odeia. Acha que eu não faço nada direito só porque eu não sou como ele. Ele fez da minha vida um inferno. E a culpa nunca é dos filhos, certo? Todo filho merece um bom pai. Não merece?

Ben ficou boquiaberto. Nunca tinha ouvido Luke dizer uma palavra, quanto mais uma frase inteira.

— Não merece? — repetiu mais alto.

Ben cambaleou com a força da pergunta e com o efeito da cerveja que já tinha chegado às suas pernas.

Luke puxou uma cadeira e conseguiu fazer Ben se sentar.

— Merece, não merece? — perguntou de novo.

Ben olhou para Luke com a testa franzida, em profunda concentração. E finalmente disse, com bastante calma:

— Com toda certeza, Luke, com toda certeza. — Depois, levantou trôpego e cambaleou rumo à saída.

Capítulo 16

Katy observou Ben se levantar e cruzar o salão para sair. Ele mal lhe dirigira duas palavras a noite toda. Ela não aguentava mais as conversas embaraçosas com Matthew e Alison, e aguentava menos ainda ver Matthew massageando os pés inchados de Alison, mesmo que ele não parecesse muito feliz com isso. O sorriso dela de satisfação estava dando nos nervos. Olhou para o outro lado e viu Charlene e Luke se atracando num amasso interminável. Ficou hipnotizada, incapaz de desviar o olhar dos beijos vorazes e, depois, do estranho ritual de mordidas na orelha. Quando pararam um pouco para respirar, Luke pegou a mão de Charlene e a levou até um banco. Os dois se sentaram, e então Luke a envolveu com o braço e começou a acariciar sua barriga com ternura.

Ben nunca acariciara a barriga de Katy. Não, não. Isso era mentira. Ele havia feito isso uma vez, logo que a barriga começou a aparecer. Estavam assistindo a um filme certa noite quando, de repente, ele se inclinou e, num dos momentos mais íntimos que já tiveram, delicadamente levantou a blusa dela e fez carinho na sua barriga nua. Mas aquilo fora íntimo demais para ela. Na opinião de Katy, aquela não era a relação que ela havia idealizado. Eles riam muito, se divertiam, se davam muito bem na cama, tinham conversas ridículas que varavam a noite, mas não havia intimidade. Durante anos, a intimidade representara para ela a zona potencial para a mágoa e a decepção. Então, ela retirou a mão dele com firmeza e foi fazer um chá.

Quando começava a se perguntar o que diabos estava pensando, a voz do DJ soou como um trovão nas caixas de som para apresentar a próxima música.

— Atendendo aos pedidos da mãe da noiva, temos agora, para todos os amantes presentes, um sucesso super-romântico do passado. Cavalheiros, convidem suas damas para a pista e aproveitem para dançar bem juntinhos.

Katy estremeceu e sentiu seu corpo inteiro desfalecer ao som das primeiras notas de uma canção dos anos 1980, "Right Here Waiting", de

Richard Marx. A pista de dança ficou cheia na mesma hora, e ela observou, com os olhos marejados, um verdadeiro oceano de vestidos florais contra camisas azuis e brancas amarrotadas e suadas. A canção fora um grande sucesso durante seu primeiro ano na faculdade, e era com muita dor que ela se lembrava que essa música, em particular, tinha o poder de reduzi-la a ruínas após o rompimento com Matthew. Sozinha, ela assistiu à celebração do amor bem diante dos seus olhos e se lembrou de noites semelhantes, quando ela ficava à beira da pista de dança do Grêmio Estudantil vendo os amigos se pegando, enquanto ela sofria por Matthew.

Percebeu com muita clareza que não queria mais ser a única sentada sozinha à beira de uma pista de dança. Especialmente numa festa de casamento, quase aos nove meses de gravidez. Na verdade, para seu próprio espanto, o que ela realmente queria era ter sua barriga acariciada, assim como Charlene.

E enquanto concluía que seus pensamentos estavam prestes a deprimi-la ainda mais, Ben apareceu na sua frente, encobrindo aquela cena repleta de felicidade conjugal.

— Katy — chamou ele.

— Ben — respondeu ela.

Ele passava a mão no cabelo despenteado enquanto olhava em volta perdido, como se não soubesse o que dizer. Então respirou fundo e esfregou os olhos. Se Katy não o conhecesse, ela poderia jurar que ele estivera chorando.

— Por favor, dança comigo? — finalmente convidou, estendendo a mão um tanto quanto trêmula.

Ela estava completamente desconcertada. Aquilo não podia estar acontecendo. Dançar estava entre as coisas que Ben mais repudiava junto com limpar o próprio vômito e comer quiche.

Para sua surpresa, ele pegou sua mão, ajudou-a a se levantar e, sempre muito gentil, conduziu-a à pista de dança, onde a puxou para junto de seu corpo levemente suado.

— Você está chateado? — perguntou com cautela.

— Por que acha isso?

— Você nunca quis dançar antes... E música lenta ainda por cima.

— Ah, é que... — começou ele, antes de envolvê-la num abraço e respirar forte em seu ouvido. — Ah, Katy...

Katy também o abraçou o mais forte que pôde, perguntando-se como aquilo iria acabar. Incapaz de suportar o suspense, ela o afastou um pouco e olhou nervosa para ele.

— Ben, aconteceu alguma coisa?

Ben fungou e ergueu a cabeça. Parecia mesmo que ele ia chorar.

— Sim, Katy, aconteceu. Percebi que tenho sido um grande idiota — disse antes de fazer uma pausa. — Não que eu nunca tenha sido um idiota, entende? Na verdade, o meu recorde anterior era o de ser um pouco menos idiota, eu acho. Mas ultimamente encontrei certa aptidão para isso.

— A culpa é minha — disse ela. — Eu não devia ter...

— Não, não devia — interrompeu ele. — Na verdade, isso nos deixa empatados no placar da idiotice.

— Bom, sim, mas não esqueça que você sempre terá uma idiota à mão. — Ela não conseguiu evitar. Estava entrando no modo brincalhão que os dois assumiam sempre que precisavam falar sério.

— Verdade, verdade, sempre pode ser útil — respondeu ligeiramente desanimado.

Um olhou para o outro meio que sem jeito, as mãos fortemente entrelaçadas.

Katy não aguentava mais; precisava descobrir o rumo que a conversa estava tomando.

— Bom, então... Tudo bem entre nós? — perguntou com toda a cautela do mundo.

— Sim — respondeu sério, com a testa franzida. — Tudo bem.

Katy prendeu a respiração à espera de mais. Ben, no entanto, ainda estava processando tudo por trás daquela expressão atormentada. Depois de uma longa pausa, seu rosto enfim suavizou e um sorriso começou a aparecer. Katy se permitiu respirar novamente e se preparou para as próximas palavras de Ben.

— Vamos ter um bebê — disse como se tivesse acabado de receber a notícia, tamanha a surpresa em seu rosto.

— Vamos — disse ela devagar. — Tudo bem para você?

— Tudo maravilhoso, porra — respondeu ele, com um sorriso discreto, porém orgulhoso. — E eu vou ser um pai muito foda! — exclamou, agora sorrindo de orelha a orelha.

Katy sentiu as pernas fraquejarem como se uma onda de alegria percorresse o seu corpo inteiro. Cambaleou, mas Ben a segurou firme pelo braço.

— Ei, você está bem? — perguntou acariciando os cabelos de Katy.

— Estou ótima — disse sorrindo. Ben queria ser pai. Queria ser pai de seu filho. Queria um futuro com ela e com o bebê. Ela não estava sozinha à beira da pista de dança. Estava bem no meio da pista, agarrada a Ben. Percebeu que seu mundo inteiro tinha acabado de mudar porque, pela primeira vez em muito tempo, ela queria deixar de ser "eu" e começar a ser "nós". Um "nós" com Ben e o bebê. Engoliu em seco quando as lágrimas deram lugar ao riso; seus ombros e os de Ben se moviam em harmonia, dançando lentamente.

Os dois ficaram dançando até o final da música, sem dizer mais nada, com Ben acariciando suas costas e conduzindo-a delicadamente.

— Só tem um porém — recomeçou ele se afastando ao fim da canção. Katy sentiu o coração pesar feito pedra. — Ainda vamos ter que ver Matthew e Alison de novo? Não é por ele ter sido seu namorado, até porque esse careta não faz seu tipo, Katy. É só que esse casal é tão perfeitinho que me faz sentir um pai relapso. E eu quero ser um bom pai, realmente quero, Katy. Porque toda criança merece um bom pai, não merece? Mas você vai ter que me deixar ser pai do meu jeito — concluiu ele com sinceridade.

Katy acariciou o rosto de Ben, pensando que o jeito dele poderia ser ótimo.

— Vamos nos esquecer deles? — sugeriu ela. — Depois desta noite, podemos fingir que eles nunca existiram. Combinado?

— Combinado — respondeu ele, parecendo mais tranquilo.

— Posso pedir uma coisa agora? — Katy sentiu-se tímida de repente.

— Qualquer coisa, meu amor, desde que não seja dançar George Michael.

— Será que você poderia fazer carinho na minha barriga?

Dessa vez, uma lágrima escapou do olho esquerdo de Ben.

— Isso me faria o homem mais orgulhoso do mundo. — Com todo carinho, ele levantou a blusa de Katy e pousou a mão na sua barriga. Beijaram-se longamente, até que ela sentiu um tapinha no ombro.

— Desculpem interromper esse momento lindo, mas estou *desesperado* — disse Daniel, olhando nervoso a sua volta. — Essas velhas tagarelas querem dançar comigo. Vocês precisam me salvar.

— Por que você não dança com Katy enquanto vou ao banheiro? — sugeriu Ben antes de beijá-la na testa. Acenou com um sorriso e se dirigiu ao banheiro masculino.

— E aí, como estão os pombinhos? — perguntou Daniel ao observar o sorriso de Katy.

— Ah, Daniel, vai ficar tudo bem. Fizemos as pazes e ele diz que está animado para ser pai. — Katy irradiava felicidade. — E esta tem que ser, definitivamente, a última vez que vejo Matthew. Acho que sobrevivi à tempestade e que águas mais calmas virão. Agora posso continuar tocando a minha vida.

— Jura? Então todas essas emoções e sentimentos estão direcionados para o lugar certo, não é? — perguntou Daniel.

— Exatamente.

— E isso significa que você respondeu à pergunta realmente difícil.

— Que pergunta?

— Caramba, Katy, você nunca ouve as coisas que eu digo? Eu-o-amo? — Daniel falou lentamente. — Lembra? A pergunta!

— Ah, sim, acho que respondi.

— Você disse isso a ele? Ele disse a você?

— Bom, não, mas não somos esse tipo de casal — explicou Katy, encolhendo os ombros. — Estamos bem, de verdade, Daniel. Está tudo voltando ao normal. E vai ficar cada vez melhor.

— Tudo bem, tudo bem, se você diz... Prometa que vai ser feliz, ok? Por favor — pediu Daniel.

— Prometo — garantiu Katy.

— E mais uma coisa. Diga ao tal do Matthew que nunca mais apareça na sua vida, entendeu?

— Claro, claro. Agora, será que podemos nos sentar, por favor? Meus pés estão me matando.

— Boa ideia. Preciso de uma bebida decente — disse Daniel, pegando Katy pela mão e tirando-a da pista de dança.

Quando Ben voltou do banheiro, Daniel tinha afanado uma garrafa cara de vodca do bar.

— Ei, também vou tomar um pouco disso — decidiu Ben. — A cerveja daqui não está descendo bem.

— À vontade — respondeu Daniel sentindo-se generoso, já que Ben estava mesmo fazendo Katy feliz.

— Cuidado, todos a postos — murmurou Ben quando Matthew e Alison foram se sentar com eles após terem inspecionado e rejeitado o bufê. Katy não pôde deixar de notar o descontentamento no rosto de Matthew quando viu Ben, todo feliz, agarrado a Katy enquanto passava a mão por baixo da sua blusa, revelando às vezes um pedacinho da sua barriga de grávida.

O descontentamento também não passou despercebido por Daniel, que, para distraí-lo, empurrou a garrafa de vodca na sua direção e pediu que tomasse um gole.

Matthew olhou para Alison, que imediatamente segurou firme o seu braço.

— Tudo bem se eu beber um pouco — disse Matthew, desvencilhando-se da mão da esposa antes de pegar a garrafa de Daniel e tomar vários goles pelo gargalo.

— Matthew! — protestou Alison. — Você nem sabe por onde essa garrafa passou!

— Ah, eu sou limpinho — disparou Daniel. — Tão limpinho como um bebê após o banho — completou, para acalmar Alison.

— Neste caso... — disse Matthew, tomando agora um gole muito maior e olhando fixamente para Alison.

— Matthew, pare! Não tem graça nenhuma!

— É só vodca — retrucou.

— Mas e se os bebês nascerem hoje, Matthew, com você totalmente bêbado?

Matthew respirou fundo e olhou para a garrafa nas mãos.

— Só mais um golinho — murmurou, dessa vez sem olhar para Alison e tomando um gole especialmente lento.

— Tudo bem, agora chega! Vamos embora — falou Alison. — Não se mexa. Fique sentado aí. Vou me despedir de Charlene e Luke e agradecer aos pais dela. Quando eu voltar, quero que você seja capaz de entrar no carro. Desculpe, pessoal. E não deixem que ele encoste nessa vodca de novo.

Logo que ela virou as costas, Matthew pegou a vodca e bebeu mais um pouco, antes de devolver a garrafa para Daniel.

— Estou lhe devendo uma bebida — disse ele, mas não se mexeu para ir ao bar, preferindo ficar de olho em Alison.

— Sabem de uma coisa? Vou pagar uma rodada — anunciou Ben. — Vai ser rápido.

Daniel olhou para Katy e tossiu, balançando a cabeça na direção de Matthew.

— Ah, sim, e eu preciso de um pouco de ar — disse Daniel. — Vou dar uma volta.

Katy e Matthew ficaram ali, sentados em silêncio, até que Matthew estendeu a mão, agarrou a vodca e tomou mais um gole.

— O que há com você? — perguntou Katy.

— Nada.

— Qual é, você praticamente não trocou uma palavra civilizada com ninguém hoje, e agora... quer largar essa vodca?

— É tudo muito estranho, Katy — respondeu ele com o olhar distante. — Muito estranho.

— O que é estranho?

— Isto aqui. Você não acha estranho que esta seja a última vez que veremos um ao outro?

— Talvez, mas não é motivo para tanto drama, é?

— Não, mas... eu estava gostando, sabe? Exceto de cantar músicas estúpidas — ponderou ele, rindo para si mesmo. — Já fomos felizes um dia, não fomos? Muito felizes. E eu estraguei tudo. — Matthew fez uma pausa antes de continuar. — Você já imaginou como poderia ter sido? É claro, se eu não tivesse sido tão babaca.

— Não, nunca — mentiu Katy.

— Eu já.

— Não devia.

— Mas é mais forte do que eu — disse Matthew, levando as mãos à cabeça. Katy não sabia o que dizer. Ela não esperava por isso.

De repente, Matthew levantou o rosto e encarou Katy.

— Deixe que eu veja você e o bebê. Só uma vez, prometo. Acho que preciso ver vocês dois. Para poder fechar um ciclo ou algo assim. Nós nos despedimos direito e então colocamos um ponto final. Aí vou poder seguir em frente. Acho que vou me sentir melhor depois disso.

Katy olhou para ele completamente emudecida, tamanho o choque.

— Você vai se sentir melhor? — perguntou ela, por fim, com os dentes cerrados. — Isso resume tudo, não é mesmo? Você não entende? — gritou ela bem no ouvido dele para ter certeza de que ele ouvia. — Ouça com atenção. Isso não tem nada a ver com você. A questão aqui sou eu, Ben e o bebê, e como nós três vamos sair dessa. Outra coisa é a sua esposa e os seus dois filhos que vão nascer a qualquer hora. Agora você tem que fazer o que é certo para as outras pessoas, Matthew, e não o que faça *você* se sentir melhor.

— Mas eu me preocupo com você e com o futuro do bebê — falou ele balançando o corpo para frente e para trás.

Katy fechou os olhos e tentou desacelerar a respiração.

— Você devia ter se preocupado antes de traçar a Virgem Maria, não agora. Você perdeu sua chance, Matthew. Perdeu mesmo.

Por um momento, Matthew parecia totalmente derrotado, mas então seu rosto começou a endurecer.

— Fui estúpido e lamento muito, mas você dormiu comigo, e eu nunca a vi se preocupar com o Ben. Agora está planejando passar o resto da vida com ele, mesmo ele sendo um idiota.

— Chega, Matthew! A minha vida agora não tem nada a ver com você. E você não tem direito nenhum de falar uma coisa dessas.

— Mas e se ele criar um filho meu?

— Pare com isso. Chega! Como pode dizer isso agora? Fizemos um trato semanas atrás, lembra? Ben será o pai dessa criança, fim da história. Agora vamos esquecer isso de uma vez por todas.

Matthew olhou para ela por alguns segundos e disse:

— Tudo bem, se é assim que você quer. Só não venha atrás de mim quando ele sair correndo porque não aguenta tanta responsabilidade. — Ele se levantou e caminhou, titubeante, na direção do banheiro masculino.

"Idiota", Katy pensou. Como se atrevia a querer ver o bebê? E como se atrevia a dizer que Ben iria decepcioná-la? No fundo, entretanto, ela sabia que talvez Matthew estivesse certo. Apesar da súbita melhora na atitude de Ben, ele poderia não aguentar a pressão nas horas de crise. Ela o buscava com o olhar, querendo se sentir segura de novo. Ele estava no bar, conversando com alguns amigos de Luke. Katy respirou fundo, tentando não chorar, e se levantou. Quando chegou a poucos metros dele, sentiu as lágrimas jorrarem como se viessem de um regador de jardim. Tentou segurar o choro, mas não havia nada que pudesse fazer; as lágrimas escorriam pelo seu rosto. Ben a viu se aproximar, horrorizado. Murmurou algumas palavras para os três rapazes, que olharam para Katy e viraram de costas em silêncio, cheios de medo.

— O que foi? O que aconteceu? — perguntou Ben enquanto a abraçava.

Katy suspirou na tentativa desesperada de se controlar.

— Katy, meu amor, foi a torta? — quis saber Ben. — A mãe da Charlene obrigou você a comer? Sei que tem gosto de veneno de rato, mas não acho que alguém que se inspira em novela para escolher o nome dos filhos tentaria fazer mal a você. Embora eu tenha ouvido que ela pretende matar todos os convidados para não ter que devolver os presentes quando o casal se divorciar.

Katy não conseguiu se conter e sorriu. Depois, aos poucos, seus ombros começaram a sacudir com o riso, enquanto ela escondia o rosto num lenço de papel. Enxugou os olhos e deu um grande suspiro. Deus, como era bom ter o velho Ben de volta.

— E aí, o que aquele otário disse dessa vez? Vi vocês conversando — falou Ben, ficando sério. — Ele não estava reclamando porque você me contou tudo, estava? Porque, se for o caso, vou levar um papo com ele. A mentira é dele, não sua. Não foi ideia sua não contar para Alison.

— Não, Ben, não foi isso. Ele só estava com medo de... Ah, aquilo que você já sabe... De você ter levado a história a mal e agora estar me culpando. Só isso, nada mais.

— Eu o quê? Ele acha que eu estou aborrecido com ele e com a merda dos segredos dele? E ele acha que estou maltratando você? Mas que cara de pau! Quem ele pensa que é, jogando com as outras pessoas?

— Na verdade, Ben, não chega a ser um jogo, é apenas uma mentira estúpida que saiu do controle, só isso.

— Uma mentira estúpida e ridícula. Que relação é essa que faz Matthew ter medo de admitir que teve namoradas no passado? — disparou Ben, mais agitado ainda.

— Ben, por favor, esqueça, não vale a pena.

— Já volto.

Katy estava prestes a pegar mais lenços de papel quando percebeu para onde Ben estava indo. Logo em seguida, a porta do banheiro masculino foi aberta com um estrondo.

Matthew estava cambaleando no mictório, de costas para a porta, quando Ben entrou. O local estava vazio, já que poucos tinham coragem de encarar décadas de sujeira e cheiro de urina. Havia dois cubículos à direita, mas apenas um tinha porta, e uma lâmpada teimava em ficar piscando no centro do teto, fazendo tudo parecer uma cena de filme B.

Havia três mictórios, e Matthew tinha escolhido o da direita, o que permitia que qualquer recém-chegado usasse o da outra ponta, deixando o do meio livre; isso, é claro, de acordo com a etiqueta que rege o uso de um banheiro masculino. Ben pôde sentir que Matthew ficou um tanto surpreso quando alguém se pôs bem ao seu lado.

— Pois é, Katy me contou que você está preocupado que eu esteja dando uma dura nela por sua causa, por vocês terem saído juntos e tal... Sem falar na lembrança que você mantém tatuada no ombro, sabe Deus há quantos anos.

O choque da intromissão fez Matthew parar o fluxo bem no meio. Ele olhou para Ben e inflou o peito.

— Não, Ben. Eu só queria saber se ela estava bem. Ela precisa se cuidar. Vai ter um bebê.

— E você acha que eu não sei disso? Estou fazendo a minha parte. Estou fazendo a minha parte, mas você se vê no direito de se intrometer.

— No direito de quê? — Matthew deu um risinho irônico. — O que exatamente você está fazendo, Ben? Porque, para ser honesto, não vejo você fazer muita coisa. — Matthew desistiu de terminar o que estava fazendo e colocou a camisa para dentro da calça antes de encarar Ben. — Tudo o que você fez foi se comportar como um retardado nas aulas. Você passa o tempo todo fora com os seus amigos e ainda acha que é uma boa ideia ir a uma festa, sem a Katy, justamente quando ela está se preparando para dar à luz. Você não pode continuar fugindo só para se divertir. Sinceramente, Ben, não acho que você seja capaz. Você precisa crescer ou largar a Katy de vez. É melhor não ter pai do que ter um que não dá a mínima; e Katy merece mais do que isso.

A porta se abriu com força e Scott entrou esbarrando em tudo.

— Moço, moço — disse sem fôlego para Ben. — Sua namorada está aí fora e ela disse que, se eu tirar você daqui agora, ela me paga um drinque escondido. — Scott agarrou a mão de Ben e começou a puxá-lo como podia.

O olhar duro de Ben continuava fixo em Matthew.

— Se você sair agora, eu pago uma dose — ofereceu Ben.

— Dose de quê? De um drinque aguado ou de uma bebida de verdade?

— Do que você quiser. Agora, dê o fora!

— Sim, se-senhor, como o senhor qui-quiser — disse Scott, já desaparecendo.

— Você acha que não sou digno de ser pai? É aí que você quer meter o seu focinho arrogante, não é? Bom, vou ser honesto, Matthew. Levou um tempo para eu me acostumar com a ideia. E sim, já tive vontade de fugir, mas não fugi. Certo? E tudo isso só porque eu tenho Katy, enquanto você tem uma mulher com uma vassoura presa no rabo. Mas aí a culpa é sua, não é? Agora ouça com atenção, parceiro. Você teve a sua chance e agora ela não quer mais nada com você. Então suma da minha frente, seu metidinho a besta.

Matthew agarrou um gancho quebrado de metal para tentar se equilibrar. Estava visivelmente chocado com o ataque verbal de Ben.

— Pena. Você é digno de pena. — Ben gargalhava.

O que veio em seguida foi Ben cambaleando para trás. Ele colidiu com a porta do banheiro, tropeçou no salão lotado e foi parar na beira da pista de dança. Seu queixo parecia estar pegando fogo. "Ele me deu um soco, o canalha me deu um soco", pensou Ben batendo com a cabeça no chão. A próxima coisa que viu foi Matthew em cima dele, puxando-o pelo colarinho.

— Ela não quer nada comigo, é isso? Não quer mais nada comigo? — sussurrou com raiva no ouvido de Ben. — Acho que é melhor você mesmo perguntar isso para ela. Porque, com certeza, ela me queria na noite do reencontro na escola. Ela tem um belo apartamento. E você estava numa despedida de solteiro, não é? Impressionante o que se pode perder quando se vai a uma festa sozinho. — Matthew voltou a bater a cabeça de Ben contra o chão, levantou-se e começou a cambalear pela pista em direção à porta.

A confusão não passou despercebida pelas senhoras que se remexiam ao som de Eminem. Elas correram até onde Matthew tinha largado Ben.

— O que você está fazendo aí no chão, amor? — indagou uma delas.

— Você aceita um xerez? — ofereceu outra.

— Vá atrás dele, daquele monstro, e dê um soco nele por mim — incentivou uma empolgadíssima senhora, que tinha derramado picles no seu vestido de poliéster.

Ben abriu caminho entre a multidão de admiradoras e alcançou Matthew no meio da pista de dança. Agarrou-o pelo ombro, girou-o e deu-lhe um soco certeiro de esquerda. Matthew caiu no chão como se tivesse levado um tiro. E ali ficou, sem se mover.

— Ben! — alguém gritou. — O que você está fazendo?!

Katy corria junto com uma multidão de adolescentes que agora olhava extremamente impressionada para Ben.

Ben encarou Katy sem saber o que dizer ou o que sentir. Abriu a boca para falar, mas a fechou quando Katy caiu de joelhos e se colocou ao lado de Matthew, que estava inconsciente.

— Matthew, acorde, por favor, acorde — implorou ao corpo sem reação.
— Como você pôde? — perguntou para Ben, lançando-lhe um olhar de reprovação e balançando a cabeça.

Ele abriu de novo a boca para falar, ou gritar, ou qualquer outra coisa, mas as palavras não vieram. Deu uma última olhada na cena diante dele. Em seguida, virou-se e foi embora, porta afora e noite adentro.

Capítulo 17

Katy estava vendo *Pesca Mortal* no Discovery Channel. Pescadores travavam batalha com centenas de caranguejos vivos que caíam das redes no furioso convés, e isso a deixava um tanto enjoada. Ela não sabia por que estava assistindo àquele inferno, mas suspeitava que era principalmente para ver alguém com uma vida pior do que a dela. Era apenas seu segundo dia de licença-maternidade, e ela já estava cansada da programação da TV, especialmente porque o controle remoto insistia em selecionar programas sobre bebês, que mostravam casais apaixonados passando juntos por uma experiência maravilhosa de amor. Cogitou cancelar a assinatura e processar a Sky por tamanha tortura psicológica até que se deparou com *Pesca Mortal*. Ficou superanimada ao observar homens em condições tão desesperadoras. Além disso, aquele era o programa favorito de Ben, e ela achava que só estava assistindo na esperança de, inconscientemente, atraí-lo de volta ao seu apartamento.

Katy não via Ben desde a festa de casamento, havia três dias. Felizmente Matthew acabou recobrando a consciência e abriu os olhos após Scott atirar um copo de cerveja gelada em seu rosto. Àquela altura, Alison tinha sido avisada sobre a discussão e já estava no local, sentada numa cadeira desconfortável no meio da pista de dança ao lado de Matthew.

— O que aconteceu? Pergunte a ele o que aconteceu! — gritou ela para Katy.

Katy olhou para Matthew, que recobrava a consciência, mas balbuciava coisas sem sentido. Ela levantou a cabeça à procura de Ben, mas não conseguiu encontrá-lo.

— Aquele outro cara deu um soco nele — disse Scott. — Na boca. Acertou em cheio. Juro que tentei impedir. Quando saquei o que estava acontecendo, fui até o banheiro, fiquei entre eles, pedi que se acalmassem, mas o outro cara me mandou cair fora. Vai ver não queria que eu visse a briga.

— De quem você está falando? Quem bateu nele? — gritou Alison na cara de Scott.

— Você sabe, o homem dela, um cara alto, largadão — respondeu Scott, apontando para Katy.

— Katy, ele está falando do Ben? Por que Ben socaria o Matthew?

— Não sei, Alison. Não falei com ele ainda, e agora ele sumiu.

Alison encarou Katy por um momento, depois se levantou lentamente e pediu ao pai de Charlene que a ajudasse a levar Matthew até o carro.

— Mas é claro — respondeu ele. — Devo ir buscar toalhas quentes? — continuou, confuso devido ao álcool e à presença de tantas mulheres grávidas em volta de um corpo caído no chão.

— Não, acho que não será necessário. Apenas me ajude a levá-lo até o carro, depois vamos direto para casa.

— Você vai precisar de ajuda para entrar em casa com ele. Posso ir com você? — perguntou Katy, enquanto o pai de Charlene carregava Matthew sobre os ombros.

— Não — respondeu Alison. — Acho que você e Ben já fizeram o suficiente, não é mesmo?

Katy não imaginava que um telefone poderia ser tão silencioso. Normalmente, no seu dia a dia, os telefones tocavam o tempo todo, exigindo atenção. Ela acabou descobrindo que nunca conseguiria se acostumar com aquele silêncio assustador, especialmente porque seu corpo estava alerta ao menor dos toques, aguardando uma ligação de Ben.

Então, faltando apenas duas semanas para dar à luz, Katy se sentia acabada. Sentia-se como um dos caranguejos na TV, tentando desesperadamente encontrar uma saída, mesmo sabendo que o inevitável estava para acontecer. Para o caranguejo, era a morte certa, mas para Katy era uma nova vida. A vida de um bebê que, pelo visto, não teria a presença de um pai, que dirá de dois. Toda vez que se lembrava de Ben acariciando sua barriga no meio da pista de dança, ela era tomada por uma onda de choro incontrolável. Doía muito lembrar que, pela primeira vez desde Matthew, ela permitira que sua mente explorasse por meia hora a fantasia de ter um longo futuro ao lado de um homem. Enquanto Ben compartilhava alegremente sua vodca com Daniel, ela se surpreendera imaginando ambos numa cerimônia de casamento simples, mas bonita, numa praia, com seu filho agarrado à mão de Ben, segurando uma fita onde balançavam as alianças.

Fora delicioso, finalmente, deixar sua mente vagar sem medo para o futuro. E era muito triste perceber que seus sonhos nunca se concretizariam.

Ela colocou os caranguejos desesperados no mudo e se afundou no sofá. Foi então que percebeu que nada na sua vida estava onde deveria estar. O edredom sempre no sofá, o pijama sempre no seu corpo, a louça suja acumulada na pia, a bolsa do hospital vazia no guarda-roupa, as roupinhas do bebê ainda empacotadas, e Ben em outro lugar qualquer.

De alguma forma, em meio à névoa do desespero, ela decidiu que precisava agir. Quem sabe, se conseguisse colocar as coisas em seus devidos lugares, sua vida também pudesse se acertar. Esse era um bom plano. Melhor do que não ter nenhum plano. Melhor do que ficar chorando em frente à TV, vendo caranguejos encontrarem a morte.

Começou então a se arrastar para fora do sofá, que respirou aliviado. Depois se abaixou e começou a recolher os frutos da depressão. Lenços de papel usados, embalagens de chocolate, folhetos de pizzaria e revistas antigas de fofoca. Ela ficou de quatro e metodicamente engatinhou de um lado para outro como uma espécie de aspirador de pó humano, enchendo os bolsos e as mangas dobradas de lixo para que não precisasse ir até a lixeira o tempo todo. Atrás do sofá, encontrou um controle remoto perdido há muito tempo, o que deu a ela um motivo para sorrir. Espremida entre a parede e o sofá, começava a pensar que poderia ficar para sempre presa ali quando ouviu um clique na porta e passos no corredor. Se fossem ladrões armados, seria melhor ficar escondida, mas suas pernas esticadas provavelmente prejudicariam o disfarce. No entanto, ponderou que poderia ser Ben, e decidiu erguer a cabeça, como um coelho saindo da toca.

Ben estava em pé no meio da sala, com um olho nos caranguejos mudos, e agora bem mortos, e um olho nela.

— Esse episódio é muito bom. Um dos caras perde uma perna — murmurou Ben, enquanto Katy se esforçava para se levantar, já que ele não fizera qualquer menção de ajudá-la.

— Onde você esteve? Quase morri de preocupação.

Ele desviou os olhos dos caranguejos e a fitou com um rosto sem expressão.

— Na casa da minha mãe.

— O que aconteceu, Ben? Por que você foi embora daquele jeito?

— Você não me queria lá, queria?

— Mas é claro que eu queria.

— Aham... Vou pegar minhas coisas.
— Ben, espere! Sente-se! Por favor! Pode me dizer o que aconteceu? Matthew deixou você nervoso? Você não devia ter caído na provocação dele. Vamos esquecer o que aconteceu.
— Vamos?

Ben se sentou e olhou para a tela da TV, sem dizer mais nada.
— Vamos, Ben. Vamos esquecer tudo isso e pensar no nosso bebê. Ele é tudo o que importa, não é? — implorou Katy.

Ele se levantou de novo.
— Não, não vai dar certo. Sem chance.
— Mas por quê? — perguntou Katy suplicante, agarrando seu braço e começando a entrar em pânico. — Por favor, Ben, podemos fazer dar certo.

Ben falou com calma e cuidado:
— Não, não podemos. É ele quem você quer, não é? Talvez não ele exatamente, mas alguém como ele. E não alguém como eu. Agora eu compreendo como você me vê. Um idiota que passa o dia jogando bola com crianças estúpidas e a noite vadiando com amigos mais estúpidos ainda. O que você ganha com isso? Você e seu escritório elegante, sua secretária, seus almoços chiques e sua conta corporativa. Como fui acreditar que isso poderia ser mais do que mera diversão? Não é de se admirar que você tenha dormido com o Matthew.

Katy se sentou na mesma hora. Então foi por isso que Ben batera em Matthew. Matthew havia contado para ele. Lágrimas escorriam pelo seu rosto.
— Desculpe — soluçou ela, levando as mãos ao rosto. — Foi um erro estúpido, estúpido. Nunca quis magoar você.
— Sei que não tínhamos um compromisso, ou qualquer coisa do tipo — continuou ele, como se não tivesse ouvido uma palavra de Katy. — Não tínhamos combinado que não dormiríamos com mais ninguém. Queria apenas que você tivesse me contado, só isso. Para saber em que pé estávamos. Porque agora me sinto um idiota por ter acreditado que acabaríamos juntos. — Ele olhou para o chão e começou a chutar a lateral do sofá metodicamente. — Sabe de uma coisa? Até entendo que você tenha atração por um cara como o Matthew. Quer dizer, ele tem tudo, não é? Um sujeito como ele pode cuidar muito bem de uma mulher. Tem um bom emprego, uma casa grande, é um cara responsável, que daria um bom pai. Ele nunca falharia com os filhos, ao contrário de mim. Segurança, é nisso que você está pensando, não é? É disso que você precisa agora. O que posso oferecer?

Um velho Ford Focus e ingressos para os jogos do Leeds United são a única segurança que tenho.

— Ben, pare! Por favor, pare! — implorou Katy. — Você entendeu tudo errado.

— Não, Katy — respondeu ele, finalmente olhando para ela. — Acho que, pela primeira vez, entendi tudo certo. Estive pensando sobre isso, e agora percebo que fui um tolo. Nunca estive à sua altura. Com certeza, uma hora ou outra, um cara como o Matthew iria aparecer para roubar você de mim. E, mesmo que você só tenha dormido com ele uma vez, há milhões de outros Matthews por aí, dignos de você e muito mais capazes de tomar conta de você do que eu. — Sua voz falhou de repente, e ele virou de costas para esconder a lágrima que escorria pelo rosto.

— Mas não há um milhão de homens como você. Não há mais ninguém que me faça me sentir assim, como você me faz — soluçou Katy.

Exausto, Ben levou a mão aos olhos antes de responder.

— Assim como?

— Ah... — Katy procurou desesperadamente as palavras certas, sem ter a mínima ideia de por onde começar. — Ben, você é diferente de todos os outros caras. Você me faz rir e...

— Pois é. Isso não basta — disse Ben, soturno.

— Não, espere! É muito mais do que isso. Como posso explicar? Você é o único que me impede de ser meu próprio pesadelo. Ah, meu Deus, sou péssima nisso — resmungou ela, movendo os braços em desespero. — Por exemplo, quando contei a você que fiquei discutindo como descrever um limpador de banheiro no trabalho, você é quem simplificou sugerindo um *limpa todo tipo de merda*.

— Sim, porque é isso o que ele faz.

— Exatamente. Mas só você é capaz de dizer uma coisa assim.

— Que o limpador de banheiro limpa todo tipo de merda? É, tenho muito orgulho disso. Estava até pensando em concorrer ao Prêmio Nobel com essas palavras de sabedoria.

— Ben, estou tentando explicar — disse ela, se levantando e agarrando os pulsos dele. — Estive pensando sobre isso, e é justamente por sermos tão diferentes que combinamos tão bem. Não quero alguém que seja como eu, porque acabaria me tornando uma dessas donas de casa de classe média que só pensam em cestos pendurados.

Ben pareceu confuso.

— Mas, mas.... — gaguejou. — Mas você é melhor do que eu — conseguiu dizer finalmente, com um suspiro pesado.

— Isso não é nem um pouco verdade — constatou ela, levantando a mão na tentativa de acariciar o rosto dele e sentindo suas lágrimas na ponta dos dedos. — Você, Ben King, você é a pessoa mais engraçada, mais bondosa, mais leal que conheço, e eu sou a garota mais sortuda da Terra por ter você.

Ben olhou para ela completamente atordoado. Começou a piscar bem rápido para evitar uma enxurrada de lágrimas.

— Sério? — perguntou, olhando profundamente nos olhos dela, tentando detectar qualquer sinal de simulação.

— Sério! — respondeu ela, balançando a cabeça com firmeza e tensionando cada parte do corpo, na esperança de que ele acreditasse nela.

— Acho que preciso que você repita isso.

— Eu disse que você é a pessoa mais engraçada, mais bondosa, mais leal que conheço, e eu sou a garota mais sortuda da Terra por ter você — repetiu quase sem fôlego. Um sorriso começou a escapar pelo canto da boca de Ben. As palavras dela deviam estar funcionando.

Ela se esforçou para lembrar o que mais havia pensado naquela cabeça confusa, ao longo dos últimos dias, que pudesse convencer Ben de que eles ainda tinham um futuro juntos.

— E você vale dez Matthews, e muito mais do que qualquer outro cara. Sei que vou me arrepender de ter dormido com ele pelo resto da minha vida — continuou ela, sabendo que nunca havia dito palavras tão verdadeiras. — Ben, sei que não mereço o seu perdão, mas continuo querendo só você, mais do que tudo. Nunca vou conseguir viver sem você acariciando a minha barriga. — Ela pegou a mão dele e a puxou até seus lábios, para o mais leve dos beijos, antes de colocá-la em sua barriga.

Ben olhou profundamente nos olhos dela, e depois para suas mãos juntas sobre a barriga. E então avançou e a envolveu em seus braços, começando a chorar copiosamente.

Katy o abraçou com toda força, respirando fundo. Estava exausta após seu surpreendente desabafo, e aliviada com a perspectiva de um futuro com Ben.

Mas, de repente, sem qualquer aviso, Ben se afastou, levando a mão ao seu nariz molhado.

— Mas, Katy, não sei se posso ser um bom pai — disse, balançando a cabeça. — E você não pode correr esse risco.

Katy suspirou, não tinha certeza se ainda possuía energia para enfrentar as inseguranças dele. Mas sabia que precisava continuar tentando.

— Ben, eu sei que você será um ótimo pai. E sei também que deve ser muito difícil para você pensar que existe uma remota possibilidade de o bebê não ser seu, mas isso não importa. Para mim, você sempre será o pai. Ponto final!

Ben se afastou na mesma hora como se tivesse sido atingido por alguém.

— O quê? Como assim ele pode não ser meu? Que papo é esse? — perguntou, com os olhos arregalados em descrença.

— É que... bem... eu quis dizer que... ah, meu Deus. — Katy levou as mãos à cabeça.

— O que você quis dizer, Katy?

Ela não conseguia levantar os olhos e balançava o corpo para trás e para a frente, em choque.

Ben se abaixou e moveu as mãos dela para longe do rosto.

— O que você quis dizer? — perguntou novamente, quase gritando.

— Pensei que você já soubesse. Ah, Ben, sinto muito.

— Soubesse o quê, Katy? Explique! Agora! — gritou ele.

Com um esforço considerável, Katy começou uma explicação:

— Pouco depois que eu e Matthew transamos, o que foi uma única vez, eu juro, descobri que estava grávida. Então, existe uma possibilidade, muito pequena, de ele ser o pai. Mas muito pequena mesmo, Ben — disse ela, olhando para ele em súplica. — Como transamos várias vezes, as chances de você ser o pai são muito maiores. Muito mesmo. O pai só pode ser você, Ben. Só pode ser. Este bebê é seu, garanto — concluiu ela, segurando-o pelos ombros e sacudindo seu corpo, como se tentasse enfiar essa certeza na cabeça dele.

— Mas eu não entendo — retrucou Ben afastando-se dela. — Você está dizendo que sempre soube disso?

— Apenas suspeitava. Mas, como eu já disse, a possibilidade é tão pequena que...

— Que você pretendia não me contar a verdade. Você já conversou com o Matthew sobre isso?

— Sim, mas só porque ele também suspeitava. E concordamos que, como a chance é tão pequena, seria melhor para todos se deixássemos isso para lá.
— Quando vocês conversaram sobre isso?
— Faz tempo, nem me lembro mais.
— Quando, Katy? — questionou Ben agressivamente.
— Céus, não me lembro — respondeu Katy totalmente confusa. — Acho que deve ter sido após a primeira aula de pré-natal. Pensei que nunca mais iria vê-lo, mas, quando apareceu na aula, tive que falar com ele.
— Então, vocês vêm conversando sobre isso há semanas, e todo esse tempo você me deixou pensar que o bebê era meu?
— Ben, por favor, você faz tudo parecer tão terrível. Eu estava tentando fazer a coisa certa, juro. Nunca quis enganar você.
— Nunca? Você me fez pensar que o bebê era meu, quando sabia que poderia não ser. Você não acha que eu tinha o direito de saber? Matthew tinha, pelo visto.
— Não. Não foi bem assim. Eu não escolhi contar para o Matthew. Ele suspeitou, e eu precisei esclarecer as coisas. Não podia deixá-lo estragar tudo por nada. Ben, por favor, ouça! — implorou ela. — Você é o pai.
Ben ficou em silêncio, olhando pela janela. Katy não se atreveu a dizer outra palavra com medo de piorar as coisas novamente. Em silêncio, rezou por um milagre. E então Ben fez sua despedida.
— Não importa se a chance é pequena, Katy. A verdade é que ela existe, e eu não sei como lidar com isso. Além de tudo, você mentiu para mim. Não só sobre o bebê, mas sobre o Matthew. Você não é quem eu achei que fosse, Katy. E pensar que eu sempre acreditei não ser bom o suficiente para você. — Agora lágrimas escorriam pelo seu rosto, quase tão rápidas quanto as de Katy.
— É claro que você é bom o suficiente para mim, Ben. E você está certo, quem não merece você sou eu. O que eu fiz foi terrível, sei disso, mas estava tentando fazer a coisa certa. Nunca quis magoar você.
— Mas acabou de fazer isso.
Ben se virou e se dirigiu à porta.
— Não vá. Por favor, não vá — implorou Katy, tropeçando atrás dele. — Preciso de você. Não posso ter o bebê sozinha. Ben, por favor! Por favor, não me deixe.

Ben se virou, quase irreconhecível em seu desespero, com rugas aparecendo de repente no seu jovem rosto. Ele olhou para ela por um momento. Depois se virou e caminhou porta afora.

Katy se jogou no chão e chorou como nunca havia chorado antes, enquanto os caranguejos mortos na TV eram empilhados no píer, na calada da noite, em algum lugar do Alasca.

Capítulo 18

Ela não sabia que horas eram. Quando levantou a cabeça, os caranguejos já não estavam mais lá. Provavelmente suas entranhas já haviam sido arrancadas por algum nativo do Alasca.

Katy sentiu como se suas próprias entranhas tivessem sido arrancadas. Aquele choro não era normal. Nem chegava perto do normal. Era uma torrente, uma avalanche poderosa, um tufão selvagem de lágrimas que ameaçava afogá-la e, possivelmente, ensurdecê-la. Toda vez que sentia que estava conseguindo controlar a tempestade de lágrimas, outra aparecia do nada, sem qualquer piedade.

Ela continuava caída junto à porta, onde Ben a havia abandonado, incapaz de encontrar um propósito para se mover. A essa altura, suas mãos e seus braços estavam encharcados de lágrimas, pois ela já tinha usado todos os lenços de papel que recolhera no início da limpeza.

Por fim, Katy compreendeu que precisava de ajuda. Que toda aquela dor não passaria sem algum tipo de intervenção externa. Engatinhou lentamente na direção do telefone, que ficava numa mesinha no outro lado da sala. Mas acabou desmoronando novamente ao alcançá-lo, como se tivesse acabado de correr uma maratona. Sentou-se por alguns segundos, tentando recuperar o fôlego. Em seguida, respirou fundo, pegou o aparelho e ligou para o celular de Daniel.

Claro que foi direto para a caixa postal. Desmoronou de novo ao ouvir a mensagem automática do amigo, mas tentou reunir a energia necessária para falar.

"Oi, gente. Devo estar fazendo algo muito importante ou selecionando as chamadas que quero atender. De qualquer forma, deixe uma mensagem que retorno assim que terminar de receber o prêmio de maior gênio da publicidade."

— Daniel. Daniel. Atenda o telefone. Por favor, atenda — suplicou Katy entre soluços.

Lembrou então que estava ligando para um celular e que, portanto, ele não seria capaz de ouvi-la.

— Daniel, me ligue assim que ouvir esta mensagem. Ben já sabe de tudo, ele foi embora, para sempre. E agora? Daniel, pare tudo o que estiver fazendo e me ligue. Preciso muito de você.

Ela desligou e fez uma careta. Acabara de levar um chute forte do bebê. Olhou para baixo e viu algo cutucar desesperadamente o interior do seu ventre à procura de qualquer saída que pudesse levar à luz do dia.

"Isso está mesmo acontecendo", pensou ela, olhando para a pequena saliência à sua frente. "Vou mesmo ter um bebê sozinha."

As lágrimas começaram a fluir de novo. Dessa vez, não como uma tempestade, apenas como uma garoa irritante que parecia nunca ter fim.

E a garoa continuava caindo enquanto Katy, inconsolável, contemplava sua vida de mãe solteira. Quando o telefone finalmente deu sinal de vida, Katy atendeu antes do segundo toque.

— O que vou fazer? Ben foi embora. Para sempre — disparou antes mesmo que Daniel pudesse dizer alô. — Ele veio conversar comigo e tudo estava indo muito bem até que eu, burra, muito burra, estraguei tudo. Achei que ele já tivesse entendido que talvez não fosse o pai. Mas ele não tinha entendido, pelo visto. E aí começou a gritar comigo pedindo explicações, então de repente parou e não disse mais nada. Nada mesmo. Ficou apenas me olhando, cheio de tristeza. Nunca o vi tão triste assim. Ele disse que eu não era digna dele, e que não aguentava mais minhas mentiras. E tem toda razão. É claro que tem. Tenho sido tão, mas tão burra. E agora? Como vou contar ao bebê o que eu fiz? Que o pai dele foi embora por minha causa. Que estraguei tudo. Que arruinei a vida dele, mesmo antes de nascer.

— Estou a caminho — respondeu Matthew.

A ligação caiu antes mesmo que Katy tivesse tempo de largar o fone no chão. Ouviu-se um baque assim que o aparelho atingiu o piso de madeira, seguido por um sinal suave indicando que a pessoa do outro lado não estava mais lá. O choque de ouvir a voz de Matthew deixou Katy estarrecida. Quase automaticamente, ela pegou o telefone e retornou a chamada. Foi direto para a caixa postal.

"Olá, você ligou para Matthew Chesterman. Sinto muito, mas não posso atender. Deixe seu nome e número que retorno assim que possível. Por favor, deixe sua mensagem após o sinal. Obrigado."

— Atenda — murmurou Katy, agora sabendo muito bem que não podiam ouvi-la.

O bip soou.

— Pensei que você fosse o Daniel. Se ouvir esta mensagem, prefiro que não venha aqui. Por favor, Matthew, não venha.

Ela desligou, se arrastou até a sala e se jogou no sofá. O Discovery Channel havia abandonado os caranguejos e agora mostrava o acasalamento de alces selvagens em alguma floresta remota. Com a TV no mudo, o ritual parecia um tanto sem graça. Katy viu o macho terminar, sair de cima, sacudir-se todo e, em seguida, examinar o resto das fêmeas e partir despreocupado atrás do seu próximo alvo.

"Um macho típico", pensou antes de perceber que havia se comportado exatamente como aquele desapegado alce. Afinal, ela não pulara de um parceiro para outro sem qualquer medo das consequências?

Mudança de ação. Agora o alce macho corria em disparada pela floresta densa. A tela ficou preta e então mostrou o alce morto no chão. Dois caçadores apareceram limpando suas armas.

"Eu também mereço ser abatida."

O bebê deu outro chute poderoso.

— Meu Deus, há um bebê aqui dentro, um bebê de verdade — choramingou. — Não posso nem querer levar um tiro em paz.

O bebê chutou-a de novo.

— Tudo bem, tudo bem. Já chega.

Ela se levantou do sofá num pulo, foi para o quarto do bebê e começou a remexer no berço desmontado no chão e na pilha de sacolas plásticas cheias de artigos para recém-nascidos.

Pegou a sacola mais próxima e a esvaziou no chão. Ajoelhou-se e começou a rasgar o papel celofane e o papelão como se sua vida dependesse daquilo. Jogava a embalagem para um canto e o conteúdo para o outro, gritando de frustração quando um item parecia não querer se separar do seu embrulho.

Após ter vasculhado todos os sacos plásticos, encontrava-se ensopada de suor. Foi então que avistou a chave de fenda que Ben deixara no quarto. Agarrou-a e começou a parafusar as peças de madeira sem saber se elas estavam no lugar certo. Em pouco tempo, o que deveria ser um berço parecia mais a tenda de um índio anão. Àquela altura, já respirava com dificuldade, mas não ousou parar, não ousou diminuir o ritmo; queria impedir que sua mente se afastasse da construção artística e fosse para algo muito mais destrutivo.

Quando já não havia mais parafusos para atarraxar, arremessou a chave de fenda para longe e se levantou. Caminhou até um canto do quarto e agarrou um punhado de roupinhas, pijaminhas, lençóis e cobertores, e então disparou rumo à cozinha, tropeçando ocasionalmente na montanha de panos que carregava.

Assim que se aproximou do corredor, ouviu a campainha tocar. Inacreditavelmente na sua empolgação desvairada, acabara esquecendo que Matthew estava a caminho, e se perguntou, surpresa, quem poderia ser. Por um momento sentiu seu coração acelerar ao achar que Ben havia retornado, mas então se lembrou do desabafo acidental e concluiu que, obviamente, Matthew não tinha recebido a mensagem.

Deu meia-volta no corredor, enterrando a cabeça na pilha de roupas. E, à medida que a nova onda de desespero se formava, ela sentia os ombros pesarem mais uma vez.

— Katy, me deixe entrar. Por favor! Deixe que eu cuide de você, só por um minuto. Preciso saber se você está bem — gritou Matthew do lado de fora. Ele pareceu tão gentil que ela se lançou até a porta aliviada, e conseguiu abri-la mesmo com os braços tão ocupados.

Matthew observou a pilha de roupas que veio recebê-lo.

— Cadê você?

— Estou aqui — choramingou ela, tentando esconder o rosto inchado e vermelho no meio das roupas.

— Olhe, que tal colocarmos tudo isso aqui no chão? Assim a gente senta e você me conta o que aconteceu.

— Não — disse Katy, tirando a cabeça da sua máscara improvisada. — Tenho que lavar estas roupas agora. Não posso deixá-las no chão. Elas precisam ser lavadas agora. O bebê pode vir a qualquer momento. — Deu as costas para Matthew e seguiu para a cozinha.

— Você não entrou em trabalho de parto, entrou?

Ela se virou mais uma vez.

— Não seja ridículo. Você acha que eu estaria aqui se estivesse parindo? Preciso lavar estas roupas agora mesmo, não posso perder tempo. Tenho que estar preparada, porque agora não tenho ninguém para me ajudar.

Matthew a seguiu até a cozinha e a observou enfiar o dobro de roupa do que a máquina parecia suportar.

— Eu ajudo — ofereceu-se ele, tentando gentilmente arrancar dela algumas roupinhas de algodão.

— Não, tenho que ser forte. Tenho que ser. Ben foi embora. Estou sozinha no mundo. Preciso aprender a me virar sozinha.

Ela socava dentro da máquina tudo o que tinha nas mãos. Estava quase terminando quando a pontinha de um lençol se recusou a obedecer. Ela empurrou e empurrou, mas o tecido não entrava.

— Matthew, me deixe em paz, você só está me atrapalhando — gritou ela, mas, quando levantou o rosto, viu que Matthew estava longe, encostado na parede, esperando pacientemente que ela terminasse. Katy olhou de novo para a pontinha do lençol e empurrou com tanta vontade que quase perdeu o equilíbrio.

— Katy, você está tentando colocar na máquina a sua roupa do corpo — disse Matthew, abaixando-se ao lado dela e acariciando suas costas. — Por que não nos sentamos e nos acalmamos um pouquinho?

— Pare de me atrapalhar! — gritou ela na cara dele. — Já disse que não tenho tempo. Nada está pronto, e tenho que fazer tudo sozinha. — Subitamente, olhou para Matthew apavorada. — Ai, meu Deus, meu Deus, não preparei minha bolsa do hospital. É isso que eu devia fazer primeiro.

Katy se levantou, abandonou a roupa transbordando na máquina e voltou ao quarto do bebê.

Matthew a seguiu e a observou enquanto ela tentava alcançar uma bolsa na prateleira mais alta do armário. Notou a tenda de anão que continuava imponente no meio do quarto. Ficou se perguntando o que havia acontecido, mas achou melhor deixar para lá. Aproximou-se de Katy por trás, esticando-se para alcançar a bolsa e puxá-la para baixo.

— Obrigada — bufou ela. — Vou manter tudo na parte de baixo, então não vou mais precisar que ninguém pegue as coisas para mim.

Afastou-se novamente, dessa vez para o banheiro. Ele achou melhor esperar na sala de estar até que o furacão passasse, mas ouviu um estrondo e decidiu continuar atrás dela.

— Está tudo bem, tudo bem, já pode ir embora. Vá e me deixe em paz. Foi só um frasco que quebrou na banheira. Mais tarde eu limpo. Por favor, Matthew, vá embora.

Katy estava jogando todos os frascos chiques de sais de banho na bolsa do hospital. Matthew olhou em volta e se lembrou, com uma forte pontada no peito, dos sentimentos que vivenciou ali, meses atrás, após a festa de reencontro. Naquela noite, pareceu que ele estava invadindo a privacidade do pequeno e calmo oásis de Katy. O ambiente exalava uma fragrância exótica, semelhante ao perfume que ela usou naquela noite fatídica, quando ele ousou agir como um homem livre. Nunca imaginou que a próxima vez que estivesse lá seria com uma maluca jogando frascos para todos os lados.

Katy passou por ele bruscamente. Desalentado, Matthew a seguiu até o quarto sem saber qual seria seu próximo passo. Agora ela estava com os braços afundados num gaveteiro, puxando e jogando no chão tudo o que encontrava.

— Mas que inferno, não é possível. Meu Deus, como eu sou imbecil. A única coisa que precisava comprar, não comprei. Sou uma inútil. Não estou pronta para ser mãe. Vou ter que ir agora. Antes que as lojas fechem, antes que seja tarde demais.

Ela abriu o guarda-roupa, pegou as botas e então se sentou na cama para colocá-las, esquecendo que ainda estava de pijama e que é quase impossível amarrar um cadarço aos nove meses de gravidez.

Matthew se ajoelhou no chão e gentilmente levantou o rosto dela.

— Aonde você vai? — perguntou com toda a calma possível.

— Tenho que comprar uma camisola para levar, e ela precisa ter botões na frente, Joan explicou na aula, porque assim é possível segurar o bebê junto ao corpo sem ter que tirar qualquer outra roupa, e eu preciso segurar o bebê junto ao corpo porque isso provoca uma ligação imediata, e eu preciso ter uma ligação imediata com o bebê porque, se eu não tiver, quem terá? Porque serei apenas eu. Mais ninguém.

A onda de lágrimas voltou e Katy se deixou cair nos braços de Matthew, enquanto o choro assolava seu corpo. Sentaram-se na beira da cama, ele a balançando lentamente, ela encobrindo o rosto no lenço bordado com as iniciais dele.

Não se falaram por uma boa meia hora, até que Katy se acalmou, esgotada. Começou a torcer o lenço encharcado sobre o colo, soluçando de vez em quando, enquanto Matthew gentilmente acariciava suas costas.

— Quer me contar o que aconteceu? — perguntou ele ao constatar que as lágrimas haviam secado completamente. Katy tentou dizer alguma coisa, mas foi atingida por outra onda de desespero que a deixou incapaz de falar. Em seguida, jogou-se na cama e socou os travesseiros.

— Eu não presto, não presto — soltou num grito abafado. — O que eu fui fazer? Não mereço ninguém, fiz tudo errado — disse, levantando a cabeça.

— Então ele abandonou você?

— É claro que sim. Quem não teria feito o mesmo? Ele sabe de tudo, Matthew. Ele sabe que você pode ser o pai. Por que você contou a ele que dormimos juntos? — perguntou furiosa. — Por quê, Matthew? Agora percebo que ele tinha o direito de saber. Ele me fez ver isso, mas era eu quem deveria ter contado, não você. Que direito você tinha de fazer isso? Seu babaca. Você é um grande babaca, sabia?

Ela começou a bater no peito dele com toda a força, e só parou quando ele conseguiu segurar seus pulsos.

— Sinto muito, muito mesmo. Eu estava bêbado e chateado com a Alison por me tratar como uma criança na frente de todo mundo, me mandando parar de beber. Depois Ben entrou no banheiro e ficou me provocando, dizendo que você nunca mais ia querer nada comigo, porque eu era muito chato, então... então, não consegui me conter. Eu tinha que fazer alguma coisa, não tinha? Fui idiota e agi errado. Sinto muito, Katy, muito mesmo.

Ela fraquejou e enterrou a cabeça nas mãos.

— Sabe de uma coisa? Isso não importa mais. Ele acabaria descobrindo de alguma forma. Até agora não entendo como achei que poderia guardar um segredo como esse. Errei e agora tenho que pagar pelo meu erro. O problema é meu.

— Não, o problema não é só seu, é meu também. — Matthew envolveu Katy no braço e segurou a sua mão. — Nós dois somos responsáveis, nós dois. Não vou permitir que você passe por tudo isto sozinha. Vou pensar em alguma coisa. Vou cuidar de você, Katy, de alguma forma. Sei que deixei você na mão todos esses anos, e não vou fazer isso de novo. Tem que haver uma maneira. Você não vai passar por isto sozinha.

Lágrimas silenciosas escorriam agora pelo rosto de Katy enquanto ela olhava para Matthew.

— Mas você tem uma esposa, e gêmeos a caminho.

— Deixe que eu me preocupe com eles. Posso ser o pai do seu bebê, Katy. Nada vai me fazer fugir disso. Vou cuidar de você, prometo.

Ele se inclinou para dar um beijo na bochecha molhada dela, o que, para sua surpresa, fez com que as lágrimas silenciosas fluíssem ainda mais rápido.

— Sinto muito — disse ela, calmamente se desculpando pela falta de controle sobre suas emoções.

— Não, *eu* sinto muito — respondeu ele, inclinando-se de novo e, dessa vez, colocando os lábios firmemente sobre os dela. Ela resistiu por um momento, mas depois cedeu ao calor acolhedor daquela boca. As mãos dele continuaram a deslizar nas costas dela, fazendo-a se sentir relaxada e deliciosamente sonolenta. De súbito, a imagem do rosto de Ben surgiu na cabeça dela, e ela se lançou para trás, como se atingida por um choque elétrico.

— Pare. Pare agora. Vá embora. O que estou fazendo? Meu Deus, será que eu já não destruí o suficiente por hoje? — Ela levantou-se num pulo e saiu correndo do quarto, gritando para Matthew ir embora. Quando ele alcançou o corredor, a porta já estava escancarada à sua espera. — Vá. Vá agora e me deixe em paz.

— Katy, por favor...

— Vá agora — insistiu ela.

— Mas, Katy.

— Agora! — gritou ela.

Capítulo 19

Katy abriu um pouquinho os olhos e descobriu que estava deitada no sofá e cercada pela escuridão, à exceção da tela da TV, que cintilava em silêncio. Aonde todos teriam ido? Por que tudo estava tão calmo e escuro? Decerto não havia essa tranquilidade na última vez em que estivera consciente.

E então aconteceu. Sentiu o corpo enrijecer sozinho. De repente, aquele desconforto inicial se transformou numa tensão que consumia tudo, como se houvesse alguém dentro dela com um milhão de ferrões que percorriam todo o interior da sua barriga antes de recuar tão rapidamente quanto havia surgido.

— Inferno, o que é isso? — gritou ela apertando a barriga. A dor a deixava sem fôlego. Enquanto passava a mão pelo barrigão esticado sob o pijama, os acontecimentos do dia vieram à tona, assim como a percepção crescente de que ela podia muito bem ter acabado de experimentar uma contração. Esperou que a respiração voltasse ao normal antes de se levantar e desligar a TV, o que a deixou no mais completo breu.

Com dificuldade, alcançou o abajur ao lado, sentindo-se completamente debilitada. Ela não tinha energia para enfrentar o parto. Não depois daquele dia. Provavelmente era apenas o bebê se mexendo. Ou uma daquelas contrações falsas. Não-sei-o-quê de Hicks. Sentou-se bem quieta, desejando que a dor não voltasse. Alguns minutos se passaram e tudo parecia normal de novo.

"Tomar banho", pensou. "Tomar banho, ir para a cama e dormir. Amanhã talvez as coisas pareçam menos horríveis do que hoje." Com certeza, aquele ali era o fundo do poço.

Tentou se movimentar, mas logo os ferrões voltaram com tudo, fazendo-a se contorcer e gritar como um animal agonizante.

Balançava o corpo e respirava o melhor que podia, entre mugidos de dor. Quando a dor finalmente cedeu, ela se sentou pesadamente no chão em estado de choque.

"Agora não. Por favor, agora não. Não posso agora. Não estou pronta. Minha cabeça não está pronta."

— Querido Deus. Sei que eu só falo com o Senhor quando quero alguma coisa, ou então no Natal, quando ouço as criancinhas cantando "Noite Feliz" e começo a chorar. Mas desta vez estou mesmo desesperada. Prometo que, se me ajudar, vou falar com o Senhor todos os dias, e vou colocar dinheiro nos envelopes que as velhinhas deixam, em vez de jogar tudo no lixo. Vou fazer um monte de outras coisas boas, prometo, mas, por favor, Deus, me dê mais um tempo. Por favor, mesmo que seja só até amanhã, não deixe que isso comece agora — suplicou Katy.

Ela estava de joelhos, com as mãos juntas e firmes, os olhos bem fechados, quando sentiu outra contração.

— Então o Senhor quer me ensinar uma lição, é isso? Por eu mesma ter me colocado nesta situação? Pois então veja bem, o Senhor vai se arrepender, não tenho escolha — bufou.

Katy se levantou, cambaleou até o corredor, pegou o telefone e ligou.

— É melhor que seja por uma boa causa. Você não tem ideia da maravilha que precisei interromper para atender esse celular.

— Daniel — disse ela entre os dentes. — Venha aqui, agora! Você está prestes a testemunhar a maravilha do nascimento. Entrei em trabalho de parto. — Katy bateu o telefone, destrancou a porta da frente e caminhou como uma pata-choca até o banheiro.

Estava ciente de que havia um vazamento substancial ali por baixo. Será que a bolsa havia estourado ou era normal se molhar de pânico nas primeiras contrações? Ela tentava desesperadamente se lembrar do que Joan dissera nas aulas. Só lembrava que era possível ter contrações por um tempo antes de precisar ir ao hospital. Sentou-se no banheiro, com a cabeça baixa entre as mãos, tentando reunir forças para se levantar e se trocar antes da contração seguinte. Capengou de volta ao quarto; conseguiu vestir outro pijama e foi para a cama antes que a próxima contração viesse.

Não fazia ideia de quantas vezes os ferrões a atacaram antes de ouvir uma batida forte na porta.

— Está aberta — gritou.

Silêncio, e depois uma batida mais alta e insistente.

— Katy, sou eu, trouxe toalhas quentes e tequila. Posso entrar? — Era a voz de Daniel.

— Está aberta — gritou ela ainda mais alto.

Mais silêncio.

E outra batida.

— Katy, você está bem?

— Pelo amor de Deus, basta abrir a maldita porta!

— Posso ajudar, querido? — Ela ouviu sua vizinha falando com Daniel no corredor, junto à porta.

— Sim, é a Katy. Ela me ligou dizendo que estava em trabalho de parto, mas agora não responde. A senhora sabe se ela já saiu?

— Não recentemente. Não ouço nada há um tempinho. Imagine só, teve homens indo e vindo aqui durante o dia todo. Fizeram a maior algazarra, sempre gritando muito. Teve uma hora que eu disse ao meu Dave para ele sair e ver o que estava acontecendo, já que ela está grávida e tal. Mas meu marido é um inútil. Não levanta a bunda do sofá por nada neste mundo, nem por dinheiro. Você quer que eu bata na parede da nossa sala de estar? Ela separa a nossa sala do quarto dela, aqui as paredes são finas como papel. Temos até que ligar a nossa televisão algumas noites, se é que você me entende...

— Jura? — perguntou Daniel. — Vocês tiveram que fazer isso recentemente?

A porta se abriu.

— A porta estava destrancada, sua bicha inútil. Entre e faça alguma coisa. Boa noite, sra. Jenkins.

Daniel entrou no apartamento como um coelho assustado e a porta se fechou atrás dele.

— Bicha inútil? Bicha inútil? Katy, eu normalmente acho os seus insultos divertidos, mas, por favor, seja criativa! O óbvio está tão abaixo de você.

Katy se apoiava nos ombros de Daniel e respirava com dificuldade, como se fumasse quarenta cigarros por dia e tivesse acabado de subir as escadas.

— E esse terno branco? — conseguiu perguntar finalmente.

— Meu traje para acompanhar o parto, você quer dizer. Bom, achei que o branco era mesmo a única opção, dada a natureza médica do evento. Mas precisamos tomar cuidado para que a substância viscosa do bebê não suje tudo, pois vou usá-lo novamente na cerimônia civil de Alan e Chris, semana que vem.

Ela soltou um grunhido.

— Precisa agir assim? Ontem eu fui à festa do Steve e sabe quem eu conheci por lá? Um caubói stripper. Agora ele está lá em casa todo animadinho, e eu estou aqui, então pega leve.

— É agora — resmungou ela.

— Era agora, mas você acabou com tudo, querida.

— Não isso, retardado! Estou tendo outra contração... Agora.

Ela berrou. Esbravejou. Depois berrou mais um pouco.

— Ai, meu Deus, o que essa coisa está fazendo com você? — perguntou Daniel, petrificado. — Que merda, Katy, isso é normal? Jesus Cristo, eu nem devia estar participando disso. Parto é uma coisa que definitivamente não faz parte da minha vida. Sei nem o que estou fazendo aqui!

— Venha, me ajude — disse Katy já muito fraca. — Me leve de volta para a cama e depois segure minha mão ou algo assim.

— Para a cama? Ficou doida? Vamos para o hospital agora mesmo. Não vou ficar sozinho com você assim, neste estado. Você precisa estar cercada de pessoas com facas e coisinhas, é mais seguro.

— Não, Daniel. As contrações ainda estão muito espaçadas. Preciso esperar um pouco mais. Ligue para o hospital e avise que já comecei. Diga que vamos chamá-los quando as contrações estiverem ocorrendo de cinco em cinco minutos.

— Tudo bem, tudo bem — assentiu Daniel, que já estava respirando tão rápido quanto ela.

Daniel pegou Katy pelo braço e começou a levá-la de volta ao quarto.

— Não faça aquilo de novo, promete? Aquela lamúria toda — pediu Daniel.

— Vou tentar — respondeu ela, deixando-se cair na cama. — O número está ali, na frente daquele livro. Você tem que pedir para falar com a Maternidade.

Ele pegou o telefone e ficou de costas para Katy na esperança de que, ignorando-a, ela não começasse a fazer sons estranhos de novo.

— Maternidade, por favor. E rápido.

Katy pôde ouvir o toque baixinho do outro lado da linha, enquanto transferiam a chamada de Daniel.

— Ninguém atende. O que vamos fazer? Vamos até lá, Katy, por favor. Posso levar você muito rápido — garantiu Daniel.

— Maternidade — atendeu uma voz feminina.

— Jesus, então tem gente aí? Estou com uma mulher gritando feito uma condenada. Preciso saber o que fazer.

— Ela está em trabalho de parto?

— Não, ela está na puta que pariu. É claro que está em trabalho de parto, por que mais eu estaria ligando?

— Ei, acalme-se, por favor. Sei que pode ser muito assustador, mas o senhor precisa ter calma agora para apoiar a sua esposa. Perder a cabeça não vai ajudar em nada.

— Ela não é minha esposa — rebateu Daniel, irritado.

— Sinto muito, senhor. Namorada.

— Ela não é minha namorada. Agora, por favor, me diga o que fazer.

— Qual é a frequência das contrações?

— Como vou saber? Acabei de chegar e ela está gritando tão alto que não consigo nem pensar direito.

— Vinte minutos, mais ou menos — interrompeu Katy.

— Ela disse vinte minutos. Já está bom, certo? Vou levá-la aí agora mesmo.

— Espere um pouco. Pergunte a ela se a bolsa já estourou.

— Só umas coisas viscosas — murmurou Katy, preparando-se para a próxima contração que se aproximava.

Daniel se inclinou e segurou o telefone junto à boca de Katy.

— Amo você, Katy, mas essas palavras nunca sairão pela minha boca. Pode repetir, por favor.

Ele puxou o fone de volta assim que Katy terminou de explicar o que se passava com seus fluidos.

— Ela deu a resposta certa, não deu? Vou levá-la aí rapidinho de carro, pode ser?

— Para ser honesta, é em casa que ela deve ficar no momento. É onde ela estará mais confortável. Esse é o estágio inicial do trabalho de parto. Se você a trouxer agora, ela vai ficar deitada, esperando por horas. Ela definitivamente está no lugar certo.

Katy escolheu esse momento para soltar outro uivo. Daniel segurou de novo o telefone junto à boca da amiga para que toda a força da sua contração pudesse ser ouvida.

— É assim que grita uma mulher que está no lugar certo? Pois para mim parece que ela está no lugar mais errado do mundo. Isso não pode ser normal.

— Senhor, eu juro, isso é normal. O senhor vai ajudar a sua amiga, e muito, se a mantiver onde está e acalmá-la. Por favor, ligue-nos novamente quando o intervalo entre as contrações for de cinco minutos, ou quando ela achar que a bolsa estourou mesmo.

Daniel olhou para o telefone.

— Foda-se! — gritou antes de recolocar o fone no gancho.

Sentou à beira da cama, tremendo um pouco.

— Você pode dar conta disso. É fácil. Você já fez coisas tão impressionantes na sua vida... Você pode passar por isso, Daniel, isso é fácil — disse ele a si mesmo antes de suspirar profundamente e se virar para Katy com um grande sorriso no rosto. — Que tal um drinque? — sugeriu.

— É claro que não. Estou grávida, idiota, não posso beber.

— Você se importa se eu beber um pouco?

— Daniel, você está aqui por minha causa. Esqueça um pouco você mesmo e pense em mim, em me ajudar.

— É que você sempre fala que fico mais engraçado após tomar umas. Pensei que você fosse ficar animada se eu bebesse alguma coisa.

— Daniel, depois você vai ter que dirigir até o hospital.

— Bem observado — suspirou.

Katy mudou de posição.

— Devagar. Vai que começa tudo de novo.

— Eu estou bem. As minhas costas é que estavam doendo um pouco.

Ficaram olhando para a parede por um tempo.

— Você pode conversar comigo, sabia? Estar parindo não me deixa surda ou muda — disse Katy.

— Desculpe. Só estou alerta esperando a próxima contração.

— Elas parecem ter dado um tempo.

— Certo, certo. Então, o que fazemos neste caso? — indagou Daniel.

— A gente espera, eu acho.

— Espera o quê?

— Que elas recomecem.

— Tudo bem, então é só sentar e esperar. Posso fazer isso. É bom. Vamos apenas nos sentar aqui e relaxar.

Ficaram em silêncio novamente.

— Pelo amor de Deus! — soltou Katy. — Tem uma garrafa de conhaque no armário da cozinha. Uma dose pequena não vai nos fazer mal nenhum.

— Sábia decisão, muito sábia. E é bom para a circulação. Volto logo — disse Daniel, já fugindo.

Quando voltou, os dois ficaram tomando suas bebidas e refletindo em silêncio. As contrações pareciam ter parado, pelo menos por ora.

— Então, aqui estou eu, sendo um péssimo acompanhante para o seu parto, no lugar de um dos candidatos à paternidade. Você vai me dizer por quê?

— Sou obrigada? — perguntou Katy, sem saber se ainda tinha forças para aquilo.

— Bem, sim, acho que você tem que me dizer, considerando que você me colocou nesta situação. Preciso saber se estou fazendo isso por uma boa razão.

Ela estendeu a mão para segurar a dele, engolindo em seco e torcendo para que as contrações lhe dessem um pouco mais de trégua.

— Ben e eu terminamos — contou, respirando com dificuldade e apertando mais forte a mão de Daniel.

— Como assim? — ele conseguiu dizer, apesar da dor que sentia por dentro.

— Ben descobriu tudo. Agora ele se foi para sempre e eu me odeio.

Ela soltou a mão de Daniel e se virou para que ele não visse as lágrimas que escorriam. Daniel sacudiu a própria mão várias vezes, tentando restaurar a circulação sanguínea.

— Depois, Matthew veio e me beijou — murmurou ela, quase inaudível.

Daniel deu um pulo, correu ao redor da cama, se jogou ao lado da amiga e colou seu rosto no dela.

— Você está brincando comigo?

— Não — respondeu ela, balançando a cabeça lentamente, as lágrimas escorrendo pelo rosto.

— O que você fez? — quis saber Daniel, praticamente saltitando de ansiedade.

— Falei que fosse embora.

— Mentira! — disse ele socando o ar. — Mas é muita putaria...

Katy enfiou a cabeça no travesseiro, choramingando.

— Não da sua parte, claro — acrescentou Daniel. Ao perceber que ela se recusava a olhar para ele, deitou-se ao lado dela e a puxou para si.

— Eu também. Eu sou uma vagabunda — chorou ela no seu ombro.

— Não, Katy. Você não é. Uma noite infeliz de sexo não faz de você uma vagabunda — retrucou Daniel. — Pode acreditar, eu sei identificar uma vagabunda quando vejo uma.

Depois de um tempo as lágrimas diminuíram e Daniel ouviu um leve ronco. Suspirou aliviado e, com delicadeza, ajeitou a cabeça de Katy no travesseiro. Pegou a garrafa de conhaque, o copo e saiu do quarto.

Foi até a cozinha e se trancou lá dentro, sentindo-se culpado antes de tomar uma dose enorme. Virou o copo e o encheu de novo, mas, desta vez, contemplou o dourado líquido imerso em seus pensamentos. Meia hora depois tomou uma decisão. Levantou-se um pouco zonzo e começou a vasculhar cada canto do apartamento até encontrar o celular de Katy, que estava debaixo de uma cadeira na sala de estar. Voltou para a cozinha, trancou-se de novo e percorreu os contatos até encontrar o número de Ben.

Apertou o botão de chamada e tentou controlar o batimento cardíaco.

— Acalme-se, Daniel — disse a si mesmo. — Você não vai chamá-lo para sair nem nada disso. — Estremeceu ao se imaginar formando um casal com um fanático por futebol.

O telefone tocou direto até entrar na caixa postal. Daniel deixou uma mensagem bastante agressiva, dizendo a Ben que, se não ligasse de volta em cinco minutos, iria indicá-lo como "Parceiro Perfeito" na revista gay mais vendida em Leeds.

E ficou sentado, tamborilando os dedos, desejando que o telefone tocasse. Passados exatos cinco minutos, pegou o telefone de novo e começou a olhar os outros contatos de Katy.

Primeiro procurou por "Mãe do Ben" ou mesmo "Pai do Ben". Nada. Esforçou-se para lembrar se Katy havia mencionado um irmão ou uma irmã.

Continuou procurando, atrás de uma inspiração qualquer. Passou por toda a lista sem encontrar nada. Repetiu a busca, torcendo para que tivesse pulado algum nome. Parou de repente.

"Ameba."

Ou Katy odiava algum cliente ou aquilo só podia significar uma coisa. Tinha que ser um amigo de Ben. Seu polegar pairou sobre o botão de chamada. Achou que o risco valia a pena. Tomou outro gole de conhaque e apertou o botão com força.

Após alguns toques, alguém atendeu.

Capítulo 20

— Estou mijando, um momento — falou a voz do outro lado da linha, seguida pelo inconfundível som do jato de urina saindo em velocidade. — Foi mal, quem deseja?

— É o Daniel. Sou amigo da Katy. Ben me conhece. Preciso muito falar com ele. Ele está aí?

— É quem?

— Daniel. Eu conheço a Katy e o Ben. Preciso falar com o Ben. Você sabe dele?

— Ele está aqui. Por que você ligou para mim?

— Porque não consigo encontrá-lo.

— Posso dar o número do celular dele. Melhor ligar amanhã, porque agora ele está doidão.

— Não, espere, é urgente, eu preciso falar com ele agora. A namorada dele entrou em trabalho de parto.

— O quê? Só um minuto — pediu Ameba. — Vocês podem calar a boca? Estou aqui dando uma de secretário, mas não consigo ouvir o cavalheiro! — Daniel ouviu Ameba gritar. — Você pode repetir?

— Eu disse que é imprescindível falar com o Ben, e que tem que ser agora, é sobre a Katy.

— E como se soletra isso?

— Não importa. Apenas passe o telefone para o Ben.

— Veja bem, eu até poderia, mas ele está meio que de luto. Ele foi praticamente jogado de uma ponte hoje cedo pela Katy.

— Sei disso, mas preciso falar com ele, é urgente.

— Bom, vou tentar. Qual é mesmo o seu nome?

— Daniel.

— Ei, Ben. Um cara chamado Daniel precisa falar com você sobre a Katy.

— Esse gay filho da puta que se foda — falou uma voz baixinha do outro lado da linha.

— Ele disse: "esse gay filho da puta que se foda". Sem ofensa, amigo. Ele não acha você gay de verdade, ele só falou isso porque está puto.

— Que encantador. Por favor, apenas diga a ele que a Katy entrou em trabalho de parto, ok?

— Ele diz que a Katy entrou em trabalho de parto.

— Katy? Quem é Katy? Não estou nem aí.

— Ouviu isso? — perguntou Ameba a Daniel.

— Olhe, sei que o que a Katy fez foi errado e ela se arrepende, acredite em mim, mas ela precisa dele agora, mesmo que seja apenas para compartimentar essa raiva ao lado dela.

— Você quer que eu fale isso?

— Sim.

— Esse cara diz que você precisa compactar sua raiva ao lado dela.

— Diga a esse gay escroto que essa baboseira não funciona comigo.

— Bom, acho que você ouviu isso. Sério, não precisa se ofender com essa coisa de gay, ele chama todo mundo de gay quando está puto.

— Ele é gay, seu idiota — gritou Ben ao fundo.

— Não, não é, é? Você é gay? — perguntou Ameba.

— Sim, mas isso é relevante no momento?

— É, se alguém chama você de gay escroto quando você não é. Mas, agora que eu sei que você é, tudo bem. Não vou mais me desculpar em nome dele.

— Obrigado... Enfim, escute, você tem que me ajudar. Ben precisa estar aqui quando Katy der à luz. Ela quer isso, sei que quer. Você tem que me ajudar a convencê-lo. Ele vai se arrepender para o resto da vida se não estiver com ela neste momento tão importante.

— Por quê? — perguntou Ameba.

— Por que o quê?

— Por que ele vai se arrepender?

— Porque... porque ele vai, é óbvio. Imagina se o filho é mesmo dele e ele perde o nascimento porque está puto em algum lugar.

— Ah, mas e se não for filho dele? Ele está repetindo isso o dia inteiro. E se não for? E se ele passar horas com uma mulher gemendo de dor, só para ver o bebê de outro cara nascer? Sério, eu nunca faria isso. Você faria?

— Mas... mas... mas o bebê pode ser dele. — Daniel estava prestes a ter um ataque. Tomou outro gole do gargalo, desta vez.

"Vamos lá, Daniel. Você faz isso o tempo todo, é o seu trabalho. Precisa vender pensamentos, ideias, imagens. Tem que convencer as pessoas de que o seu ponto de vista como Diretor de Criação é sempre o melhor. Você faz isso todos os dias. Vamos, pense!"

— Escute só, Ameba. Peça ao Ben que imagine um pacotinho, rosa e desamparado, acabando de chegar ao mundo e procurando pelo pai. Então ele começa a chorar desesperadamente porque não há ninguém lá para segurá-lo nos braços.

— Você quer que eu fale isso?

— Sim, vamos lá, você consegue.

— Certo, agora ele diz que o bebê será rosa e pequeno e que vai querer o pai e você não vai estar lá.

— Então mande ele chamar a porra do outro pai.

— Acho que não funcionou — disse Ameba a Daniel.

— Tudo bem, preste atenção. Peça a ele que imagine uma linda garotinha que canta como um anjo e dança como uma borboleta, e isso o deixa tão orgulhoso que o faz chorar. Ele quer mesmo abrir mão disso?

— E você quer mesmo que eu diga isso a ele?

— Uhum, pode dizer, mas coloque mais emoção ao falar.

— Emoção? Você quer que eu chore?

— Se conseguir, será ótimo.

— Esse cara é uma moça mesmo, hein? — disse Ameba a Ben. — Enfim, ele falou que você vai ficar orgulhoso porque a menina parece um anjo e uma borboleta.

— Não, não, não — protestou Daniel. — Eu disse que ela canta como um anjo e dança como uma borboleta.

— Olhe, eu estou tentando, amigo, mas assim fica difícil. Você conhece o Ben? Anjos e borboletas não são a praia dele. Talvez a sua, mas não do Ben.

— Sim, sim, é verdade, você está certo. Não é a praia dele. Não estou levando em conta o meu público-alvo. Sempre se refira ao consumidor. Estou esquecendo o básico.

— Olhe, parceiro, sinto muito, sei que a sua intenção é boa, mas não está adiantando.

— Não, não desligue. Só mais uma tentativa. Espere. Estou pensando no Ben agora. Vejamos. Vamos lá, preciso pensar, preciso pensar... Claro! Você está pronto, Ameba?

— Vamos, mas é sua última chance. Depois desligo.

— Imagine que, em poucas horas, o futuro artilheiro da Inglaterra possa nascer aqui em Leeds. O filho de Ben jogando pela Inglaterra. E como Ben se sentiria ao ver o filho ficar famoso sem sequer ter comparecido ao seu nascimento? É verdade, ele pode não ser filho do Ben e pode não jogar pela Inglaterra, mas e se for filho dele? Esse "e se" não é suficiente?

Ameba ficou em silêncio no outro lado da linha.

— Você entendeu? Quer que eu repita? — perguntou Daniel.

O que veio a seguir foi a voz de Ameba gritando com Ben.

— Vamos, levante essa sua bunda daí, saia deste pub e volte para a Katy agora! Esse bebê pode ser seu filho, e pode jogar pela Inglaterra um dia, e eu quero que você me arrume ingressos quando isso acontecer. Então pare de pensar no que ele pode não ser e comece a pensar no que ele pode ser. Trate de ir até lá!

— Isso aí, Ameba, muito bem! Curti a parte do grito. Continue assim — insistiu Daniel.

— Continue assim? Não sei mais o que dizer.

— Você está indo muito bem. Basta dizer o que realmente pensa. Fale com o coração, você conhece melhor o seu amigo.

— Certo, ok — concordou Ameba, ficando em silêncio por um momento antes de continuar. — Ei, Ben, ouça. A Katy é foda.

— Lindo, conciso, objetivo, maravilhosamente articulado. Parabéns, Ameba — elogiou Daniel, erguendo o braço em comemoração.

— Ela está mesmo em trabalho de parto? — Era a voz de Ben, que, de repente, veio ao telefone.

— Bom, ou está em trabalho de parto ou merece o Oscar. Olhe, Ben, ela sabe que o que ela fez foi errado e agora se sente péssima, mas você tem que vir aqui ver isso. Não se afaste agora. Talvez mais tarde, se não conseguir aceitar o que ela fez, mas não agora. Não agora, porque você já chegou até aqui. Ela precisa de você. O bebê precisa de você.

— Estou em Edimburgo.

— O quê?

— Em Edimburgo. Eu e o Ameba escapamos do trabalho mais cedo porque eu achei que ia explodir.

— Tudo bem, fique calmo. Este é um problema menor, que podemos superar. Pense, Daniel, pense. Bom, acho que você não vai conseguir um voo a esta hora da noite, então estou checando no meu Blackberry os horários dos trens. Só um segundo... Aqui está. Você pode pegar um trem à meia-noite e meia e chegar aqui em Leeds às... Só um momento. Jesus Cristo, você está vindo da Lua? Seu trem só chega aqui às oito e meia da manhã. Certo, coloque o Ameba na linha.

— Diga.

— Ameba, preciso que você me ouça com atenção. Peça ao barman que chame uma empresa de táxi e pergunte se eles trazem você e o Ben até Leeds esta noite ainda. Você tem meia hora para tentar arranjar alguém para trazer vocês dois. Se não conseguir, o jeito vai ser pegar o trem da meia-noite e meia. Você entendeu?

— Entendi, mas por que nós dois?

— Porque você precisa trazer o pai do futuro artilheiro da Inglaterra a tempo de ver o bebê nascer.

— Pode crer.

— Ah, e tem mais, não se preocupe com o custo. Vamos resolver isso quando vocês chegarem aqui. Basta que voltem o mais rápido possível, não importa como. Quando vocês estiverem no táxi ou no trem, me liguem, ok?

— Pode deixar, Dani.

— É Daniel.

— Ah, só estou sendo conciso e objetivo, sabe?

— Traga logo o Ben, e aí você pode me chamar do que quiser.
— Aí você aceita Dan-Dan?
— Qualquer coisa se vocês chegarem em menos de cinco horas.
— Bom, já que desafiou, estaremos aí em quatro horas, Dani.

Capítulo 21

07h12

— Você é inacreditável — disse Katy raivosamente enquanto se sentava na sala. A forma como ela agarrava os braços da cadeira deixava evidente sua irritação.

— Ssshh, fale mais baixo — pediu Daniel, agora caído no chão, com a cabeça apoiada na bolsa de Katy.

— Você não acha que aguentar você de ressaca é um pouquinho demais agora? — perguntou Katy, chutando a bolsa e fazendo Daniel bater a cabeça no chão.

— Ai — gritou ele, levantando com a mão na cabeça. — Precisa disso? Você acha que é fácil passar a noite com você gritando e gemendo sem ajuda médica? E não é culpa minha se a única coisa que você tem em casa é um conhaque barato. E digo mais, quando eu encontrar aquelas vacas da Maternidade, alguém me segura! Será que era muito difícil entender que estávamos no meio de uma crise e precisávamos ir ao hospital?

— Não foi uma crise. Mulheres entram em trabalho de parto todos os dias — argumentou Katy, olhando nervosa para o relógio.

— Não na minha frente. Falei que me mataria se não ajudassem, mas elas apenas riram e me mandaram ficar calmo.

— Vá tomar um paracetamol e aproveite e pegue um para mim — disse Katy, sentindo a dor voltar com tudo.

— Paracetamol? Não quero me matar de verdade, Katy. Você e o mundo precisam de mim — disse Daniel muito sério.

— Para a sua ressaca, burro. E para essa dor insuportável. Depressa, o táxi deve estar chegando.

07h30

— Daniel, volte aqui agora — gritou Katy. — O táxi chegou.

— Primeiro você, oh, encantadora e amável dama — disse Daniel, ao sair do banheiro.

— Bolsa. Você carrega — ordenou Katy antes de respirar fundo e começar sua dolorosa descida pela escada.

— Então você acha que vai ficar no hospital por muito tempo? — perguntou Daniel, vindo logo atrás.

— Espero que não, por quê?

— Que bolsa pesada é esta? Enfiou o que aqui dentro?

— Roupas minhas, roupas do bebê, além de outras coisas para limpar a sujeirada toda. Fraldas, lenços umedecidos, algodão, absorventes, absorventes para os seios, enfim, essas coisas.

— Por que você insiste em dificultar o meu lado? Esse é o tipo de coisa que não pode entrar nos meus ouvidos. Sujeira me deixa perturbado.

Katy parou no térreo e se virou para Daniel.

— Você está prestes a me ver dando à luz. O evento mais sujo e nojento que você já testemunhou. Se você acha que não é homem o suficiente, admita logo e volte para a cama enquanto eu enfrento sozinha o momento mais importante e difícil da minha vida. — Ela parou e se contorceu de dor. — Aaaaaaaah... Cristo, outra contração! Aaaaaah, me ajude a entrar nesse maldito táxi. Aaaaaaaaah, e depois vá embora.

Daniel e o taxista apenas observavam, impotentes, enquanto ela se retorcia de dor agarrada ao corrimão da escada, como se sua vida dependesse dele.

— Você, rapaz, entre logo no carro — vociferou o taxista quando a contração de Katy pareceu dar uma trégua. — Vamos, meu filho, se mexa. Se você é homem o suficiente para fazer um bebê, então com certeza é homem o suficiente para estar lá quando ele nascer. Vocês, jovens, acham que podem sair por aí feito coelhos e nunca pensam nas consequências. Pois bem, meu caro, hoje é o dia da consequência, então pare de se lamentar e entre.

Daniel olhou boquiaberto para o taxista, e depois para Katy.

— Você ouviu muito bem, entre — mandou ela com os dentes cerrados.

Hesitante, ele entrou no carro seguido por Katy, que ofegava. Fechou a janela divisória entre o motorista e o banco de trás.

— Meu bom Deus, como é que ele não percebe que eu não sou um desses babacas que saem todo fim de semana, enchem a cara e depois traçam qualquer coisa que se mexa?

— Se descreveu todinho — retrucou Katy, parecendo mais calma.

— Também amo você.

— Igualmente. Obrigada por ter entrado no carro — disse ela, recostando-se devagar.

— O taxista ser maior e mais feio do que eu não teve nada a ver com a minha decisão. Ainda estou aqui, viu? Aguentando firme.

— Ele ainda não ligou? — quis saber Katy quando Daniel tirou o celular do bolso.

— Quem? Ninguém. Oi? Quê? — gaguejou ele, rapidamente guardando o aparelho de volta.

— O stripper, ué. Você não para de olhar o celular.

Nesse exato momento, o celular disparou quatro bipes bem sonoros no bolso de Daniel.

— O que ele disse? — indagou Katy.

CHEGAREMOS À ESTAÇÃO DE LEEDS ÀS 08H30. GRANDE BEIJO. AMEBA, leu Daniel.

Ele se permitiu um pequeno suspiro de alívio.

— Hum, ele diz que está saindo do apartamento e indo trabalhar. Depois a gente continua.

Katy contorceu o rosto ao sentir outra contração se aproximar, mas foi alarme falso.

— Ele já tem trabalho a esta hora da manhã? — perguntou ela, tentando se distrair das dores.

— Ah, sim, é muito comum, sabe? Com o pessoal que trabalha em turnos e os fazendeiros.

— Fazendeiros?

— Sim, pois é. Há grande demanda de striptease enquanto estão ordenhando as vacas. Ficam mais animados, aparentemente. Mas enfim, quanto tempo você acha que ainda falta para o parto mesmo e tal? Só por curiosidade.

— E quem é que sabe? — disse cansada, encostando a cabeça no ombro dele. — Eles vão me dizer o quanto estou dilatada, o que pode dar uma ideia de tempo.

— Mas isso ainda vai demorar um pouco, não vai? Tipo uma hora, pelo menos? — arriscou Daniel, começando a ficar ansioso.

— Provavelmente.

— Bom, muito bom. Por que não falamos sobre outra coisa? Algo para relaxar, acalmar você um pouco.

— Então fale do striptease na fazenda. É para as vacas ou para o fazendeiro? — perguntou Katy, sonolenta.

— Bem, para o fazendeiro, é claro — respondeu Daniel revirando os olhos.

— E tem música?

— Katy, aí eu não faço ideia, é uma dessas novidades estranhas... Por que não falamos de outra coisa?

— Tudo bem, você começa.

— Então, para quem você acha que eu devo ligar primeiro quando o bebê nascer?

— Ah, Daniel, eu não sei, não sei mesmo. Estou tentando esquecer que estraguei tudo, que a minha vida está uma bagunça, e aí você me pergunta isso... e... Ai, meu Deus, aí vem outra contração. Ai, meu Deus... Ai, meu Deus... Ai, meu Deus... Danieeeeeeeeeeeeeeellllll...

— Tudo bem, tudo bem, calma. — Daniel segurou com força as mãos dela. — Voltemos ao striptease, ok? Vamos pensar: que música seria mais apropriada para uma vaca fazer striptease? Dá para imaginar? Concentre-se e pense nas cinco melhores canções para uma vaca tirar a roupa.

Katy concordou com a cabeça, incapaz de falar.

— Pois bem, quero pelo menos duas músicas até que essa contração termine.

07h45

— Menina, estou dizendo, "I'll Be The Other Woman" foi sucesso nos anos 1970, é de uma banda americana chamada Soul Children. Minha mãe ouvia o tempo todo — argumentou Daniel enquanto se aproximavam da recepção da Maternidade.

— Você inventou isso agora, mas, de qualquer forma, "I'll Be The Udder Woman" parece nojenta demais para estar entre as cinco melhores — retrucou Katy.*

— Nojenta demais? Sério? Falou a mulher que acabou de deixar pelo corredor rastros de algo viscoso que espero nunca mais ver na vida.

— Pela última vez, estou em trabalho de parto. Essas coisas acontecem. Trate de se acostumar — resmungou Katy, jogando-se numa cadeira próxima ao balcão.

— Você deve ser o Daniel — disse a recepcionista.

— E você deve ser a encantadora Audrey, que fez da minha vida um inferno por seguir uma política de entrada mais severa do que o Paraíso.

— Bem, Deus identifica os pecadores, e eu identifico os acompanhantes exagerados — falou Audrey.

— Deus? O que Deus tem a ver com isso?

— Você disse que é mais fácil entrar no Paraíso.

— Acho que ela pensa que você se refere ao Paraíso divino. Não à boate de Londres — interrompeu Katy.

— Entendi. Esqueci que havia outro Paraíso. Olha, Audrey. Nos arrume o melhor quarto da maternidade e ficamos todos em paz.

— Nome — exigiu Audrey.

— Daniel Laker.

— Não o seu, o dela — disse Audrey sem erguer os olhos.

— Katy Chapman — respondeu Katy. — O quarto que tem piscina de parto está livre? Estou disposta a tentar qualquer coisa e prometo mantê-lo sob controle.

— É só seguir a enfermeira Brady, que ela verifica para você. Aproveitem. — Audrey sorriu docemente para Daniel.

— Piscina de parto? O que quer dizer com piscina de parto? — sussurrou Daniel um pouco alto demais enquanto seguiam a enfermeira Brady.

— Dizem que é uma boa para aliviar a dor — respondeu Katy.

— Parece que você está com sorte — comentou a enfermeira Brady após checar uma porta. — Podem entrar.

---

* A personagem faz um trocadilho com as palavras *other*, "outra", e *udder*, "teta". (N. da T.)

Daniel parou no meio daquele espaçoso e muito bem-iluminado quarto.
— O que é isso? Uma banheira de bebê elefante? Estamos no zoológico? — disparou.
— Daniel, menos. Isso pode me ajudar a parar de gritar feito doida a cada cinco minutos.
— Por quê? Está cheia de tequila?
— Bom, fiquem à vontade — disse a enfermeira Brady. — Volto em cinco minutos para fazer um exame de toque e ver como estamos indo.
— Que tal se eu for ao Starbucks enquanto você se ajeita por aqui com todas essas coisas estranhas? — sugeriu Daniel, começando a se sentir um pouco fraco. — Você precisa de um café com leite.
— Não acho que o Starbucks já tenha chegado aos hospitais, Daniel.
— Posso sonhar, Katy? Pois que seja então um café ralo num copinho plástico.
— Se você conseguir encontrar um sanduíche de bacon, eu deixo você fechar os olhos nos momentos sangrentos.
— Promessas, promessas. Bom, fique de olho nessa enfermeira Brady... Ela parece inexperiente. Mande ela ter cuidado com esse toque aí.
— Você consegue mesmo tornar tudo isso especial, Daniel.
— Só estou cumprindo o meu dever, gata. Volto em dez minutos.

08h15

— Por que você está aqui? Katy está aqui? Daniel, acorde, acorde! — ordenou uma voz distante.
— Mas que droga é essa? Onde estou? O que aconteceu? — murmurou Daniel, lentamente levantando a cabeça da mesa sobre a qual tinha cochilado na lanchonete.
— Você está no hospital. Sou eu, Matthew. O que você está fazendo aqui?
— Matthew? Matthew? Ah, agora fodeu tudo. Matthew? Não, não é você, é? Ainda estou dormindo e isso é um pesadelo.
— Não, Daniel. Sou eu mesmo, Matthew.
— Quem chamou você?

— Ninguém.

— Então por que você veio?

— Porque a Alison começou a sentir dores durante a noite. Ela não entrou em trabalho de parto, mas acharam melhor deixá-la em observação. Só por uns dias, para ter certeza de que tudo está bem.

— Sei. Então ninguém ligou para você?

— Não, por quê? Você acordou mesmo? Não está dizendo coisa com coisa.

Daniel olhou o relógio.

— É esta hora mesmo? Tenho que ir. — E se levantou da cadeira.

— Não, não. Espere um minuto. Você está aqui com a Katy, não é? Por favor, me diga apenas como ela está.

— Ela está bem, mas tenho que ir. Ela está esperando por mim.

— Ah, meu Deus, ela está em trabalho de parto, não é isso? — Matthew estava em choque. — Mas ela ainda tem mais duas semanas. Onde ela está? Preciso ver se ela está bem. Diga, onde ela está?

— Não. Você fica aqui — retrucou Daniel, subitamente desperto.

— Você não entende. Preciso vê-la. Estive com ela ontem e preciso explicar algumas coisas.

— Ah, não, você não precisa mesmo. Ela já está aguentando muita coisa agora e você não vai querer piorar tudo. Esqueça. Esqueça isso para o bem de todos.

— Esquecer? Não consigo esquecer, idiota. É a Katy... Meu filho pode estar nascendo. Como você me diz para esquecer?

— Porque você não estará lá para juntar os caquinhos quando estragar tudo de novo. Preste atenção. Deixe isso para lá, Matthew. Deixe para lá. É melhor para todo mundo, e você sabe disso.

— Se não disser onde ela está, eu mesmo procuro. — Matthew se virou e caminhou em direção à porta.

— Merda, merda, merda! — esbravejou Daniel, batendo com a cabeça na mesa. Então tirou do bolso o celular de Katy e ligou para Ameba.

— Estamos chegando em Leeds agora. A equipe de socorro está a caminho — anunciou uma voz muito alegre.

— Escute, Ameba, temos um possível problema aqui. O outro pai surgiu do nada. Quando vocês chegarem na estação, peguem um táxi e mandem o motorista voar. Entendeu? Vou esperar na entrada. Não há tempo a perder — alertou Daniel.

— Certo. Não se preocupe. Ninguém vai levar o nosso artilheiro. Não sem luta.

— Esse é o espírito da coisa. Agora corram o mais rápido possível.

Capítulo 22

08h40

— Só um minuto, estamos quase terminando — falou Katy por trás da cortina quando Matthew entrou no quarto. Ele já havia interrompido duas outras parturientes na sua busca por Katy. — Parece que não vai dar tempo de você ir em casa e pegar sua sunga. Já estou com oito centímetros — disse Katy quando a enfermeira abriu a cortina divisória. — Mas que... Ai, Deus, lá vem de novo.
— Tudo bem, querida, basta respirar com calma — disse a enfermeira, segurando a mão de Katy. E então ergueu os olhos e viu Matthew parado na porta. — Quem é você? Você deveria estar aqui? — perguntou ela olhando para Katy também.
— Sim — respondeu Matthew na mesma hora. — Sim, sou mais ou menos o pai.
Confusa, a enfermeira olhava para Katy, que estava incapaz de dizer qualquer coisa por trás da máscara de gás.
— Mais ou menos?
— É uma longa história. — Matthew caminhou até o leito. — Aqui, segure minha mão, Katy. Vai ficar tudo bem, eu prometo. Eu fico com ela agora — disse à enfermeira.
Katy balançou a cabeça com vontade e agarrou o braço da enfermeira.
— Ela não parece muito feliz com isso — observou. — Que tal você ficar lá fora até ela se acalmar um pouco?
— Mas eu preciso falar com ela — disse Matthew.
Katy soltou um gemido sofrido.
— E o que seria isso? Ser mais ou menos o pai? — quis saber a enfermeira com as sobrancelhas levantadas.
— Cadê ele? Vou matar esse infeliz — disparou Katy, claramente recuperada da contração. Tentou se levantar.

— A senhora não vai a lugar nenhum. Sente-se — ordenou a enfermeira.

— É um patife mesmo. Eu sabia que não podia confiar nele. Ele chamou você, não foi? Para ficar no lugar dele. Patife, inútil.

— Se você está se referindo ao Daniel, não, ele não me chamou. Encontrei com ele por acaso na lanchonete do hospital.

— Na lanchonete? Então você também estava lá por acaso, é isso? Entendi. Posso estar em trabalho de parto, mas eu não sou idiota, saiba disso.

— Não, Katy, eu estava mesmo na lanchonete. É que Alison foi internada ontem à noite para ficar em observação. E eu fui tomar um café antes de sair para o trabalho.

— Alison? — indagou a enfermeira.

— Minha esposa — respondeu Matthew.

— Ah, sim. Agora entendi o "mais ou menos".

— Não, você entendeu errado. Eu não sou esse tipo de pai. Não mesmo. Sou apenas "mais ou menos" pai porque... Bom, porque ela não sabe quem é o pai.

Katy suspirou fundo e a enfermeira levantou mais ainda as sobrancelhas.

— Ele faz parecer que eu sou a vilã da história, mas não é assim. A esposa dele está esperando gêmeos, e isso o torna muito pior do que eu — reagiu Katy.

— Ah, então é isso — disse a enfermeira, afastando-se devagar. — Façamos assim. Vou deixá-lo aqui por dez minutos para que vocês conversem um pouco. E, quando eu voltar, você me diz se ele fica ou não. Dez minutos. Ouviram?

— Não temos nada a dizer depois de ontem — declarou Katy quando a porta se fechou atrás da enfermeira. — E, caso não tenha percebido, estou em trabalho de parto e esta é uma péssima hora para falar com você de novo.

— Como você se sente? — perguntou Matthew.

— Ah, estou vivendo um musical da Broadway com o Mister Gay do Reino Unido, o pior acompanhante de parto da história. Além disso, nunca senti tanta dor na vida. Como acha que estou me sentindo?

— Bem, na verdade, eu quero saber como você se sente estando prestes a ver o seu filho.

— Ah, maravilhosa. Estou realmente muito ansiosa. Como se não bastasse me sentir culpada, haverá em breve dois olhinhos me encarando e querendo saber onde está o pai. Mas tudo o que teremos aqui será Daniel querendo ver o bebê limpo e bem-vestido antes mesmo de tocá-lo.

— Katy, vai ficar tudo bem, prometo — disse Matthew.

— Fique quieto e me passe a máscara de gás. Lá vem outra.

— Pronto, pronto. Aqui está, agora respire, está melhor assim? — perguntou Matthew, olhando em volta sem saber ao certo o que fazer. — Olhe, tenho uma coisa aqui que pode ajudar. — Ele se abaixou e tirou um livro da pasta, *O Parto Sem Medo*. — Vejamos, acho que sei qual é o capítulo. Cadê, cadê? Aqui, "Interpretando os fatores que levam ao baixo limiar de dor". Quer que eu leia um pouco para você?

Katy atirou longe o livro que Matthew segurava nas mãos trêmulas e voltou a ranger os dentes por trás da máscara.

— Um pouco tarde para isso, talvez. O que devo fazer? — perguntou ele.

Ela gritou mais alto ainda.

— Olhe, Katy, vai ficar tudo bem, fique tranquila — continuou ele, tentando envolvê-la com o braço. Suas mãos suavam e ele sentia falta de ar, o medo começando a dominar o seu corpo. Ele sabia que estava entrando em pânico. Então decidiu que era hora de se acalmar e de fazer o necessário. — Escute, Katy, passei a noite inteira acordado, só pensando. Fiquei muito chateado por deixar você naquele estado ontem. Mas quero que saiba que tenho um plano.

Matthew limpou a garganta.

— Vamos esperar um ano — propôs nervoso, observando Katy antes de continuar. — Acho que devemos esperar porque eu não posso deixar Alison agora. Todo mundo diz que o primeiro ano é o pior, então acho que devo isso a ela. Mas vou encontrar uma maneira de sempre ver você e, claro, de ajudar financeiramente. Vai ser difícil, mas...

Matthew foi interrompido pelo grito ensurdecedor de Katy.

— Ah, lá vem outra? Respire, Katy, respire na máscara. Mas então, como eu estava dizendo, vai ser difícil, mas acho que posso começar a fazer uns trabalhos por fora, ter alguns clientes particulares. Você não sabe a demanda que existe. E isso vai nos ajudar com o básico.

Katy gritou de novo. Matthew esperou pacientemente até que o berro diminuísse.

— Então, no ano que vem acho que Alison conseguirá lidar com os gêmeos sozinha e, pelos meus planos, vou poder contratar uma babá para ajudá-la. Obviamente terei que ver os gêmeos com frequência, e talvez tenhamos que comprar uma casa bem grande para comportar todo mundo nos fins de semana.

Katy soltou outro uivo, com os olhos arregalados e a respiração ofegante.

— Viu, Katy? Podemos ficar juntos. Não precisamos nos separar. Não vai ser fácil por um tempo, reconheço, mas é possível, não é? Nós ainda vamos ficar juntos. Você não tem que ficar sozinha.

As contrações estavam diminuindo, mas Katy se agarrava à máscara de gás e respirava com dificuldade, encarando Matthew.

"Estou no caminho errado", pensou Matthew. Desesperado, tentou mudar o rumo da conversa.

— Olhe, Katy, é você que eu quero. Passei a noite toda pensando nisso. Olho para a minha vida com Alison e eu só vejo um futuro de muitas dificuldades e trabalho duro. Você a conhece. Ela se tornou paranoica demais, controladora. Não é mais a mulher com quem me casei e não consigo lidar com isso. Nunca sei o que fazer para que ela fique feliz. Alison não precisa de mim. Está prestes a dar à luz e isso é tudo o que ela sempre quis. E então vejo você, Katy, e, sério, só penso em abraçá-la e cuidar de você. Sei que posso fazê-la feliz, Katy, sei mesmo. E ainda vamos nos divertir muito, sei que vamos. Posso dar o que você precisa. Basta que me dê uma chance.

Matthew fez uma pausa para que Katy falasse, mas ela não conseguia largar a máscara, como se sua vida dependesse daquilo.

— Então tudo pode melhorar, de verdade. Alison tem os filhos que sempre desejou, e nós ficamos juntos, como deveríamos ter ficado desde o início. O que você me diz? Consegue falar agora? A dor passou?

Também às 08h40

— Não ouse não trazê-lo aqui, Ameba! — gritou Daniel ao celular enquanto andava de um lado para o outro na porta do hospital. — Não quero saber o que ele está dizendo. Ele veio até aqui e agora ele tem que ver o nascimento. Não volto para aquele quarto sem ele. Há nudez feminina e intimidade demais para o meu gosto... Não, eu não vou entrar em detalhes nem tirar fotos, Ameba. Diga a ele que honre as calças que veste e que pare de ter pena de si mesmo. Olhe, eu vou fazer tudo isso valer a pena se você conseguir trazê-lo aqui — gritou Daniel. — O que você quer? Pode ser qualquer coisa, Ameba... Sim, tenho amigas modelos, amigas muito próximas na verdade. Você quer sair com uma modelo? Não sei se consigo fazer isso com uma amiga... Sim, sei que eu disse qualquer coisa, mas não posso obrigar as pessoas a fazerem coisas que elas não querem, posso?... Tudo bem, tudo bem, vou ver o que consigo fazer. Mas sair para um encontro não significa fazer sexo, Ameba, entendeu?... Sim, acho que num planeta distante ela poderia gostar de você, mas quero deixar claro que não sou cafetão. Sair significa jantar. É isso, ouviu?... Sim, mas é claro que você vai ter que pagar o jantar... Certo! Tudo bem. Se você fizer o taxista parar bem aqui na minha frente, eu incluo o jantar como bônus.

Daniel desligou e se jogou num banco. Notou que uma enfermeira na casa dos 50 estava sentada na outra extremidade, olhando para ele.

— É uma história muito longa — falou com um longo sorriso no rosto. — Sou uma fada madrinha tentando unir dois pombinhos.

— Jura? — perguntou a enfermeira. — Seus métodos não são muito convencionais.

— Bom, nestes tempos modernos, nós, fadas madrinhas, temos que fazer o que é necessário. Ah, graças a Deus, aqui está o nosso príncipe encantado acompanhado do seu amigo boçal.

Daniel saltou e abriu a porta do carro antes mesmo que o taxista pudesse estacionar.

— Ben, você é um colírio para os meus olhos. Mas está com a aparência péssima, assim não dá!

— Saia daqui, pare com isso — pediu Ben a Daniel, que tentava endireitar sua camisa amarrotada e pentear seu cabelo com os dedos.

— Certo, pronto para enfrentar o inimigo? É por aqui — indicou Daniel já puxando-o pelo braço.

— Espere aí. Espere. Nem sei ainda o que vou dizer. Um minuto — pediu Ben, jogando-se no banco onde Daniel esteve sentado antes.

— Pelo amor de Deus, pensei que você fosse falar com ele! — disparou Daniel já sem paciência, se virando para Ameba.

— Você não falou nada sobre isso. Só pediu que eu o trouxesse aqui e foi o que fiz, não foi? Você já ligou para as suas amigas modelos?

— Não, não liguei, e não vou ligar a menos que você me ajude a levá-lo até a Maternidade.

— Isso é muito injusto. Você disse até a porta do hospital e aqui está ele. E agora eu pergunto, cadê minha modelo?

Daniel fechou os olhos e pediu a alguma divindade um pouquinho de força.

Abriu os olhos e caiu de joelhos na frente de Ben.

— Ben. O bebê está chegando. Katy está prestes a dar à luz. Vá ficar com ela. Assista ao nascimento — disse delicadamente.

— É isso aí, parceiro. Não deixe que aquele filho da mãe coloque as mãos no garoto antes de você. Vá lutar pelo que é seu — acrescentou Ameba, buscando a aprovação de Daniel. Como não obteve, tentou de novo. — O outro cara é um babaca. Vá lá e acabe com ele. Cara, mulher gosta de homem que luta pelo que quer. Mostre à Katy quem é que manda e fim de papo.

A enfermeira, que ainda estava sentada observando tudo, não conseguiu segurar o riso.

— Ei, estamos tendo um momento particular aqui — protestou Ameba, virando-se para ela.

— Desculpe, mas não pude deixar de ouvir. Posso tentar ajudar? Sabe como é, mostrando a perspectiva de uma mulher.

— Acho que você não entendeu. Esta é uma conversa de homem para homem. Você não tem ideia de tudo o que esse pobre rapaz está passando — falou Ameba.

— Trabalho neste hospital há 25 anos e já vi de tudo, pode acreditar — retrucou a enfermeira.

— Bom, garanto que você nunca viu um caso assim. É uma confusão da porra.

— Ameba, isso não está ajudando — interveio Daniel apontando para Ben, que agora segurava a cabeça com as mãos.

A enfermeira se aproximou de Ben e pôs a mão nas suas costas.

— Então vejamos. Há uma mulher aqui no hospital que está prestes a ter um bebê que pode ser seu, mas que também pode ser de outro homem e, no momento, é ele quem está lá dentro com ela.

— Mas que p... — exclamou Ameba.

Daniel olhou com gratidão para os céus.

Ben levantou a cabeça lentamente e fez que sim para a enfermeira.

— E isso é muito complicado, não é? O outro cara é casado e a esposa dele está esperando gêmeos — prosseguiu a enfermeira.

— Eita porra, essa mulher existe? — perguntou Ameba. Daniel fez sinal para ele ficar quieto.

Ben assentiu de novo.

A enfermeira balançou a cabeça e ficou em silêncio por um longo tempo antes de continuar. Os três homens prendiam a respiração.

— Então vamos simplificar as coisas, que tal? — disse ela finalmente.

Os três concordaram ao mesmo tempo.

— Na verdade, há apenas uma pergunta realmente importante que você precisa responder. E aí você vai saber mesmo o que fazer.

— Isso! E qual é? Por favor, qual é a pergunta? — implorou Daniel antes que Ameba e Ben o mandassem ficar quieto.

— Você a ama?

— Caramba, é claro! — comemorou Daniel, saltitando. — Essa é a única pergunta. Como eu posso ter esquecido? Burro, burro, burro. Você é um gênio! — exclamou ele, dando um selinho na enfermeira.

— Tudo bem, calma. Ele ainda não respondeu — disse ela secando os lábios.

— É claro que ele ama. Agora vamos lá, vamos, não temos mais tempo — insistiu Daniel puxando Ben pela manga.

— Ei, espere — falou Ameba, puxando o braço de Daniel para longe de Ben. — Deixe o cara responder primeiro. Como a senhora aqui disse, isso é importante. Ele tem que responder.

— Obrigada — agradeceu a enfermeira olhando para Daniel.

— E então? — perguntou Ameba. — Você ama a Katy? Você pode se abrir com o seu amigo Ameba. Não vou rir da sua cara nem sair contando por aí.

Ben se recostou no banco e levou as mãos ao rosto. Sua plateia de três pessoas o observava em silêncio, enquanto ele respirava profundamente. Ninguém ousava falar. E então, aos poucos, ele foi afastando as mãos e, sutilmente, começou a balançar a cabeça. A direção não estava clara até que, por fim, um sorriso surgiu no seu rosto.

— Aleluia, caralho! — comemorou Ameba.

— Louvado seja o Senhor — festejou Daniel, jogando os braços para o alto antes de abraçar de novo a enfermeira. — Não sei de onde você saiu, e acho que nem quero saber, mas você é um anjo de misericórdia, e Deus, realmente, age de maneiras misteriosas.

— Poderes especiais — disse ela. — Isso e o fato de eu estar examinando a Katy quando o outro cara chegou. Vamos, não terminamos ainda.

Ela se virou para Ben e segurou as mãos dele.

— Então isso é maravilhoso. Você encontrou uma mulher para amar. É isso mesmo?

— Sim — respondeu ele. — Sim, encontrei.

— E, agora que você a encontrou, vai deixá-la partir sem lutar por ela? Você é o tipo de homem que só fica olhando enquanto outras pessoas decidem o seu destino? Enquanto outras pessoas tomam decisões por você? Você é esse tipo de pessoa?

— Não, porra — respondeu Ameba. — Vamos lá, parceiro, é hora de resolver as coisas, concorda?

Ben olhou para Ameba e então se levantou.

— Você e você — falou apontando para Daniel e Ameba. — Vocês ficam aqui até segunda ordem. Entenderam?

— Sim, sim — responderam juntos.

— E você — disse para a enfermeira. — Obrigado.

— Foi um prazer. — Ela sorriu.

Ben subiu os degraus do hospital, chegou ao saguão e se virou:

— Ah, só mais uma coisa, o que devo dizer?

— Diga o que você sente, parceiro, o que você sente — sugeriu Ameba.

— Estava perguntando a ela, não a você. O que você acha que devo dizer? — perguntou à enfermeira.

— Diga o que você sente, como o rapaz aqui falou.

Ben assentiu com a cabeça, entregue aos pensamentos, e depois desapareceu pelas portas do hospital.

Capítulo 23

09h05

Ben se sentiu como Forrest Gump. Correu pelos corredores intermináveis do hospital, desesperado à procura de Katy. Por fim, acabou encontrando alguém que conseguiu entender o que ele balbuciava e que pôde apontar para a porta que o levaria ao encontro do seu futuro.

Lançou-se para dentro do quarto sem se importar com a própria aparência. Ainda lutava contra a ressaca e estava há dois dias sem fazer a barba e sem tomar banho. No queixo brilhava a barba ruiva e rala, muito mais colorida do que o seu cabelo loiro-alaranjado. Era a única parte dele que ainda se destacava. Sua pele estava cinza; a camisa e a jaqueta, amarrotadas, e as calças pareciam um saco. Em contraste, Matthew estava esplêndido, num terno azul-marinho com camisa branca e gravata brilhante. Quando Ben entrou no quarto, ele imediatamente colocou um braço protetor em torno dos ombros de Katy. Ela ainda segurava a máscara de gás como um escudo que a protegia da realidade que estava enfrentando.

— Veja só quem chegou — disse Matthew. — Pela cara e pelo cheiro, passou a noite toda bebendo. Ben, pode voltar para os seus amigos e beber até cair, porque temos tudo sob controle aqui, não é, Katy?

Katy estava paralisada, sem saber o que fazer, quase dando à luz e cercada pelos dois possíveis pais de seu filho. Notou que Ben estava exausto e se perguntou por que ele estava ali.

— Como pode ver, vou cuidar dela, já que você não parece apto para a tarefa. Só não pergunte como. Isto é entre mim e Katy, e você não precisa se sentir obrigado a nada. Está livre para viver a vida como quiser — continuou Matthew. Então olhou para Katy e acariciou seus ombros antes de se dirigir novamente a Ben. — Agora ela está quase tendo o bebê, portanto sugiro que você vá embora.

Ben não se moveu. Até então, nem sequer havia olhado para Matthew, apenas para Katy. Ele examinou o rosto dela, procurando por algum tipo de dica, algum tipo de incentivo, mas não conseguiu decifrar o que estava acontecendo por trás daquela máscara.

Por fim, respirou fundo, enfiou a mão no bolso da calça e puxou lentamente algo para fora.

Uma banana preta e mole.

Ofereceu-a para Katy sem sair do lugar.

— Trouxe isto para você. Você quer? Disseram na aula que isso poderia ajudar no parto.

Matthew olhou confuso para a banana.

Katy olhou aquilo e piscou várias vezes antes de finalmente tirar a máscara do rosto.

— Uma *banana* — disse Matthew. — A porra de uma banana. Você está falando sério? Você trouxe uma banana? O que ela precisa agora é de amor, estabilidade e segurança, não da merda de uma banana. Meu Deus, você é retardado mesmo. Uma banana. Inacreditável.

Katy abriu a boca para falar, mas foi interrompida pelo início abrupto de outra contração.

— Olhe só o que você fez — falou Matthew para Ben. — Calma agora, Katy, muita calma. O livro diz que você deve respirar até que a contração passe.

— O livro diz? — perguntou Ben se aproximando da cama. — Ela não quer saber o que um livro idiota diz. Vamos lá, Katy. Solte aquele grito caprichado.

— Não, Katy. Escute. Gritos desperdiçam sua energia. Apenas respire. Veja, siga o diagrama — incentivou Matthew, praticamente enfiando o livro no nariz dela e apontando freneticamente para a página.

E Katy soltou o maior berro da sua vida.

Ben ficou atordoado. Não sabia que Katy era capaz de emitir um som como aquele.

Matthew folheou o livro desesperadamente à procura de uma luz.

Pela segunda vez naquela manhã, Katy atirou o livro longe. Num esforço sobre-humano e com a contração em pleno ápice, ela esticou a mão que não estava agarrada à máscara e, lenta e deliberadamente, pegou a banana da mão de Ben.

Matthew olhou para Ben e Katy em completa perplexidade.

— Você só pode estar brincando, Katy. Pense melhor sobre isso. Você não pode contar com ele para nada. Ele irá embora amanhã, quando perceber o tamanho da responsabilidade. E você, como vai ficar? Vamos lá, Katy. Você precisa fazer a coisa certa.

Katy colocou a banana junto ao corpo e estendeu a mão para Ben, que a levou aos lábios antes de se dirigir a Matthew.

— Responsabilidade, não é mesmo? — disse Ben, baixinho. — Você está certo. É algo muito importante. Então vamos todos ser responsáveis por um minuto. Que tal você começar procurando Alison, sua esposa, que está prestes a ter gêmeos? Isso seria responsável, não seria? Então, quando você deixar o quarto para ser responsável, vou fazer a coisa certa e perguntar a Katy se ela quer se casar comigo. — Ben olhou para Katy. — Você pode recusar, claro, mas, se me aceitar, acho que devemos seguir em frente.

Katy assentiu vigorosamente com a cabeça antes de emitir outro grito assustador.

— Casar? Oi? Ela não faz ideia do que está fazendo. Você não pode se casar com a Katy. Não vou permitir que você se aproveite dela neste momento.

Visivelmente exausto, Ben pensava no que faria em seguida.

— Tenho permissão para enfiar isto aqui no rabo dele? — finalmente perguntou à Katy ao pegar a banana.

Ela tirou a máscara e concordou com a cabeça, deixando um sorriso e as lágrimas tomarem conta dela antes da próxima contração.

— Bom, parece que isso diz tudo, não é? Acho melhor você ir embora, a não ser que prefira que eu realize os desejos da dama — disse Ben com a banana na mão.

Katy franziu o rosto de dor e agarrou a mão de Ben com toda força. Matthew parecia querer não se mover. Ben sabia que precisava agir rapidamente.

— Sinto muito — acrescentou, antes de usar a mão livre para lhe acertar um soco direto no queixo. Matthew cambaleou para trás e caiu nocauteado no chão.

Ben pareceu surpreso com seu sucesso e então olhou assustado para Katy.

— Por favor, me perdoe. Ele não me deu escolha. Está doendo muito? Tome, agarre a minha perna — disse ele, aproximando-se mais da cama.

Assim que Katy agarrou sua coxa, Ben se inclinou para pressionar o botão de emergência.

Quase instantaneamente a porta se abriu e por ela entraram a enfermeira Brady, Daniel e Ameba, que estavam ouvindo tudo no corredor.

— O que aconteceu, o que aconteceu? Ai, meu Deus, não aguento isso — desabafou Daniel. — E então? Acabou? Por favor, diga que acabou!

— Calma, meu filho. Veja só o desfecho — falou Ameba, ao ver Matthew estirado no chão e Ben com o braço em volta de uma Katy ainda em trabalho de parto. — Caramba, Katy, nem reconheci você. Que cara é essa?

Katy gritou tão alto que fez Ameba tremer de medo.

— Também não precisa disso tudo — falou ele. — Você não parece a mesma, só isso.

— Pessoal — disse Ben, parecendo atordoado, mas feliz. — Obrigado por tudo, mas acho que a Katy precisa se concentrar no parto agora. Então, se vocês nos derem licença... Ah, será que vocês podem levá-lo de volta para a Alison? — pediu ele, apontando para Matthew.

Subitamente, dois homens surgiram com uma maca sobre rodas.

— Por favor, levem-no daqui — disse a enfermeira Brady, apontando para Matthew. — É melhor que um de vocês fique com ele até que recobre a consciência e entenda o que aconteceu — disse para Daniel e Ameba.

— Nem pensar — falou Ameba. — Hora de um sanduíche de bacon e de bater um papinho com o meu novo amigo Daniel. Ainda temos muito para conversar, não é mesmo? Algumas ligações para fazer, se é que me entende.

— Melhor você ir comer alguma coisa enquanto eu tomo conta do Matthew — sugeriu Daniel.

— Por quê? Você não deve nada a ele.

— Bom, um de nós precisa garantir que ele não volte aqui. Pode deixar comigo. Encontro você mais tarde, prometo.

— Se você insiste. Não vai esquecer o nosso negócio, hein? Não fiquei acordado a noite toda por nada.

— Falo com você mais tarde, prometo! — gritou Daniel por cima do ombro, enquanto corria atrás de Matthew.

— Bem, acho que o meu trabalho está terminado — constatou Ameba, olhando satisfeito para Ben, que agora estava muito pálido, tentando consolar Katy durante as contrações. — Não precisam agradecer, amigos. Vou me retirar, a menos que precisem de mim para mais alguma coisa.

Katy berrou novamente e Ameba desapareceu.

Capítulo 24

Parecia a Daniel que ele tinha percorrido um milhão de quilômetros no corredor à procura de Matthew. Os vários tons de cinza da pintura do hospital estavam começando a abatê-lo, mas ele ainda mantinha um sorriso de satisfação estampado no rosto. Ficou imaginando como Katy iria recompensá-lo por seu esforço heroico e engenhoso e por toda a dedicação para garantir sua felicidade. Talvez aquele relógio que ele cobiçava já há algum tempo fosse uma recompensa adequada para aquela demonstração de amizade. Talvez a convidasse para fazer compras e então insinuasse algo como: "Katy, olhe esse relógio. Você me deve uma."

Finalmente, acabou encontrando Matthew curvado numa cadeira, chorando descontroladamente. Daniel se sentou e esperou até que os soluços diminuíssem.

— Vá se foder! — Foram as primeiras palavras de Matthew quando percebeu que Daniel estava sentado ao seu lado. — Suma daqui agora!

— Só vim aqui para saber se você está bem.

— E eu preciso disso? E você se importa, por acaso?

— Se eu me importo? — disse Daniel, agora cansado demais para ficar calmo. — Vou dizer como me importo. Passei a noite inteira me importando. Não. Na verdade, não é bem isso. Passei os últimos nove meses me importando, tentando ser compreensivo. Ouvindo, conversando, tentando entender toda essa confusão, e agora estou cansado. A última coisa que preciso é de alguém mandando eu me foder. Vá se foder você e veja se dá um rumo à sua vida.

Horrorizado, Daniel viu que Matthew começava a chorar novamente. Constrangido, virou as costas para Daniel e soluçou alto, os ombros subindo e descendo.

Um casal de idosos assistia à cena no final do corredor, ambos muito rudes ou muito velhos para disfarçar a curiosidade. Daniel ouviu algo arrastando no chão e percebeu que a idosa estava movendo a cadeira para ter uma visão melhor.

A cada minuto os soluços de Matthew ficavam mais altos, o que obrigou Daniel a intervir.

— Acabou o show — falou sem sucesso para a audiência, que continuou olhando inocentemente para ele.

Desajeitado, Daniel tentou colocar o braço em volta de Matthew, que encolheu os ombros, mas Daniel persistiu.

— Vamos, rapaz, daqui a pouco você esquece isso — disse calmamente. Por que diabos ele sempre soava como a própria mãe quando tentava consolar alguém? Na verdade, percebeu que tinha acabado de dizer exatamente o que sua mãe dissera quando ele contou a ela que estava apaixonado por seu tutor na faculdade. Ele ficou tão frustrado com a reação tacanha da mãe que retrucou de imediato dizendo que já sabia que era gay desde os 15 anos, quando foi seduzido por David Sanderson num acampamento de escoteiros.

— David Sanderson? — exclamou ela, horrorizada.

— Sim.

— Seu mentiroso. Como ousa dizer uma coisa dessas sobre o pobre David?

— É verdade, mãe. Ele me seduziu.

— Como se atreve a acusar o filho de um vigário? Não sei o que é pior, fingir ser gay ou blasfemar contra a Igreja.

Não ter sido compreendido pela própria mãe fez Daniel perceber que Matthew merecia algum tipo de apoio, nem que fosse da pessoa diretamente responsável pelo seu fracasso amoroso.

Daniel ficou ali, dando alguns tapinhas no ombro de Matthew, esperando seus soluços diminuírem. De vez em quando, ele ouvia um arrastar de pés ou uma tosse que o fazia lembrar que havia uma audiência à espera de um espetáculo.

— Alguém tem um lenço? — perguntou Daniel.

— Ah, sim, sim. — A mulher acenou com energia, feliz por ter sido convidada a se manifestar enquanto procurava os lenços na bolsa.

Acabou encontrando um pequeno pacote de Kleenex.

— Desculpe, não é um pacote completo — disse ela. — Tive que usar um pouco ontem, no velório da Connie Waring. Derrubei um pedaço de torta na roupa. Era torta com geleia, mancha que é uma tristeza.

— Só como geleia quando estou pelado — comentou Daniel. — Agora vejam bem, preciso ter uma conversa particular aqui com o meu amigo, por isso seria bom um pouco de privacidade.

— Ah, não vamos abrir a boca — garantiu a senhora prontamente. — Somos ótimos nesse quesito. Praticamos em todos os funerais. É só você fingir que não estamos aqui. A menos que precise de alguma ajuda, é claro.

— Sumam daqui ou vou denunciar os dois por assédio! — gritou Daniel perdendo a paciência.

— Está bem, está bem — murmurou a senhora enquanto ia embora. — Só estamos tentando ajudar. Mas não vamos dar a mínima da próxima vez, não é, Bob?

O choro de Matthew havia diminuído, mas ele aparentava uma tristeza profunda. Seu terno estava todo amassado, e sua gravata, antes perfeita, agora havia ficado totalmente torta.

Daniel tentou resgatar, bem lá no fundo, alguma força interior. Mesmo cansado e emocionalmente destruído, percebeu que sua missão ainda não havia terminado — nunca permitiria que dissessem que Daniel Laker era um cara que deixava as coisas pela metade.

Matthew agora estava olhando para o vazio, então Daniel decidiu intervir mais diretamente, na esperança de acabar logo com aquilo e ir para cama com o stripper.

— Então, Matthew, deve ter muita coisa passando pela sua cabeça agora.

Matthew não moveu nenhum músculo, então Daniel continuou:

— Vamos por partes, que tal? Acho que assim tudo fica mais fácil, não é mesmo?

Matthew olhou para ele, mas não disse nada.

— Certo, vamos começar falando de você e Katy. Para mim, o que aconteceu foi o seguinte: você reencontrou alguém que fez você se lembrar de uma época mais feliz, quando o mundo parecia um lugar melhor. Então se agarrou a essas lembranças, querendo ter um pouco dessa felicidade de volta. Mas essa é uma felicidade falsa, não é, Matthew? É uma felicidade de tempos passados. É a felicidade do primeiro amor, da primeira transa, do primeiro tudo. Os momentos mais felizes da sua vida. Mas não há como tê-los de volta, Matthew. Nem mesmo se você voltar para a pessoa que viveu esse passado ao seu lado. As coisas não funcionam assim. Depois de um tempo, paramos de falar sobre nossa música favorita, sobre como odiamos nossos pais e sobre os melhores lugares para dar uns amassos, e começamos a querer saber quem limpou o banheiro da última vez e por que nunca mais fizemos sexo. Você não ama a Katy, porque não a conhece de verdade. Você conhece a Katy adolescente, não a Katy quase quarentona. A propósito, não conte a ela que eu disse "quase quarentona". Ela me mata.

Daniel ouviu um espirro atrás dele.

— Se eu me virar e encontrar alguém atrás de mim, vou chamar a enfermeira-chefe! — gritou ele.

Ouviu cochichos e o som de passinhos leves.

— Enfim, onde estávamos? Ah, sim, você está perseguindo uma felicidade falsa quando na verdade deveria estar tentando descobrir o motivo da sua infelicidade. Você e a Alison são casados, Matthew. Você a amava tanto que chegou a abdicar de todas as outras mulheres no mundo para ficar com ela. E isso não é pouco. É extraordinário. Você tem que encontrar esse amor novamente. Ele não pode ter simplesmente desaparecido. Tenho certeza de que vão conseguir, e de que esse amor será ainda maior do que antes, porque vocês terão dois filhos com quem compartilhá-lo. Dois filhos para amar. E, antes que você diga alguma coisa, eu sei que a Katy pode estar grávida de um filho seu, mas com certeza é muito melhor que os gêmeos tenham um pai e uma mãe que os amem e que o bebê de Katy tenha isso também.

Daniel se ajeitou na cadeira completamente exausto. Não tinha mais forças para continuar falando.

Matthew olhou para Daniel. Daniel esperava que Matthew percebesse que ele era o homem mais perspicaz e inspirado do mundo e o recompensasse com palavras de gratidão.

— Daniel — chamou Matthew.

— Sim — respondeu Daniel, cheio de esperança.

— Será que agora você pode ir se foder?

Daniel levantou as mãos, admitindo a derrota.

— Fiz tudo o que pude.

— Obrigado — murmurou Matthew.

Daniel lhe deu um tapinha no ombro e seguiu à procura da saída mais próxima.

Matthew fixou o olhar na rachadura do azulejo à sua frente por um longo tempo. Carrinhos carregando lanches e produtos de limpeza circulavam à sua volta, e um milhão de pares de sapatos marchavam de um lado para o outro no corredor, mas nada conseguia interromper seus pensamentos.

Cerca de uma hora depois, foi finalmente despertado pelo toque do celular.

Era uma mensagem de texto de Alison, perguntando o que ele estava fazendo.

Ele respirou fundo, levantou-se e caminhou em direção ao quarto.

Alison estava de costas, e ele pensou que ela poderia estar dormindo. Caminhou nas pontas dos pés até o lado oposto da cama.

Alison estava chorando.

Ele se sentou na cadeira ao lado dela.

— Você está aqui?

— Por que você está chorando?

— Estou com medo, Matthew — respondeu baixinho. — E se eu não conseguir? E se eu falhar como mãe?

— Você não vai, Alison. Você nunca falharia. Se alguém falhar, provavelmente serei eu.

— Não seja bobo. Você sempre estará presente quando eles precisarem de você.

— Espero que sim — disse ele. Matthew mudou de posição na cadeira e sentiu algo no bolso. O exemplar de *O Parto Sem Medo*. — Quer que eu leia um pouco para você?

— Não. Não preciso de livro nenhum agora, Matthew. Preciso apenas de você.

— Sério?

— Sério.

Capítulo 25

— Ela é incrível — disse Ben pela centésima vez, olhando para o pacotinho que segurava nos braços.

Katy deitou a cabeça no travesseiro em completa e absoluta exaustão e em completa e absoluta felicidade. O dia terminou de forma bem diferente do que havia imaginado. O melhor de tudo foi ver a expressão de Ben quando ele se aproximou da balança para olhar o bebê mais de perto. Ele se virou e deu a ela o maior dos sorrisos.

— Ela é ruiva! Ela é ruiva! — gritou, fazendo sinal de positivo.

Ben então a levou até Katy, para ganhar um afago.

— Obrigada — disse ela. — Por estar aqui.

— Foi por pouco. Eu e o Ameba estávamos em Edimburgo.

— Quando?

— Ontem à noite.

— Ontem à noite? Por quê?

— Ah, Katy. Depois que deixei você, fiquei sem rumo. Como estava enlouquecendo, decidi ir ao pub, claro, e encontrei o Ameba almoçando lá. Bem, o Rick me ligou querendo saber a que horas iríamos para Edimburgo na sexta-feira para a despedida de solteiro. Como eu não estava em condições de responder, o Ameba pegou o celular da minha mão e disse ao Rick que estávamos saindo imediatamente. Na hora pareceu uma ótima ideia. Então nós fomos até a estação e pegamos o trem para Edimburgo. Sem mala nem nada. Paramos no primeiro pub que encontramos quando chegamos lá. E tudo o que consigo lembrar é que o Ameba atendeu uma ligação do Daniel.

— Do Daniel? O Daniel ligou para o Ameba? Que horas foi isso?

— Não faço ideia. Talvez às onze.

— Mas ele estava comigo.

— Bom, de algum jeito ele conseguiu ligar para o Ameba, pedindo que ele me convencesse a voltar. Sério, se não fosse pelo tema da conversa, ouvir o Ameba usando as palavras do Daniel teria sido hilário. Palavras longas e tudo mais.

— E o que eles estavam dizendo? O que fez você voltar? — perguntou Katy timidamente.

— Eles me fizeram entender que eu devia pensar que o bebê podia ser meu. E que, se ele crescesse e se tornasse artilheiro da seleção, eu não saberia explicar a ele por que não estive presente no dia em que nasceu.

— Então foi o futebol que fez você voltar? — perguntou Katy, agora bem menos empolgada.

— Não, Katy, não. Foi um choque de realidade. Mas, para ser sincero, mesmo no trem, no caminho de volta, eu ainda não tinha certeza absoluta se devia voltar. Então encontrei o Daniel na porta do hospital, e ele e uma enfermeira me fizeram a única pergunta que realmente importa.

— Qual? "Você... você realmente o ama?"

— Não..."Você realmente a ama?"

— E?

— Bom, a resposta foi sim, é claro.

— Mesmo? Foi?

— Mas é claro que foi. Sei que nunca disse essas palavras antes, mas você sabe como eu sou. — Ben pegou a mão dela e olhou bem fundo nos seus olhos. — Eu amo você, sempre amei.

— Eu amo você também, sabia?

— Você não precisa dizer só porque eu disse.

— Preciso, sim. E quero me casar com você, se você quiser, é claro.

— Óbvio que eu quero. Mas com uma condição.

— Qual? — perguntou Katy temendo pelo pior.

— Que a gente não se torne um casal entediado. Você sabe, como aqueles que entram num pub e ficam sentados sem trocar uma palavra, e provavelmente nunca fazem sexo.

— Prometo — respondeu Katy, sabendo que a vida com Ben nunca poderia ser entediante. — E digo mais, vamos transar inclusive às terças-feiras.

Impresso no Brasil pelo
Sistema Cameron da Divisão Gráfica da
DISTRIBUIDORA RECORD DE SERVIÇOS DE IMPRENSA S.A.
Rua Argentina 171 – Rio de Janeiro, RJ – 20921-380 – Tel.: 2585-2000